काफ़िराना
(उपन्यास)

काफ़िराना

द अल्टीमेट जिहाद

डॉ. ग़फ़्फ़ार इस्माईल अत्तार

ISBN : 978-81-953061-7-6

प्रकाशक:
हिंद युग्म
सी-31, सेक्टर-20, नोएडा (उ.प्र.)-201301
फ़ोन- +91-120-4374046

मुद्रक : नुटेक प्रिंट सर्विसेस इंडिया, फ़रीदाबाद
कला-निर्देशन : विजेन्द्र एस विज

पहला संस्करण : 2021
मूल्य : ₹199

Kafirana
A novel by *Dr. Gaffar Ismail Attar*

Published By
Hind Yugm
C-31, Sector-20, Noida (UP)-201301
Phone : +91-120-4374046
Email : sampadak@hindyugm.com
Website : www.hindyugm.com

First Edition: 2021
Price : ₹199

डॉ. असग़र अली इंजीनियर और तमाम
प्रगतिशील महामानवों को समर्पित

शुक्रिया!

शुक्रिया मशहूर शायर अल्लामा इक़बाल का जिन्होंने लिखा है-

'जाहिद-ए-तंग नज़र ने मुझे काफ़िर जाना

और काफ़िर ये समझता है मुसलमान हूँ मैं...'

यह शेर लिखकर इक़बाल ने हर धर्म के प्रगतिशील विचारवंतों के मानसिक द्वंद्व को बयान किया। मुझे इस द्वंद्व का अध्ययन करने की प्रेरणा दी और मैं इस विषय पर उपन्यास लिख सका।

शुक्रिया डॉ. अमोल क्षीरसागर और दीपक अंगेवार का जिन्होंने पहले ड्राफ़्ट से अंतिम ड्राफ़्ट तक हर छोटे-बड़े बदलाव को बड़े धैर्य से सुना और कई बार सकारात्मक आलोचना करते हुए इस उपन्यास को बेहतर बनाने में मदद की।

शुक्रिया शरीक़-ए-हयात डॉ. आसमा अंजुम का जिन्होंने हर ड्राफ़्ट को सबसे पहले पढ़ा और अनगिनत सुझाव दिए।

शुक्रिया बेटी अनुषा कुलसुम और बेटे अरहम अली का जिन्होंने अपने हिस्से का क़ीमती समय इस उपन्यास पर ख़र्च करने के इजाज़त दी।

शुक्रिया संपादक मनीष वंदेमातरम जी और वसीम अकरम जी का जिन्होंने पांडुलिपि में मौजूद अशुद्धियों को दूर किया और उपन्यास को और भी बेहतर बनाने में मदद की।

शुक्रिया हिंद युग्म के निदेशक शैलेश भारतवासी जी का जिन्होंने मुझ जैसे नए लेखक पर भरोसा किया और उपन्यासकार बनने का मौक़ा दिया। साथ ही, इस संवेदनशील विषय पर लिखने के लिए प्रोत्साहित किया।

शुक्रिया लेखक मित्र शशांक भारतीय जी का, जिन्होंने अंतिम पांडुलिपि

को निखारने में अनमोल मदद की।

शुक्रिया एडवोकेट इरफ़ान इंजीनियर सर का जिन्होंने अपनी व्यस्तता के बावजूद मुझे कई बार सुना, उपन्यास को पढ़ा और मेरी अर्ज़ी पर प्राक्कथन भी लिखा।

शुक्रिया कला-निदेशक विजेन्द्र एस विज का जिन्होंने इस कहानी से हिसाब से बेहद आकर्षक कवर डिज़ाइन किया।

और अंत में...

शुक्रिया मम्मी-पापा का जिन्होंने यह सुनहरी दुनिया दिखाई और सही-ग़लत का फ़ैसला लेने की क़ुव्वत अता की।

- ग़फ़्फ़ार अत्तार, पुणे

प्राक्कथन

हिंदी साहित्य में आम तौर पर ऐसा पाया जाता है कि मुसलमान पात्रों को लेकर बहुत कम उपन्यास लिखे गए हैं। 'काफ़िराना' इसके लिए अपवाद है। इतना ही नहीं, विविध धर्मों में मौजूद मूलतत्ववाद के विषय पर भी बहुत ही कम रचनाएँ देखी जाती है। उपन्यास 'काफ़िराना' इस विषय को छूने की हिम्मत दिखाता है, जिसके लिए यह बधाई का पात्र है। इस उपन्यास में मुसलमानों में मौजूद सांस्कृतिक और सांप्रदायिक विविधताओं को बख़ूबी दर्शाया गया है।

'काफ़िराना' वैसे तो एक सामाजिक आंदोलन की पृष्ठभूमि पर रची गई प्रेम कहानी है, पर यह केवल एक प्रेम कहानी नहीं है। इसका दायरा उससे कई गुना अधिक है। इस उपन्यास में किसी भी प्रकार की धार्मिक कट्टरता को दरकिनार करते हुए इंसानियत का धर्म और धर्म में छुपी इंसानियत की तरफ़दारी की है, पीसफ़ुल को-एक्जिस्टेंस की बात कही है। यह उपन्यास इसलिए भी विशिष्ट है कि आज के दौर में जब धार्मिक मुलतत्ववाद अपने चरम पर है तब लेखक ने इंसानियत का दामन पकड़ते हुए एक यूटोपियन समाज की कल्पना की है। एक ऐसा समाज जिसमें हर किसी ने अपने अपने धर्म को सिर्फ़ ख़ुद तक सीमित किया है, जो कि मेरी नज़र में आज की समाज-व्यवस्था पर ज़ोर का तमाचा देनेवाला एक अत्यंत प्रभावी व्यंग्य है। लेखक ने सभी किरदारों की जीवन यात्रा और उनके भीतर चल रहे द्वंद्व को बड़ी ही सहजता से वर्णन किया है। जिस संजीदगी और समझदारी से ग़फ़्फ़ार अत्तार जी ने इस उपन्यास की रचना की है उसे देखकर कहीं भी ऐसा नहीं लगता कि उनके लेखन प्रपंच की शुरुआत मात्र है। मेरा स्वयं का अनुभव

कहूँ तो जब एक बार 'काफ़िराना' को हाथ में लिया तो पूरा पढ़े बग़ैर नीचे रख न पाया। मुझे विश्वास है कि 'काफ़िराना' का सफ़र पाठकों के लिए बेहद रोमांचक रहेगा। यह मेरी दिली तमन्ना है कि आप सभी इस नए लेखक का हिंदी जगत में ज़ोर-शोर से स्वागत करें।

मैं उपन्यास की सफलता के लिए शुभकामनाएँ देता हूँ और यह उम्मीद करता हूँ कि लेखक भविष्य में भी समाज और साहित्य में अपना योगदान देते रहें।

धन्यवाद!

- एडवोकेट इरफ़ान इंजीनियर, मुम्बई

प्रस्तावना

26 जुलाई, 2025

आज डॉ. सागर का नार्थ ब्लॉक, नई दिल्ली में पहला दिन था। कुछ दिन पहले ही बक्सर के इस ज़िला अधिकारी का तबादला गृह मंत्रालय में ज्वॉइंट सेक्रेटरी के पद पर हुआ था। नये दफ़्तर में ज्वॉइनिंग की सारी काग़ज़ी प्रकिया समाप्त करके वे विभाग के सचिव से मुलाक़ात करने उनके कार्यालय पहुँचे। सचिव साहब अभी ऑफ़िस पहुँचे न थे। वो उनके पीए के केबिन में उनका इंतज़ार करने लगे। तब किसी सिपाही ने उस दिन के तीन-चार राष्ट्रीय अख़बार और देश-विदेश की कुछ ताज़ा पत्रिकाएँ उनके सामने रख दी। पाँच मिनट तक उन्होंने 'द हिंदू' की सुर्ख़ियों पर नज़र दौड़ाई। फिर अचानक उनकी नज़र टेबल पर रखे हुए लंदन से प्रकाशित होने वाली मैगज़ीन 'बीबीसी टाइम्स' पर गई। उस मैगज़ीन के कवर पेज ने उनका दिल खींच लिया। एक बड़े पहाड़ के पीछे से आधा सूरज उगा हुआ था और उसकी मद्धम रौशनी नीचे बनाए हुए दुनिया के ग्लोब तक पहुँचने से पहले ही बिखर रही थी। उस रौशनी की अंतिम किरणों और ग्लोब के बीच में उस कवर स्टोरी का शीर्षक अंग्रेज़ी में लिखा हुआ था- QAFIRAANA... The Ultimate Jehad. उन्होंने तुरंत ही उस मैगजीन को उठाया और कवर स्टोरी पढ़ने लगे।

उस कहानी का पहला पैराग्राफ़ पढ़ते ही उनके शरीर में कुछ हलचल-सी मच गई। उन्होंने पन्ना पलटा और सरसरी निगाह से पढ़ने लगे। दूसरा पन्ना पढ़ते हुए उनके माथे पर पसीना आने लगा। जब वे उस लेख के आख़िर तक पहुँचे तो पसीने से पूरी तरह तरबतर हो चुके थे। सेक्रेटरी साहब के पीए को ज्वॉइंट सेक्रेटरी साहब की यह हालत देखकर अचरज हुआ। उन्होंने ज्वॉइंट

सेक्रेटरी साहब को कॉफ़ी ऑफ़र की। पर उन्होंने पानी माँगा। सूखे गले को गीला करते हुए उन्होंने उस लेख पर फिर एक बार नज़र दौड़ाई। वे अचानक उस मैगजीन के साथ वहाँ से निकल पड़े। प्रोटोकॉल के मुताबिक़ उन्हें गृह सचिव से मुलाक़ात करके गृहमंत्री को रिपोर्ट करना चाहिए था। पर वह आर्टिकल उनके दिल और दिमाग़ पर इस तरह छा गया कि उन्हें इस बात का ध्यान तक ना रहा। उन्हें कॉरिडोर में वो सेक्रेटरी साहब आते हुए दिखाई दिए जिनसे मिलने के इंतज़ार में उन्होंने आधा घंटा इस लेख को पढ़ने में बिताया था। उस रोमांचकारी आधे घंटे ने उनके तन बदन को इस तरह से झंझोड़ दिया कि अब उन्हें न तो गृह सचिव की परवाह थी और ना ही गृहमंत्री की चिंता। वह जल्द-से-जल्द कोचीन पहुँचकर उस आर्टिकल में छपे तथ्यों की स्वयं जाँच पड़ताल करना चाहते थे। इस आर्टिकल ने उनके दिल मे एक आशा की किरण जगाई थी। उस गुमशुदा के मिलने की धुंधली-सी आशा नजर आने लगी थी। लिहाज़ा सेक्रेटरी साहब से बिना कोई बात किए वो सीधे अपने केबिन में चले गए। अपना बैग उठाया और नार्थ ब्लॉक से बाहर निकलते हुए ड्राइवर को एयरपोर्ट चलने का आदेश दिया। एयरपोर्ट पहुँचने तक उन्होंने दो कॉल किए।

पहला कॉल पत्नी को किया।

"सुनो, मेरे पुराने सूटकेस में 'बीच का रास्ता नहीं होता' और एक ख़त रखा हुआ है। उसे लेकर सीधे एयरपोर्ट आना।" तो दूसरा कॉल मुम्बई के न्यूरोलॉजिस्ट डॉ. अनुज देशमुख को किया।

"व्हॉट्सएप पर कुछ भेजा है। तुरंत पढ़ो। मैं कुछ ही देर में एयरपोर्ट पहुँच रहा हूँ। शाम को मिलते हैं।"

डॉ. अनुज ने वो कवर स्टोरी पढ़ी। उनके शरीर में भी वैसी ही हलचल पैदा हो गई जैसी डॉ. सागर के शरीर में हुई थी। उन्होंने भी अपनी सारी अप्वॉइंटमेंट्स कैंसल कर दी और वो अपने पत्नी के साथ मुम्बई एयरपोर्ट की ओर निकल गए।

डॉ. सागर आँखें मूँदकर एयरपोर्ट आने का इंतज़ार करने लगे। उनकी आँखों के सामने से पिछले चौदह साल की कहानी किसी सिनेमा की तरह दौड़ने लगी।

बॉर्न रिबेलियन

3 अप्रैल, 2011

समय शाम के सात बजे

मुहम्मद अली रोड से निकलती पतली सड़क में अक्सर ट्रैफ़िक जाम का सबब बनने वाली, बीच सड़क में इत्मीनान फ़रमा रहे पीर बाबा कि मज़ार, ने हमीद का मज़ा किरकिरा किया। उसने हर बार की तरह उस मज़ार की तरफ़ हिक़ारत से देखते हुए कहा, "अब इन साहब को भी इसी जगह बिछौना लगाना था। बीच बाज़ार नुमाइश करनी थी।" उसकी सेंट्रो कार उस मज़ार के ठीक पीछे दस मिनट से ज़्यादा रुकी हुई थी।

अनुज ने उसकी बातों को नज़रअंदाज़ किया। वह जानता था कि उसे बीच रास्ते में बने हर मस्जिद, मंदिर या दरगाह से चिढ़ आती थी। अभी कुछ भी बोलना मतलब बहस को दावत देना था। लिहाज़ा वो ख़ामोश रहा।

हमीद पेशानी पर बल लिए गंभीर स्वर में कहने लगा, "बीच रास्ते पर नुमाइश कर रहे इस तरह के धार्मिक स्थल न केवल ट्रैफ़िक की समस्या पैदा करते हैं बल्कि दंगों के कारण भी बनते हैं।"

"दंगों की फ़ैक्ट फ़ाइंडिंग बाद में करते है मेरे भाई, फ़िलहाल ड्राइविंग पर ध्यान दे। मुसलमानों का मोहल्ला है, किसी को ठोक देगा तो वो अपनी ठोकेंगे, वो भी बिना तेल-पानी के।" अनुज हाथ से इशारा करते हुए हँसने लगा। हमीद ने तिरछी नज़र से उसे देखा और ज़ोर-ज़ोर से हॉर्न बजाने लगा। पर पसीने और जोश से लबरेज़ झूम रहे मदहोश दीवानों ने हॉर्न को अनसुना किया। उच्च डेसिबल में डीजे से बज रहे 'सुनो गौर से दुनियावालों... सबसे आगे होंगे हिंदुस्तानी' के सामने हॉर्न की आवाज़ शायद कमज़ोर पड़ रही थी।

कुछ लोग ठीक कार के सामने आकर तिरंगा लहराने लगे। सीटियाँ बजाने लगे। एक-दो जवान तो सेंट्रो के बोनेट को पिटकर ख़ुशी मनाने लगे। कल के मैच का उनका ख़ुमार अभी तक उतरा न था। क्रिकेट का वर्ल्ड कप देश के नाम हो गया और भायखला के काउंसिलर ने जीत की रैली निकाली।

कोई भी कार या बाइक ज़रा-सा भी दायें या बायें हो जाए तो बैंग-बैंग होने का ख़तरा था।

"तू तो ख़तरे का खिलाड़ी है सलीम..." अनुज ने हँसते हुए बैलगाड़ी की रफ़्तार से कार चलाकर त्रस्त हो चुके हमीद ताँबे को मज़ार से बायें मुड़ने का इशारा किया। पूरी दुनिया में केवल अनुज ही ऐसा एकमात्र शख़्स था जो हमीद को हमीद नहीं बल्कि सलीम बुलाया करता था। वो इसलिए के उसने जलालुद्दीन अकबर जैसे अनुशासन प्रिय बाप डॉ. रशीद ताँबे से कई बार बग़ावत की थी।

दोनों बाप-बेटे की किसी भी विषय पर बड़ी मुश्किल से सहमति बन पाती थी। अब्बू आदतन अपना फ़ैसला सुना देते और बेटा अक्सर अपने मन की करता जो पिता के फ़ैसले के बिलकुल विरुद्ध होता। डॉक्टर साहब नाराज़ होते और बीवी डॉ. सलमा ताँबे के मनाने पर मान भी जाते। आख़िर इकलौते बेटे पर कौन-सा बाप बहुत दिनों तक ग़ुस्सा रह पाता है? वो माँ ही थी जो बाप और बेटे के बीच एक पुल का काम किया करती थी, शौहर और बेटे के बीच बैलेंस बनाए रखती थी। तीन साल पहले तक तो यह बैलेंस ठीक-ठाक बना रहा। पर 2008 की हमीद के उस आख़िरी बग़ावत ने माँ को हरा दिया। इस बार वो शौहर के ग़ुस्से को शांत न कर पाई। नतीजन पिछले तीन सालों से बाप-बेटे ने एक-दूसरे से एक शब्द भी न कहा, न सुना। ईद के दिन भी एक-दूसरे के गले नहीं मिले। डॉक्टर साहिबा ने सुलह कराने की कोशिशें कीं। पर पिता बेटे को माफ़ करने के लिए क़तई राज़ी न थे। बेटे ने उनके सपनों पर पॉलिटिकल साइंस का बुलडोज़र जो चलाया था। वे तो अनुज के पिता की तरह बेटे का एडमिशन मुंबई के जाने माने सर ग्रांट मेडिकल कॉलेज में करवाकर रत्नागिरी वापिस चले आए थे। उन्हें अब बेटे और शहर के सबसे बड़े प्राइवेट अस्पताल के भविष्य की कोई चिंता न थी। हालाँकि इस एडमिशन का हमीद ने पुरज़ोर विरोध किया था।

"सेफ़ कैरियर के पैरों तले मेरे अरमानों को कुचल रहे हो आप।" वो ज़ोर से चीख़ा था। पर उसकी आवाज़ डॉ रशीद के कानों तक पहुँच नही रही थी।

उसने अम्मी को अपना सपना विस्तार से समझाया भी था। अम्मी मजबूर थी। पर जो अपने निर्णय को आसानी से ख़ारिज होने दे वो बाग़ी कैसा? पिता के रत्नागिरी पहुँचने के चंद रोज़ बाद ही बेटे ने बग़ावत की। मेडिकल एडमिशन के आख़िरी राउंड में हमीद ने ग्रांट मेडिकल कॉलेज से अपना एडमिशन कैंसल करवाकर सेंट ज़ेवियर की तरफ़ रुख़ किया। छह महीने तक तो अनुज के अलावा इस बात की किसी को भनक भी नहीं लगी। और जब यह राज़ खुला तब से बाप बेटे एक-दूसरे से नज़र मिलाने से कतराने लगे।

जेजे हॉस्पिटल सिग्नल तक उनकी कार मिनटों रुक-रुककर चलने लगी, तो पल-दो-पल चल-चलकर रुकने लगी थी। हमीद को इस रास्ते से आना कभी मंज़ूर न था। अनुज के चलते इधर से गुज़रना उसकी मजबूरी थी। सेंट ज़ेवियर के हॉस्टल से निकलते हुए हमीद अक्सर अनुज को एक फ़ोन कर दिया करता और वो अनुज को उसके ग्रांट मेडिकल कॉलेज के सामने होटल अल-रहमानी के पास से पिक कर लेता। आज उसे सेंट ज़ेवियर के हॉस्टल से निकले हुए आधा घंटा हो चुका था और वे आधी दूरी भी तय नहीं कर पाए थे। ट्रैफ़िक का अंदाज़ा देखकर उन्हें महालक्ष्मी स्टेशन के बग़ल में हाजी अली दरगाह के बिलकुल सामने वाले चौराहे पर स्थित 'इंडियाना बार एंड रेस्टोरेंट' तक पहुँचने में और आधा घंटा लगने की आशंका थी। उन्होंने साल में कई बार उस दिशा में रुख़ किया था। हर बार वजह अलग होती थी और कई बार बिना कुछ वजह के ही वो यहाँ चले आते थे। इस बार उन्हें केवल वर्ल्ड कप जीतने की ही ख़ुशी नहीं थी। कुछ दिन पहले ही हमीद ने 'पॉलिटिकल साइंस' में स्वर्ण पदक जीतते हुए मुंबई के जाने-माने सेंट ज़ेवियर कॉलेज से बीए की डिग्री हासिल की थी। वो तीनों साल मुंबई यूनिवर्सिटी में अपना लोहा मनवा चुका था और तीनों साल उसने और अनुज ने इंडियाना बार से दिल की ख़ुशी साझा की थी।

इंडियाना बार के सामने कार पार्क करते हुए उसने बॉम्बे म्युनिसिपल कॉरपोरेशन की माँ-बहन को याद किया। एक मर्तबा बायें हाथ में बँधी हुई फॉसिल की घड़ी की तरफ़ देखा। देर हो चुकी थी। वो फिर से गरियाने लगा,

"कॉरपोरेशन उस मज़ार को किसी और जगह शिफ़्ट क्यों नहीं करवाती बे? उसे क्या किसी बीमार के एंबुलेंस में दम तोड़ देने तक का इंतज़ार है?"

हर बार की तरह अनुज ने उसे समझाने की कोशिश की।

"सलीम, सारे जहाँ का टेंशन तुझे ही क्यों होता है? कभी-कभी तो ज़रा चील किया कर।"

"इन कॉरपोरेशन वालों की तरह?"

"कॉरपोरेशन के अफ़सरों ने अगर ठान लिया ना तो एक ही रात में पूरे शहर के रास्ते साफ़ हो जाएँगे, न कोई मंदिर बचेगा न मज़ार।"

"तो फिर वह कुछ ठानते क्यों नहीं? लाल बत्ती में नपुंसक बने घूमते रहते हैं?" हमीद के स्वर में झुंझलाहट थी।

"धार्मिक मुद्दों पर सरकार ने उनकी नसबंदी कर रखी है, सलीम। अब उनका बुलडोज़र उतना ही चलता है जहाँ तक कहा गया हो।" अनुज ने मज़ाक़िया हँसते हुए कहा।

"घर पर भी यही हाल है क्या उनका?" हमीद आज शाम पहली बार खिलखिलाने लगा। 'इंडियाना बार एंड रेस्टोरेंट' के सुरूर भरे आँगन का उस पर भी असर होना ही था।

हर बार की तरह उस दिन भी अनुज ने 'स्मीरन ऑफ़्फ़' वोडका ऑर्डर किया और उसके दो पैग बनवा दिए। एक ग्लास हमीद के हाथ में थामते हुए उसने कहा, "पहला जाम धोनी के नाम, पूरी टीम के नाम... सलीम के मेडल के नाम!"

"और मुंबई के ट्रैफ़िक के नाम..." ये कहते हुए हमीद ने ग्लास से ग्लास को टकरा दिया। जाम पर जाम गले से उतरते रहे और कुछ ही देर में थकान इस तरह नौ दो ग्यारह हो गई के उन दोनों के बदन मुँह से निकले सिगरेट के धुएँ की तरह हवा में तरंगने लगे। लड़खड़ाती ज़ुबान में ही हमीद ने उसके भविष्य की योजना फिर एक बार बताई। यह भी बताया कि उस योजना को अंजाम देने का अब समय आ चुका है और इसलिए उन्हें रत्नगिरी जाना होगा। यह योजना अनुज के लिए कोई नई बात नहीं थी। शहर रत्नागिरी में एक-दूसरे के पड़ोसी होने के साथ-साथ वे कक्षा पहली से अच्छे दोस्त भी थे। वे दोनों एक-दूसरे के रग-रग से बख़ूबी वाक़िफ़ थे। स्कूल के दिनों में उन दोनों की

दोस्ती इतनी विख्यात थी कि अन्य मित्र उन्हें यह कहकर चिढ़ाते कि वे दोनों खाते तो अलग-अलग मुँह से हैं लेकिन हगते एक ही से हैं। लेकिन दोस्तों के इस मज़ाक़ का उन्हें बिल्कुल भी ग़ुस्सा नहीं आता था बल्कि उन्हें फ़ख़्र महसूस होता था।

इनसे भी अच्छे दोस्त तो इन दोनों के माता-पिता थे। उनकी दोस्ती भी क़रीब दो दशक पुरानी। वो ऐसे कि मराठवाड़ा के किसी गाँव की ज़मीनदारी छोटे भाई को सौंपकर, मुग़लों ने दिए हुए 'देशमुख' टाइटल का चोला पहनकर, एमए इंग्लिश के डिग्री हाथ में थामे हुए अनुज के पिता, अशोक देशमुख, क़रीब पच्चीस साल पहले रत्नागिरी आए थे। उस समय कोंकण में अंग्रेज़ी प्राध्यापकों की कमी थी और मराठवाडा में बेरोज़गारी ज़्यादा। एक दफ़ा कोंकण के तेज बारिश में उन्हें टाइफ़ॉइड हुआ और वह इलाज करवाने शहर के सबसे नए डॉक्टर रशीद से जा मिले। वहीं से जान-पहचान बड़ी और फिर दोस्ती में तब्दील हो गई। किसी शुभ दिन डॉक्टर साहब ने अपने बंगले के ठीक सामनेवाला ख़ाली प्लॉट प्रोफ़ेसर साहब को दिलवाया। उसके अगले साल ही प्रोफ़ेसर साहबने उस प्लॉट पर ख़ूबसूरत बंगला बनवाया और अपनी बीवी और पाँच साल के बेटे के साथ वहाँ रहने आ गए। वह पाँच साल का लड़का डॉक्टर साहब के हम-उम्र बेटे के साथ मिलने-जुलने, खेलने लगा। वे दोनों लड़के साथ-साथ जवान हुए, उन्होंने साथ-साथ सिगरेट पीना सीखा और अब इंडियाना बार में साथ-साथ शराब पी रहे थे।

"उस वक़्त क्या कहा था तूने कि 'पिंजरे में बंद कर दिया और कहते हो के जितना मर्ज़ी चाहे उड़ो।' तेरी ये पोएटिक बातें डॉक्टर बाप के गंजे सर से फिसल गई थी।" अनुज हँसते हुए कहने लगा, "मेरे क्रांतिकारी सलीम... क्या इस बार भी ऊँचा उड़ेगा?"

"कोशिश तो कर ही सकता हूँ, अनु डार्लिंग। अपने सपनों के पीछे दौड़ना कोई बुरी बात तो नहीं है।"

"और तेरा तो एक ही सपना है आईएएस बनना।"

"सिर्फ़ आईएएस बनना नहीं... उसके ज़रिये से मैं समुच्चे मानव जाति के लिए कोई कल्याणकारी काम करना चाहता हूँ। कलेक्टरी तो पहली स्टेप होगी।"

"डॉक्टरी के ज़रिये भी मानवता की सेवा की जा सकती थी।"

"पर वह सेवा उतनी बड़ी नहीं होगी जो मैं सोच रहा हूँ। एक अदनासा डॉक्टर अपने अदनेसे हॉस्पिटल के ज़रिये लोगों का जीवन स्तर कितनी हद तक सुधार सकता है? समाज में फैले विषमता के वायरस का एंटीडोट थोडे ही बना सकता है?" हमीद ने बात को साफ़ किया।

"साला दारू पीते ही सब रॉबिनहुड बन जाते हैं कि अमीरों को लूटना है... ग़रीबों का मसीहा बनना है।"

अनुज की बात को अनसुना करते हुए हमीद आगे कहने लगा, "राजा और रंक को एक समान लाने के लिए ज़रूरी नहीं कि राजा को रंक बना दिया जाए। हम किसी ग़रीब को बदहाली से निकालकर एक राजा के स्तर पर ला सकते हैं। एक डॉक्टर यह सब काम नहीं कर सकता, अनु डार्लिंग।"

"तुम्हारा मतलब सरकारी नियमों में ख़राबी है? जो 'सबका साथ सबका विकास' नहीं कर सकती।" अनुज ने बड़ी मासूमियत से पूछा।

"नियमों में ख़राबी नहीं है, उसे लागू करने वाले ईमान बेच रहें है। सिस्टम करप्ट हो चुका है। फ़्लाईओवर बनने से पहले गिर जाता है और उसके नीचे इंसानों के साथ इंसानियत भी मर जाती है। कोई फ़िल्मस्टार दारू पी के फ़ुटपाथ पर गाड़ी चढ़ाता है और दिनभर दो टुकड़े के लिए भटककर सोए हुए मांस के गोलों को कुचल देता है। प्रशासन को कभी कोई सबूत नहीं मिलता और कोर्ट को सिर्फ़ सबूत चाहिए, सच नहीं।" हर अल्फ़ाज़ के साथ हमीद की ज़ुबान लड़खड़ाने लगी और हर वाक्य के साथ वो बेहद गंभीर होने लगा।

"तो इसलिए 'to change the system, you have to be in the system' तुझे बनना है सोशल जस्टिस दिलानेवाला कलेक्टर। पूँजीवादियों के हाथों सताए हुए मज़लूमों का रहनुमा कलेक्टर। सिस्टम के अंदर पनप रहे गंदी नाली के कीड़ों को जड से ख़त्म करनेवाला 'काले हिट' जैसा कलेक्टर... करेक्ट।" अनुज ने अपना जाम हमीद के जाम से टकराया। उसका बैलेंस खोने लगा। ख़ुद को सँभालते हुए वो आगे कहने लगा, "और कलेक्टर बनने का रास्ता दिल्ली के मुखर्जी नगर से होकर गुज़रता है, तो तुझे जाना है दिल्ली।"

"और तेरे डॉक्टर बनने से पहले मुझे आईएएस बनना है।" हमीद ने अनुज का वाक्य पूरा किया।

***

4 अप्रैल, 2011
सुबह के छह बजे

हमीद अपनी सेंट्रो कार के साथ ग्रांट मेडिकल कॉलेज के हॉस्टल के गेट पर खड़ा था। चंद मिनटों में अनुज एक बैग के साथ दौड़ता हुआ आ गया और कुछ ही देर में वो सेंट्रो कार मुंबई गोवा हाइवे पर रत्नागिरी की ओर दौड़ने लगी। इस कार का भी एक क़िस्सा है। वो यह कि जब मेडिकल एंट्रेन्स में हमीद ज़िले में अव्वल नंबर लाया तो ख़ुशी से फूले न समाते हुए डॉ. रशीद ने बेटे को सरप्राइज़ देने के लिए इस कार को बुक किया था। डिलीवरी में किसी-न-किसी कारणवश देरी होती रही और आख़िरकार उस शाम कंपनी का बंदा कार लेकर आया जिस दिन सुबह ही डॉ. रशीद पर बेटे के बग़ावत का राज़ खुल चुका था। ग़ुस्से से आगबबूला डॉ. रशीद ने उस दिन अन्न का एक कण भी नहीं लिया और न ही किसी से बात की। अचानक सल्तनत लुट चुके बादशाह की तरह बौखला गए और शाम को जब यह कार सामने आई तो पूरी बौखलाहट, पूरा ग़ुस्सा इस मासूम कार पर निकाला गया। सारा मोहल्ला कार को पिटता हुआ बेबस देखता रहा। जब तक अशोक देशमुख, अनुज के पिता, उन्हें रोकते तब तक उसकी हालत किसी एक्सीडेंट हुए पुराने कार की तरह हो गई थी। उसका न शीशा बचा और न कोई हेडलाइट। उसी अवस्था में वो कार क़रीब एक साल तक डॉक्टर साहब के पार्किंग में खड़ी रही। एक साल बाद डॉ. सलमा ताँबे ने पती को बिना बताए उसे ठीक करवाया और मुंबई भेज दिया... हमीद के पास, तोहफ़े के तौर पे। पॉलिटिकल साइंस के प्रथम वर्ष में मुंबई यूनिवर्सिटी में टॉप किए जाने का तोहफ़ा। डॉक्टर साहब को बीवी का यह क़दम बिलकुल जायज़ नहीं लगा, हालाँकि उन्होंने कभी ऐतराज़ भी नहीं जताया।

"सलीम, इस बार मनवा लेगा बादशाह को?" कार की खिड़की से

सिगरेट का धुआँ बाहर छोड़ते हुए अनुज ने पूछा।

अनुज के इस सवाल से हमीद के माथे पर शिकन उभरकर आ गई। उसने बायें हाथ से अनुज की सिगरेट ली और दायें हाथ से स्टेयरिंग घुमाने लगा। एक गहरे कश के साथ माथे का बल हल्का हो गया। सुनसान रास्ते पर नज़र टिकाए हुए उसने कहा, "एब्सोल्यूट डेमोक्रेसी एक ढकोसला है। डेमोक्रेसी हर जगह ख़तरे में है... दुनिया के हर कोने में इसका गला घोंटा जा रहा है।"

"अब्बे! तू दुनिया की फ़िक्र छोड़, घर की कर। पता किया कि बादशाह कब लौटे हैं सऊदी से?" अनुज ने हमीद को रोकते हुए पूछा।

"अम्मी ने कल ही बताया, परसों ही पहुँचे है, दादी के साथ 'चौथी' बार उमराह कर के।" हमीद ने चौथी बार पर विशेष ज़ोर दिया। कुछ देर तक धुएँ को फेफड़ों के अंदर तक खींच लेने के बाद नाक से धुआँ छोड़ते हुए हमीद किसी सोच में डूब गया। चिड़चिड़ाते हुए कहने लगा, "साला हर घर का मुखिया तुर्रम ख़ान बना बैठा है। सिर्फ़ हुकुम देना जानता है, बिना यह सोचे-समझे कि बीवी-बच्चों की भी कुछ इच्छाएँ होती हैं। पर बादशाह को किसी की इच्छाओं से क्या लेना देना? उसे तो बस अपने मन की बात करनी है।"

"यार सलीम, तू मेरे सामने ये बकचोदी मत कर। मैं सिर्फ़ इतना जानता हूँ कि दुनिया के हर माँ-बाप अपने बच्चों का भला ही सोचते हैं।" अनुज ने हमीद को सिगरेट-बट बाहर फेंकने का इशारा करते हुए विंडो ग्लास को चढ़ा दिया।

"तुझे पता है क्या कि रस्किन बॉन्ड ने इस विषय पर क्या कहा है?"

हमीद कार की स्पीड कम करते हुए अनुज के आँख में देखते हुए कहने लगा, "वो कहते हैं कि अगर कभी उन्हें अपने बच्चे की परवरिश करने का दुबारा मौक़ा मिले तो वो उसे हर वो चीज़ खुले दिल से करने देंगे जो वो चाहते हैं। उन्हें अपने पंखों के साये में लेने के बजाय उनके पंखों में ताक़त पैदा करेंगे ताकि ऊँची उड़ान भरने से बच्चे को कोई रोक न पाए। यह होता है सही मायने में लिबरल होना। अपने बादशाह जैसे नहीं कि पिंजरे में बंद कर दिया और जब तक चाहे उड़ने की आज़ादी दे दी।"

"मैंने भी 'राष्ट्र सेवा दल' में ऐसे बहुत लेक्चर सुने है।"

"पर उसका तुझ पर घंटा असर नहीं हुआ। तू कल भी बाप के दिमाग़ से सोचता था और आज भी। तेरी अक़्ल गई भैंस चराने।" हमीद ने अनुज के

कमज़ोर जगह पर वार किया।

"तू बॉर्न रिबेलियन है बे सलीम। हर कोई तेरे जैसा नहीं हो सकता, जो हर किसी को चूतिया समझे, अपनी लाल करते रहे।" अनुज ने भी पलटकर जवाब दिया। फिर एक सिगरेट जलाई, विंडो ग्लास नीचे किया। धुएँ को बाहर छोड़ने लगा। कार ख़ामोशी से आगे बढ़ने लगी। पर हमीद के दिमाग़ में 'बॉर्न रिबेलियन' यह दो अल्फ़ाज़ घूमने लगे। कई सालों पहले उसके अम्मी ने भी इन्ही शब्दों में उसका ज़िक्र किया था जब कक्षा पाँचवीं में उसने राष्ट्र सेवा दल के स्टेज से देश की उन्नति में समाज के हर तबक़े की भागीदारी पर भाषण दिया था।

हमीद न जाने कब और कैसे इस दल के संपर्क में आया, यह वो स्वयं भी बता नहीं पाएगा। पर जब वो पहली बार राष्ट्र सेवा दल के कार्यक्रम में गया तो उसे यह एहसास हुआ कि देश में मोहब्बत का पैग़ाम देने वाले कुछ लोग अब भी मौजूद हैं। समाजवाद और मानवता को माननेवाले अभी इस दुनिया से पूरी तरह नदारद नहीं हुए है। वरना कई सालों से उसने रथयात्रा, बाबरी मस्जिद पतन, हिंदू-मुस्लिम दंगे, बम्बई बम ब्लास्ट के अलावा कोई दूसरी सामाजिक बात सुनी ही नहीं थी।

उसके हर जन्मदिन पर देश के सारे मुसलमान मातम मना रहे होते थे। सबको बाबरी मस्जिद के ढहने का दुख होता था तो उसे बाबरी मस्जिद को ढहाने वाले उन कारसेवकों पर इसलिए ज़्यादा ग़ुस्सा आता था कि उन्होंने बाबरी गिराने के लिए उसका जन्मदिन ही क्यों चुना? वो 6 दिसंबर, 1991 को मुंबई के कैफ़ी अस्पताल में पैदा हुआ, तो उसके ठीक एक साल बाद उसी दिन अयोध्या में मस्जिद का विवादित ढाँचा गिराया गया। उस समय फ़िज़ीशियन डॉ. रशीद, बम्बई के भायखला में गायनेकोलॉजिस्ट बीवी के साथ 'ताँबे कार्डियक केयर सेंटर एंड नर्सिंग होम' चलाते थे। शादी के तीन साल बाद डॉ. सलमा के पाँव भारी हुए थे। जब लड़का पैदा हुआ तो दादी ने उस नन्ही जान को गोद में उठाते हुए मुस्कुराके कहा था- 'मन्नत के सपूत।' और उसके बाद से आज तक कई बार वो हमीद को इसी उपनाम से ताने मारती रही हैं। इसी सपूत का पहला जन्मदिन मनाने के लिए दादी सुल्ताना बेगम और दादा रफ़ीक़ सेठ रत्नागिरी से मुंबई आए हुए थे। जन्मदिन की

सारी तैयारियाँ हो चुकी थीं कि बाबरी की ख़बर आई। सारे देश में हंगामा शुरू हो गया। मुंबई के नागपाड़ा एरिया में पायधुनी पुलिस स्टेशन पर मुस्लिमों ने एहतेजाज (प्रोटेस्ट) मोर्चा निकाला। मोर्चा दंगल में तब्दील हुआ। बाबरी के पतन से आहत किसी सिरफिरे मुसलमान ने डोंगरी इलाक़े में हिंदू माथाडी कामगार का क़त्ल किया, तो हिंदुत्ववादी संगठन ने आम हिंदुओं में शेर की ताक़त भर दी। हिंदू-मुसलमान गुट बनाकर शिकार की तलाश में घूमने लगे। पैंट उतारकर शिकार की शिनाख़्त की जाने लगी। तक़दीर बुलंद होती तो शिकार बच जाता। ऐसे ही एक गुट के हाथों रफ़ीक़ सेठ लग गए। उस दिन उनकी क़िस्मत का तारा बुलंद न था। उनके पिट पर तेज़ चाक़ू से कई वार किए गए। हॉकी स्टिक से सर फोड़ा गया, पैरों को पत्थरों से कुचला गया। उन्हें अधमरा छोड़कर भीड़ दूसरे शिकार पर टूट पड़ी। जब डॉ. रशीद को यह ख़बर मिली तब तक रफ़ीक़ सेठ दुनिया को अलविदा कह चुके थे। डॉ. रशीद बड़े बोझिल मन से उनका पार्थिव शरीर रत्नगिरी लेकर आए। वालिद को उनकी इच्छानुसार उनके वालिद के बग़ल में दफ़नाया गया। कई दिनों तक दंगे चलते रहे। डॉक्टर साहब का क्लीनिक भी उस आग की चपेट में आ गया। बम्बई की सड़कें ख़ून से सींची जाती रहीं और फिर एक बड़ा धमाका हुआ- बम्बई बम ब्लास्ट। कहते हैं कि मुसलमानों ने ब्लास्ट करके दंगों का बदला लिया। हर जन्मदिन पर यही क़िस्सा सुन-सुनकर वो उब गया था। उसे इस पूरे वाक़ये से चिढ़ आने लगी थी और उन दोस्तों से नफ़रत होने लगी था जो कहते थे कि अगर उस वक़्त बम्बई में धमाके न होते तो मुसलमानों का वहाँ रहना मुश्किल हो जाता, दाऊद ने मुसलमानों की आबरू बचाई वग़ैरह। उनमें से कई दोस्त दाऊद इब्राहिम कासकर के कोंकणी मियाँ भाई होने पर फ़ख़्र महसूस करते हुए कहते, "हिंदुस्तान में ऐसा माहौल बना दिया गया है कि अगर यहाँ मियाँ भाई को साँस लेना है तो दाऊद ही बनना पड़ेगा, दूसरा कोई चारा ही नहीं है।"

हमीद इन दोस्तों से दूर भागता, उन पर ग़ुस्सा करता, उन पर चिल्लाता कि, "अब्दुल कलाम भी तो बन सकते हैं। लेकिन उसमें मेहनत लगेगी जो हमें करना नहीं है। धमाके करनेवालों की तरफ़दारी करनी है। लेकिन यह जान लो कि बम ब्लास्ट करके मासूमों की जान लेना मर्दानगी नहीं, हैवानियत है।"

"पहले मुसलमानों को मारा गया, जान और माल का नुक़सान किया गया, उसके बाद ब्लास्ट हुए हैं।" कोई दोस्त सफ़ाई देता।

"मोर्चे निकालकर दंगों की शुरुआत तो मुसलमानों ने की थी।" हमीद पलटकर जवाब देता।

"अगर मस्जिद गिराई नहीं जाती तो मोर्चे निकलते नहीं।" कोई दूसरा दोस्त कहता।

"मंदिर तोड़कर मस्जिद बनाई नहीं जाती तो गिराई भी नहीं जाती।" अनुज भी अपनी राय रख दिया करता।

"वहाँ मंदिर था इसका प्रूफ़ क्या है ?" भीड़ बनाकर खड़े दोस्तों में से एक आवाज़ आती और चर्चा वहीं रुक जाती। बचपन में कई बार हमीद और अनुज इस तरह के नतीजा न निकलने वाली चर्चा का हिस्सा बन चुके थे। इन दोस्तों से बात करके उन्हें किसी नतीजे की उम्मीद भी न होती। उनके मन में उम्मीद की किरण पहली बार राष्ट्र सेवा दल के कार्यक्रम में जगी जहाँ समूचे मानव जाति के कल्याण की बात होती थी, समाज में फैल रही विषमता के वायरस का एंटीडोट बनाने की बात होती थी, पीड़ित इंसान को बदहाली से निकालकर उसका जीवन-स्तर सुधारने की बात होती थी। सोशल जस्टिस और सोशल इक्वलिटी की बात होती थी। हमीद और अनुज नियमित रूप से राष्ट्र सेवा दल के विविध कार्यक्रमों में बढ़-चढ़कर हिस्सा लेने लगे। उन्हें दल के कार्यक्रमों में गाया जानेवाला गीत 'खरा तो एकचि धर्म, जगाला प्रेम अर्पावे' बेहद पसंद आने लगा। इस गीत का मतलब यही कि सारे दुनिया में मोहब्बत का पैग़ाम पहुँचाना ही एकमात्र सच्चा धर्म है। वो उन कार्यक्रमों में सीखें तत्वों को अपने निजी ज़िंदगी में भी लागू करवाने लगा। कभी सफल होता तो अनेक बार असफल। समता का संदेश देने वाले राष्ट्र सेवा दल के संस्थापक साने गुरुजी उनके पड़ोसी गाँव के थे। इसका उन्हें इस क़दर अभिमान होने लगा कि वो दाऊद को आदर्श मानने वाले दोस्तों से कहते, "अगर गर्व करना है तो साने गुरुजी पर करो जिसने राष्ट्र सेवादल की नींव रखकर सही मायने में कोंकण के मिट्टी का क़र्ज़ अदा कर किया है।"

"अब्बे सलीम, आगे देख।" अनुज ज़ोर से चीख़ा। उसकी इस चीख़ ने हमीद को वर्तमान में वापस लाया। उसने पूरी ताक़त से ब्रेक पर पैर दबाया।

कार घसीटते हुए आगे बढ़ने लगी। जब वो बिल्कुल सामने खड़े स्कूल बस तक पहुँची तो उसने आधे स्टेरिंग को दायें घुमाया। कार स्कूल बस से टकराने से तो बच गई पर सामने से रास्ता काट रहे कुत्ते से भीड़ गई। कुत्ता लुढ़ककर गिर गया। कार रुक गई। रोड पर टायर के घिसने से टायर जलने जैसी बदबू आने लगी। शायद इसी बदबू को सूंघकर वो कुत्ता उठ खड़ा हुआ और 'भौं-भौं' करते हुए रास्ते के किनारे दौड़ने लगा। कुत्ते को ज़िंदा देखकर इन दोनों के जान में जान आई।

हमीद शाम क़रीब सात बजे घर पहुँचा। सूरज डूबने का वक़्त हो रहा था। उसका घर शहर के सबसे बड़े मकानों में से एक था। गेट और बंगले के पचास मीटर के फ़ासले में सजे लॉन में भोपाल के भूतपूर्व नवाब से ख़रिदा हुआ संगमरमर के डिज़ाइन वाला सोफ़ा सेट सजाया हुआ था, जिस पर बैठकर डॉ. रशीद अक्सर अपनी माँ और बीवी के साथ चाय का लुत्फ़ लेते थे। लॉन के हर कोने से अलग-अलग क़िस्म के फूलों की ख़ुशबू एक दूसरों में मिलकर उन ख़ुशबुओं का संगम वातावरण में ताज़गी फैला रहा था। मकान बाहर से जितना ख़ूबसूरत था अंदर से तो उससे भी कहीं ज़्यादा बेहतरीन। हॉल की भव्यता ऐसी कि देखने वालों की आँखें चमक जाए। हर तरफ़ से अमीरी की ख़ुशबू झलकती थी। छत से टँगा हुआ काँच का झूमर, फ़र्श पर बिछी क़ालीन, सब कुछ बहुत शानदार था। रौशनी इस तरह से बिखरी हुई थी कि दिन के उजाले में भी आदमी की आँखें जगमगा जाए। वह सीधा नहाने के लिए बाथरूम गया। गर्म शॉवर की बौछार उसके जिस्म से धुआँ उगलने लगी। धुएँ की परत आईने पर जमने से उसे अपना चेहरा धुंधला दिखाई दिया। उसने हथेली से आईना साफ़ किया। अब सूरत साफ़ दिखने लगी। उसकी नज़र बाथरूम के पिंक रंग के कजारिया टाइल्स पर गिरी। उसने उसे छूकर देखा, बेहद चिकनी। बिना साबुन के भी हाथ फिसलने लगे। उसने पुनः आईने में ख़ुद को देखा, दो सेकेंड के लिए। फिर अचानक शॉवर चालू किया और काफ़ी देर तक आँख मूँदे बौछार को बदन पर झेलते खड़ा रहा।

हमीद जब कपड़े बदलकर हॉल में दाख़िल हुआ तो दादी सुल्ताना अपने बहु को सऊदी अरब से खरीदे हुए ज़ेवर, कपडे, बुर्के दिखाने में मसरूफ़ थी। उसने सलाम किया और उनके बग़ल में बैठ गया। अम्मी ने दो खजूर

और 'आब-ए-ज़मज़म' का गिलास उसके ओर बढ़ा दिया। एक खजूर मुँह में रखकर उसने ज़मज़म का गिलास रेगिस्तान के प्यासे की तरह ख़त्म किया।

"अरे नासपीटे! ज़मज़म को तीन साँस में आहिस्ता-से पीते हैं और कम-से-कम क़िबले की तरफ़ तो मुँह फेर लिया होता।" दादी सुल्ताना लगभग चीख़ पड़ी। हमीद ख़ाली गिलास की तरफ़ देखकर अम्मी की तरफ़ देखने लगा, जो दादी के बात से इत्तेफ़ाक़ रखती थी।

"अब पछताने से क्या होगा, जब चिड़िया चुग गई खेत।" हमीद ने मज़ाक़िया अंदाज़ में कबीर को याद किया।

"पछता तो हम रहे हैं, तुझ जैसे 'मन्नत के सपूत' का बोझ ढोते हुए।" दादी ने तीखा जवाब देते हुए कुछ पुटपुटाने लगी। हमीद कुर्सी को बिल्कुल क़रीब घसीटते हुए लेकर गया। कहने लगा, "एक बात पूछूँ दादी... अगर तुम बुरा ना मानो तो..." अम्मी को लगा कि यह कुछ शरारत करने वाला है। उसने उँगली होंठों पर रखते हुए ख़ामोश रहने का इशारा किया। पर तब तक हमीद ने बात-चीत का मन बना लिया था।

"आप पहली बार सऊदी कब गई थी?" हमीद ने पूछा।

दादी भूतकाल में खो गई। चेहरे पर मीठी मुस्कान लाते हुए कहने लगी, "जब रशीद छह साल का था तब इनके और सास-ससुर के साथ गई थी, पानी के जहाज़ से हज के लिए। तब आज इतनी फ़ैसिलिटी नहीं थी।"

"और उसके बाद..."

"इनके इंतक़ाल के दो साल पहले उमराह के लिए और बाद में रशीद और सलमा के साथ दो बार उमराह और अब की यह चौथी बार।" दादी का सीना गर्व से फुल रहा था।

"कई लोगों की तो सारी ज़िंदगी निकल जाती है पर वो मक्का मुनव्वरा का दीदार नहीं कर पाते और आप एक बार हज और चार उमराह लगाए बैठे हो। सऊदी अरब मुसलमानों का मज़हबी मरकज़ नहीं तो अब अमीरों का पिकनिक स्पॉट बनके रह गया है।" हमीद के अंदर का सोशलिस्ट मुस्कुराने लगा।

"बदतमीज!" दादी ने ज़ोर से कहा और अपना ज़ेवर का बक्सा उठाकर लाठी के बल चल पड़ी। वो फिर से पुटपुटाने लगी। अम्मी ने उसकी ओर

ग़ुस्से से देखा और वो भी अपने सास के पीछे-पीछे चल पड़ी।

डाइनिंग टेबल पर सब निवाले गिनते हुए खा रहे थे। हेड ऑफ़ द फ़ैमिली की कुर्सी पर दादी सुल्ताना बैठी थी, जो अब तक हमीद के ताने से कुढ़ रही थी, उनके दायें बेटा रशीद, बायें बहू सलमा तो बहू के बग़ल में पोता हमीद और उसके बग़ल में अनुज। बेटे के एक साल बाद घर आने की ख़ुशी में माँ सलमा ने बेटे की पसंदीदा फ़िश फ्राई और चिकन बिरयानी बनाई थी। हमीद को अनुज की आज विशेष ज़रूरत थी। तो वो ख़ास दावत पर बुलाया गया। बिरयानी की ख़ुशबू पूरे कमरे में दौड़ रही थी। पर किसी को उसको चखने में मज़ा नहीं आ रहा था।

खाना ख़त्म होते ही अनुज ने ख़ामोशी ख़त्म करने का काम किया। उसने कहा, "अंकल हमीद की सोच बहुत ऊँची है। यक़ीन मानो एक दिन वह ज़रूर आईएएस बनकर दिखाएगा।"

पिता ने उसकी बात को नज़रअंदाज़ किया। हमीद ने कुछ कहना चाहा तो उसके तरफ़ देखे बग़ैर हवा में हाथ उठाकर कुछ न कहने का इशारा किया। वो माँ की तरफ़ बेबस देखने लगा। उसने अब्बू को गहरा घाव दिया था और वक़्त रहते चिकित्सा नहीं हो पाने से नासूर बन चुका था, जिसका अब कोई उपाय नज़र नहीं आ रहा था। घाव के नासूर बनने में दादी सुल्ताना के नमक का भी अहम रोल था। आज फिर उन्होंने पुराने ज़ख़्म पर नए सिरे से नमक रगड़ दिया। बहू से कहने लगी, "तुम्हारे इस 'मन्नत के सपूत' ने मेरे बेटे का चैन हराम कर दिया है। बाप ज़िले में मशहूर फ़िज़िशियन, माँ औरतों की फ़ेमस डॉक्टर और बेटा क्या... तो बीए! क्या इज़्ज़त रह गई हमारी शहर में? यह लड़का है ही मनहूस, पहले अपने दादा को निगल गया और अब बाप के पीछे पड़ा है।"

"अम्मा, आपको पहले भी कितनी बार समझाया है कि अब्बा के मौत का हमीद से कोई लेना-देना नहीं है। दंगे में हुई है उनकी मौत।" डॉक्टर सलमा को सास की बातों से चिढ़ आने लगी थी और यह पहली बार नहीं हुआ था। दादी सुल्ताना अक्सर उस दिन को कोसती रहती जब वे हमीद का पहला जन्मदिन मनाने के लिए मुंबई आए थे। उनका मानना था कि अगर वह मुंबई नहीं आते तो उनके शौहर की जान नहीं जाती।

"तेरे ही लाड़ प्यार ने ही इसे बिगाड़ दिया है। इसे अच्छा-बुरा कुछ समझ में नहीं आता। इसके हर ग़लती पर पर्दा डाला है तुमने। तेरे सपोर्ट ने ही इसे बिगाड़ा है।" सास ने हमेशा की तरह बहू पर इल्ज़ाम लगाया।

"सपोर्ट? मैंने क्या सपोर्ट किया है? मेडिसिन छोड़ने का फ़ैसला उसका था। आप जानती हैं सब।" डॉ. सलमा ने सास के टोन में जवाब दिया।

"अपने शौहर के मर्ज़ी के ख़िलाफ़ लाडले को बम्बई पैसे भेजती रही। अगर तुम पैसे नहीं भेजती तो वो एक महीने में घर लौट आता। बाप से माफ़ी माँगता... पर नहीं, तुमने ना मेरी सुनी ना रशीद की।" सुल्ताना ने बहू के बेवफ़ाई का सबूत पेश किया। फिर हमीद से मुख़ातिब होकर कहने लगी, "एक इंसान की औक़ात ही कितनी होती है जो तू दुनिया बदलने की बड़ी-बड़ी बातें करता है? झोलाछापों के स्टेज पर खड़े होकर भाषण देना बहुत आसान बात है, असल ज़िंदगी इतनी सीधी नहीं होती। इस बात को जितना जल्दी समझेगा अच्छा होगा। ये देश बहुत बड़ा है और व्यवस्था सदियों पुरानी। तेरे एक के कलेक्टर बन जाने से कुछ नहीं बदलेगा। देख लेना। पछताएगा तू। ये बाल ऐसे ही धूप में सफ़ेद नहीं हुए हैं।"

"कुछ बदले ना बदले दादी, कोशिश तो कर ही सकता हूँ। और तुम भी देख लेना... मैं शायद कभी नहीं पछताने वाला।" हमीद ने दादी के हाथ को अपने हाथों में लेते हुए आश्वस्त करने का प्रयास किया।

"अम्मा, जिस उमर में बच्चे चौराहा नाप रहे होते हैं, अपना करियर चुन नहीं पाते, कन्फ़्यूज़ रहते हैं। हमीद ने कोई पुख़्ता डिसीज़न लिया है, तो ये अच्छी बात है ना?" अब डॉक्टर सलमा ने कहा।

फिर एक बार हिम्मत जुटाते हुए हमीद अब्बू से कहने लगा, "अब्बू, आप जानते ही हो कि मैं हमेशा से ही कलेक्टर बनना चाहता हूँ। इन तीन सालों में मैंने सिर्फ़ यूपीएससी की पढ़ाई की है। इक कलेक्टर डॉक्टर से कई गुना पावरफुल होता है।"

"इसकी यही तो कमज़ोरी है कि इसे हर चीज़ आसान लगती है। यह क्या कोई सर सय्यद का पोता है जो इसे कलेक्टर बना देंगे। आजकल कौन मुसलमानों को कलेक्टर बनाएगा? इंटरव्यू से ही भगा देंगे।" डॉ रशीद अनुज से मुख़ातिब होकर बोल रहे थे।

“आप घर पर बैठे रहेंगे तो कोई आकर ताज नहीं पहनाएगा। और किसी ने किसी को रोका नहीं है। पिछले साल का ऑल इंडिया टॉपर एक मुस्लिम ही था।” हमीद ने सख़्त लहजे में कहा। उसका लहज़ा देखकर दादी झुंझला गई।

“‘मन्नत के सपूत’ बाप से बात करने की अब तमीज़ भी नहीं रही तेरे में।”

इससे पहले के अम्मी कोई जवाब देतीं, डॉ. रशीद बोल पड़े, “अम्मा, छोड़ो इन बातों को। तुम खामखा अपना ब्लड प्रेशर ना बढ़ाओ। इन माँ-बेटे की जो मर्ज़ी करना है, करें। मैं इनके बीच में नहीं आऊँगा। ये दिल्ली जाए, लंदन जाए, भाड़ में जाए, मुझे कोई परवाह नहीं।” डॉ. रशीद ने अपनी बात शुरू की और एक साँस में ख़त्म भी की। तेज़ी से उठे और डाइनिंग रूम के बाहर चले गए। उनके पीछे दादी भी चली गई।

हमीद पहले तो कुछ देर नम आँखों से माँ की तरफ़ बिना पलकें झुकाए देखता रहा और अचानक उनके गले से लिपट गया। माँ ने भी पीठ पर हाथ फेरते हुए आश्वस्त किया कि उसके इस बाग़ी सफ़र में वो बेटे के साथ है।

***

रिवॉल्यूशन बिगिन्स

दिल्ली पहुँचकर हमीद ने मुखर्जी नगर का रुख़ किया। वो बत्रा चौक पर अपने बड़े बैग के साथ सागर का इंतज़ार करने लगा। बत्रा चौक दिल्ली का वो इलाक़ा है जिसने देश को अन्य किसी भी मोहल्ले, शहर, ज़िले की तुलना में सबसे अधिक ब्यूरोक्रेट्स दिए हैं। सारे देश से जो कोई भी सिविल सर्विसेज़ की तैयारी हेतु दिल्ली आता है उसे कभी-न-कभी इस चौक से होकर गुज़रना ही पड़ता है। सुबह के आठ बजे भी वहाँ के माहौल में विलक्षण जोश था। चाय पर सामान्य ज्ञान से लेकर अर्थशास्त्र तक की चर्चा हो रही थी। वो कैफ़ेटेरिया के एक कोने में बैठकर चाय की चुस्की और सिगरेट के साथ उस चौक से गुज़र रहे लड़के, लड़कियों को ग़ौर से देखने लगा। हर लड़का, लड़की में उसे भावी कलेक्टर दिखाई दे रहा था। किसी हमउम्र लड़के में वो ख़ुद को भी देखता। एक लड़का पीले रंग की किताब के पन्ने पलट रहा था। हमीद को यह जानने में बिलकुल ही दिक़्क़त नहीं हुई कि वो किताब जी.सी. लीओंग की 'सर्टिफ़िकेट ऑफ़ फ़िज़िकल जियोग्राफ़ी' है। उस किताब का हर नक़्शा उसके दिल और दिमाग़ पर पहले ही छप चुका था। उसने बायीं ओर नज़र पलटाई तो देखा कि एक लड़की बिपिन चंद्रा की 'इंडियाज़ स्ट्रगल फ़ॉर इंडिपेंडेंस' पढ़ रही है। उसे इतिहास को सुबह टपरी में बैठकर पढ़ना ज़रा-सा ऊट-पटांग लगा। उसके हिसाब से इतिहास को कहानी की तरह उस समय पढ़ना चाहिए जब अर्थशास्त्र जैसे क्लिष्ट विषय पढ़कर सुस्ती आने लगे, दिमाग़ बोझिल होने लगे। टपरी को वो सिर्फ़ न्यूज़पेपर या करंट अफ़ेयर्स पर चर्चा करने की जगह मानता था। इतिहास पढ़ रही उस लड़की की ओर उसने ग़ौर से देखा। किताब जिस तरह से खुली हुई थी उससे मन-ही-मन उसने

यह अंदाज़ा लगाया कि वो मुश्किल से पेज नं 180 से 200 के बीच होगी। यानी वो गाँधीजी के नॉन-कोऑपरेशन मूवमेंट और अली भाइयों के ख़िलाफ़त मूवमेंट को पढ़ रही है। ख़िलाफ़त मूवमेंट... उसके दिमाग़ में यह शब्द कुछ सेकेंड गूँजते रहे। वो याद करने लगा कि पहले विश्व युद्ध के बाद ब्रिटन ने तुर्की पर काफ़ी सारे प्रतिबंध लाद दिए थे। तुर्की में बसे इस्लामिक ख़लीफ़ा की ख़िलाफ़त ख़त्म करने का ऐलान किया था। सारी दुनिया के मुसलमानों की तरह हिंदुस्तानी मुसलमानों को भी यह हरकत उनके मज़हब में हस्तक्षेप लगी। इसके विरोध में शौकत अली और उसके भाई ने हिंदुस्तान में ख़िलाफ़त मूवमेंट के शुरुआत की, जिसे गाँधीजी ने पूर्ण समर्थन दिया। इतना ही नहीं वे 'ख़िलाफ़त कमिटी' के सदर भी चुन लिए गए। मसला मुसलमानों का था पर उनके अंग्रेज़ों के विरोध में गाँधीजी के एक पुकार पर पूरा देश उनके साथ जुड़ गया। उसी वक़्त उसे आर माधवन के किसी गाने की वो लाइन याद आ गई 'ना वो गाँधी रहे ना वो गौतम रहे, ना वो पब्लिक रही ना वो मौसम रहे।' टपरी के एक कोने में बैठते हुए उसने अपने बैग में से भूरे रंग के कवर वाली एक किताब निकाली। कुछ पन्ने पलटकर वह रुक गया। उस पन्ने को उसने ऊपर से नीचे तक धीरे-धीरे पढ़ा। किताब बंद की और फिर कुछ सोचने लगा। आस-पास के लड़कों-लड़कियों को निहारने लगा। उसने पुनः अपनी नज़र उसी पन्ने पर जमा दी।

पीठ पर पड़े थपकने की आवाज़ से हमीद वापस किताबी दुनिया से लौट आया। पलटकर देखा तो गोरे-चिट्टे चेहरे पर पलकों तक लटक रहे बालों के साथ सागर हमेशा की तरह दिलकश मुस्कान के साथ खड़ा था। इसी मुस्कान को उसने अनुज के साथ डेढ़ साल पहले छत्रपती शिवाजी टर्मिनस से दिल्ली के लिए रवाना किया था और अब वही गोरा-चिट्टा चेहरा उसका दिल्ली में स्वागत कर रहा था।

'वेलकम टू दिल्ली मियाँ' कहते हुए सागर ने पहले तो हमीद को एक पुलिस वाले की तरह सैल्यूट किया और फिर गले से लगाया।

"यह सैल्यूट तेरे दिल्ली आने के लिए की गई बग़ावत के लिए।" सागर ने कहा।

यह सागर का सिग्नेचर स्टाइल था। जब कभी उसे कोई बात दिल से

पसंद आती थी तो वो इसी तरह सैल्यूट किया करता था। पिछली बार इस तरह का सैल्यूट उसने तीन साल पहले किया था जब वो हमीद से पहली बात मुंबई में मिला था और उसके सेंट ज़ेवियर वाले बग़ावती क़िस्से से इम्प्रेस हुआ था।

'थैंक यू भाऊ!' कहते हुए हमीद सागर से अलग हुआ।

भाऊ? मतलब भाई। 'भाऊ' सागर का उपनाम है। सिर्फ़ हमीद ही नहीं ग्रांट मेडिकल कॉलेज मुंबई का सारा हॉस्टल उसे इसी नाम से जानता था। कई जूनियर छात्रों को तो उसका असली नाम तक पता नहीं था। ख़ुद हमीद को उसका असली नाम उससे हुई पहली मुलाक़ात के एक साल बाद मालूम हुआ था। उनकी पहली भेंट अनुज ने करवाई थी। अनुज को किसी से पता चला था कि उससे दो साल सीनियर कोई 'भाऊ' सिविल सर्विसेज़ की तैयारी करता है, तो उसने सागर को ढूँढ निकाला, उससे दोस्ती की और अपने दोस्त से मिलवाया। जब हमीद उससे मिलने हॉस्टल, उसके रूम पर पहुँचा तो उस कमरे की सभी दीवारों पर चिपकाए हुए विभिन्न चार्ट देखकर उल्लसित हो गया था। कमरे के एक कोने में मेडिसिन और सिविल सर्विसेज़ की किताबों को अलग-अलग करके दीवार के सहारे से लगाया गया था। कमरे में मौजूद कुल किताबों में मेडिसिन की किताबें केवल बीस प्रतिशत के आस-पास ही रही होंगी। बाक़ी कमरे के हर कोने से सिर्फ़ और सिर्फ़ सिविल सर्विसेज़ की ही ख़ुशबू आती थी। उस पहली मुलाक़ात में ही हमीद उसका क़ायल हो गया था। बहरहाल उनकी दोस्ती दिन-ब-दिन गहरी होती गई। उसी दोस्ती के ख़ातिर सागर बत्रा चौक आया था।

सागर के रूम पहुँचने पर हमीद को ठीक उस तरह मन को हर्षित करने वाला अनुभव आने लगा जैसा मुंबई में उनकी पहली मुलाक़ात में आया था। यह कमरा भी मुंबई वाले कमरे की तरह हूबहू सजाया गया था। दोनों में फ़र्क़ सिर्फ़ इतना था कि दिल्लीवाले कमरे में मेडिसिन के किताबों की जगह 'विज़न आईएएस' के नोट्स ने ली थी और एक दीवार के कोने पर विदेशी पॉप सिंगर शकीरा अपने मादक अंदाज़ में विराजमान हो चुकी थी।

सागर ने हमीद के रहने का इंतज़ाम उसी हॉस्टल के चौथे फ़्लोर पर करवा दिया, जिसके दूसरे फ़्लोर पर वो ख़ुद रहता था। वैसे तो हमीद को दूसरे फ़्लोर पर ही एक कमरा काफ़ी पसंद आया था, पर अटैच्ड टॉयलेट बाथरूम

ना होने की वजह से उसने चौथे फ़्लोर के किनारे जाना पसंद किया।

"इससे अच्छा खाना तुम्हें पूरे मुखर्जी नगर में कहीं नहीं मिलेगा।" कहते हुए सागर ने उसी बूढ़े अंकल का टिफ़िन लगवा दिया जिसकी बेस्वाद सब्ज़ी और पानी जैसी पतली अरहर की दाल को सूखी रोटी के साथ वो पिछले डेढ़ साल से निगल रहा था। रोटियाँ तो हर रोज़ ताज़ी ही बनती होगी पर हॉस्टल तक आते-आते उसका पापड बन जाता था। दाल पतली तो होगी ही क्योंकि दिल्ली में पानी की कमी नहीं है और अरहर महँगी है। जब पचास लोगों के लिए एक किलो से भी कम आलू इस्तेमाल होता हो तो सब्ज़ी का बेस्वाद होना ज़रूरी था। जब सारा मुखर्जी नगर ही इसी तरह के पौष्टिक आहार पर जी रहा था, तो हमीद थोड़े ही नियम में अपवाद हो सकता था।

पूरा दिन कमरे की सफ़ाई करने से हमीद की कमर दर्द के मारे टूटने लगी। उसने मुंबई से लाए हुए कुछ किताबों को एक कोने में करीने से सजाया। दीवार पर देश और दुनिया का नक्शा चिपका दिया। वो थका हारा मेज़ पर बैठकर भूरे रंग के कवर वाली किताब से कुछ पढ़ने लगा। मेज़ पर उस दिन का 'द हिंदू' अख़बार पड़ा था। उसने उस किताब मेज़ के सबसे नीचे वाले ड्रॉअर में रख दिया। यह उसका नित्यक्रम बन चुका था कि सुबह-सुबह सबसे पहले भूरे रंग की किताब से कुछ पढ़ता और फिर उस दिन के 'द हिंदू' पर नज़र दौड़ाता। उसने अख़बार पढ़ना शुरू किया। दिल्ली में हज़ारे की अगुवाई में जंतर-मंतर पर 'इंडिया अगेंस्ट करप्शन' के बैनर तले 'जनलोकपाल बिल' लागू करवाने के लिए एक बड़ा आंदोलन छिड़ चुका था। मीडिया इस आंदोलन की तुलना गाँधीजी के सत्याग्रह आंदोलन से करने लगी और को इस युग के गाँधी के तौर पर पेश करने लगी। इस दौर के युवा पीढ़ी ने आज़ादी की जंग तो नहीं देखी थी पर इस मूवमेंट के ज़रिये वो कल्पना कर सकते थे कि कुछ इसी तरह के मूवमेंट ने अंग्रेज़ों को देश के बाहर खदेड़ा होगा। हमीद ने मन-ही-मन कल्पना की। उसके अंदर का राष्ट्र सेवा दल का कार्यकर्ता जागने लगा। जब देश भ्रष्टाचार मुक्त भारत के लिए सड़कों पर उतर आया हो तब किताबों में गिरफ़्त होना हमीद के क्रांतिकारी मन को खटक रहा था। 9 अप्रैल 2011 की सुबह-सुबह ही उसने सागर के रूम का रुख़ किया। दरवाज़ा आधा खुला हुआ ही था। मुँह में ब्रश ठूँसे अधनंगा सागर

अधनंगी शकीरा के बग़ल में चिपका हुआ 'प्रेअम्बल ऑफ़ कॉन्स्टिट्यूशन' पर नज़र दौड़ा रहा था। हमीद ने उससे जंतर-मंतर चलने की पेशकश की।

"नहीं। मुझे किसी के क्रांति में दिलचस्पी नहीं है। मैं कहता हूँ कि तू भी मत जा।" सागर ने साफ़ तौर से मना कर दिया।

"इन आंदोलनों में बहुत दम होता है, भाऊ। तख़्तों पर बैठनेवालों को रास्ते पर ला सकता है। देखा नहीं, 'ग्रुप ऑफ़ मिनिस्टर्स' से कैसे शरद पवार को इस्तीफ़ा देना पड़ा?" हमीद ने उसे मनाने के लिए आंदोलन के पहले जीत का हवाला दिया।

"उससे क्या होगा?"

"यह तो आंदोलन की शुरुआत है। आगे-आगे देखो देश में क्या क्या होता है?"

"यहाँ पर कुछ नहीं बदलेगा। तु मुंगेरीलाल के हसीन सपने देख रहा है। ऐसा सपना जो कभी हक़ीक़त नहीं बन सकता।"

"एक वुड बी सिविल सर्वेंट को इतना भी नेगेटिव नहीं होना चाहिए। एक बार मेरे साथ आंदोलन में चलो तो सही। प्लीज़। दिल्ली मेरे लिए नई है, कम-से-कम इस ख़ातिर तो चलो। मेरी इतनी मदद की है थोड़ा और सही... प्लीज़!" हमीद गिड़गिड़ाने लगा।

हमीद के प्लीज़ ने सागर को पिघला दिया और न चाहते हुए ही वो जंतर-मंतर के लिए राज़ी हो गया। तेरह-चौदह किलोमीटर की दूरी आधे घंटे में तय कर के वे जंतर-मंतर पहुँचे।

वे जब वहाँ पहुँचे तो भाषण ख़त्म हो चुका था। नारे गूँज रहे थे। भीड़ का कोलाहल ज़ोर मार रहा था।

'भारत माता की जय!'

'वंदे मातरम!'

' नहीं ये आँधी है, देश का दूसरा गाँधी है!'

'इंक़लाब जिंदाबाद!'

हमीद भी उस भीड़ का हिस्सा बनकर उन नारों की आवाज़ में अपनी आवाज़ को मिलाने लगा। वो इस तरह उनमें घुल मिल गया जैसे उन लोगों को बरसों से जानता हो। सागर ने भी नारों के लिए उकसाए जाने पर बड़ी

मुश्किल से दो चार नारे लगाए। पर उसके आवाज़ में वो गर्मजोशी न थी जो औरों की आवाज़ में थी। हमीद भीड़ पर नज़र दौड़ाने लगा। उसे समाज के हर तबक़े के लोग दिखाई दिए। हम उम्र नौजवान लड़के, लड़कियाँ, अधेड़ उम्र के आदमी, आंटियाँ, पूर्व स्वतंत्रता सेनानी, बूढ़े, सभी वहाँ मौजूद थे। एक आवाज़ ने उसका ध्यान खींच लिया। उसके ही हमउम्र एक लड़की ब्लैक टी-शर्ट और ख़ाकी पाजामे में हलक़ के आख़िरी सतह से नारे लगा रही थी। उसके लाल रिबन बंधे हुए हाथ में एक डफली थी, जिसे वो ज़ोरों से पीट रही थी। अपने आवाज़ को डफली के साथ सिंक्रोनाइज़ करते हुए वह अगल बग़ल के काफ़ी लोगों का ध्यान आकर्षित करने में कामयाब रही थी। हमीद ने भी एक क्षण के लिए उसकी ओर देखा, पर उसकी नज़रें उस लड़की के बायें बग़ल में खड़ी लड़की पर टिकी रही। उसके लाख मना करने के बावजूद उसकी नज़रें बार बार सफ़ेद कुर्ती और सफ़ेद सलवार पहने हुए उस लडक़ी की तरफ़ झुकने लगी जो झुकी पलकों से, मध्यम आवाज़ में डफ़वाली सहेली का साथ दे रही थी। उसने निहायत सादगी के साथ पीले दुपट्टे को कानों के ऊपर से इस तरह ओढ़ा हुआ था कि कानों की बालियां झूमकर गालों को चूम रही थी। आधी पेशानी ढकने से उसकी ख़ूबसूरती और निखरकर आ रही थी। हीरे के तिनके से आभूषित लंबी नाक सूरज की किरनों से चमक रही थी। वो चमक सुर्ख़ गुलाबी होंठों की रंगत में चार चाँद लगा रही थी। इन सबसे दिलकश आभूषण तो उसकी कोमल मुस्कान थी जो हमीद को तड़पते गर्मी में बारिश की फुहार जैसी मालूम होने लगी थी। वो जब मुस्काते हुए अपने डफ़वाली सहेली को हाय-फाय देती तो हमीद के दिल की धड़कन तेज़ होने लगती। वो जितना धड़कनों पर क़ाबू पाना चाहता था, उतना ही वे बेक़ाबू होने लगी थी। बेक़ाबू धड़कनों ने उसे मनजीत कौर की याद दिला दी। मनजीत भी तो दुपट्टे को कानों के ऊपर से आधी पेशानी ढककर पहनती थी। और सादगी? इस लड़की से थोड़ा ज़्यादा ही होगी। यह याद हमीद का कत्ल तो कर न सकी, पर उसे ज़ख़्मी करने में ज़रूर क़ामयाब रही। उसके ज़ेहन में बार बार मनजीत कौर का ख़्याल आकर गुज़रा। मनजीत जहाँ भी होगी, कुछ इस तरह ही दिखाई देती होगी। वो तड़पाता रहा, सादगी भरी ख़ूबसूरती को निहारता रहा, ज़ख़्मी होता रहा। सागर की नज़र से यह बात छुपी न थी। उसने

कहा, "चलो बेटा, बहुत ताड़ लिया। एक वुड बी सिविल सर्वेंट को इतना ज़िम्मेदार नहीं होना चाहिए।" उसने सुबह का हिसाब बराबर किया।

क़रीब तीन घंटे नज़रों की आँख-मिचौली खेलने के बाद वे जंतर-मंतर से वापस लौटे। किसी रेस्टोरेंट में चाय की चुस्की लेते हुए हमीद ने कहा, "दिल्ली की लड़कियों के बारे में सुना बहुत था, आज उनके दीदार भी हो गए। क्या कमाल लड़की थी... वो कितने जोश से डफ बजा रही थी?" उसने सफ़ेद कुर्तीवाली का ज़िक्र जान-बूझकर नहीं किया।

"ऐसे चूतिये बहुत मिलेंगे यहाँ पर।" सागर खीजते हुए कहने लगा, "वो क्या कहते हैं... चूतियों की कमी नहीं है शहर में, एक ढूँढो हज़ार मिलेंगे।"

देश के नव क्रांतिकारियों के बारे में इन शब्दों का प्रयोग होता देख हमीद के मन को चोट लगी। उसे यह भाषा उस लड़की के जज़्बे के साथ ख़ुद का भी अपमान लगा। लिहाज़ा नाराज़ स्वर में ही उसने पूछा, "भाऊ, कॉन्ग्रेसी हो क्या? जो इस आंदोलन से इतना नाराज़ हो।"

"ना कॉन्ग्रेसी ना भाजपाई। पॉलिटिक्स के इन फालतू चक्करों में मैं नहीं पड़ता और तुझे भी कहता हूँ दूर रहो इन सब लफड़ों से। यूपीएससी कोई जोक नहीं है, क्लियर करना है तो एक एक पल को सोच समझ के खर्च करना पडता है। आज आधा दिन ख़राब हो गया। इन क्रांति चूतियों के चक्कर में फँसेगा, तो बरबाद हो जाएगा।" सागर ने वाक्य को आधा छोड़ते हुए भी पूर्ण मतलब समझाने की कोशिश की। लेकिन इस आधे वाक्य ने हमीद के दिल पर दोबारा आघात किया।

"भाऊ, मैं भी बिल्कुल आपके जैसा ही सोचता हूँ।" हमीद ने सफ़ेद झूठ बोला। उसने सिगरेट जलाई और चाय का इंतज़ार करने लगा।

"ये आप-आप क्या कहता है मियाँ। मैं कोई बूढ़ा-बुज़र्ग थोड़े ही हूँ।" सागर ने उसके हाथ से सिगरेट ली।

"तहज़ीब है।"

"उसकी पुड़िया बना के पिछवाड़े में डाल" सागर ने तीखे स्वर में कहा। सागर को जंतर-मंतर ले जाने का हमीद को अफ़सोस होने लगा। साथ में यह एहसास भी हुआ कि सिविल सर्विस की तैयारी करनेवाले छात्र का आधा दिन भी देश के कई समस्याओं से अधिक महत्त्वपूर्ण है। एक बूढ़ा इंसान देश में

इतना बड़ा आंदोलन चला रहा है, किसके लिए? यह सवाल हमीद के मन में उपस्थित हुआ। देश के बेहतरी के लिए। जवाब बिजली की तरह दिमाग़ में फ़्लैश कर गया। ऐसे मूवमेंट को झूठा कहना? उसे सागर पर ग़ुस्सा आने लगा। पर उसने अपनी भावनाओं को ज़ाहिर होने नहीं दिया। 'तुम्हारे जैसे सैडिस्ट नहीं समझ पाएँगे' उसने मन-ही-मन कहा। हॉस्टल पहुँचने तक दोनों में कोई बात नहीं हुई।

किसी भी आंदोलन में शरीक ना होने की सागर की अपनी वजह थी.... उसका छोटा भाई, राघव उर्फ रघु। ऐसे ही आंदोलनों के चलते उसने अपने छोटे भाई राघव उर्फ़ रघु का करियर ध्वस्त होते हुए देखा था। रघु बचपन से ही पढ़ाई में काफ़ी तेज़ था, सागर से भी ज़्यादा होशियार। उसके पिता ने रघु को भी सागर जैसे डॉक्टर बनाने का ख़्वाब देखा था। मगर रघु ने अपना अलग रास्ता चुना... राजनीति का रास्ता। उसे राजनीति का कीड़ा बचपन में ही उस वक़्त डस चुका था जब उसने मित्र ऋषिकेश के साथ शाखा में जाने की शुरुआत की थी। वो शाखा के शिविर में बढ़-चढ़कर हिस्सा लेने लगा। अपने उम्र से पाँच छह साल बड़े लड़कों के साथ उसका मेल मिलाप होने लगा।उन लड़कों के राजनीतिक गतिविधियों में वह बराबर का शरीक होता रहा। उनके साथ विरोधियों से बहस करता रहा, रास्ते पर लड़ता रहा। ऐसे ही एक मारपीट में उसके बायें घुटने पर ज़बरदस्त चोट लगी। नी कैप के मसल्स की भारी क्षति हुई। नतीज़न उसके बायें पैर में हमेशा के लिए लचक पैदा हो गई। किसी डॉक्टर या वैद्य की कोई भी दवा कारगर साबित न हुई। लिहाज़ा पिछले कई सालों से वह 'लंगड़ा रघु' नाम से जाना जाने लगा था। वैसे उसका नाम जल्द ही संघ के हर प्रचारक के ज़ुबान पर छा गया। वजह थी उसके द्वारा लिखी गई 'हिंदू राष्ट्र' नामक कविता। उस कविता को ना सिर्फ़ सराहा गया बल्कि किसी प्रचारक ने यह वादा भी किया के वो इस कविता को संघ के मैगज़ीन पाँचजन्य में छपवाएँगे। उस कविता में रघु ने हिंदू परंपरा का गुणगान करते हुए बताया था के हिंदुस्तान में जो जो रहते हैं वे सब हिंदू हैं और जो भी लोग ख़ुद को हिंदू से अलग बताते हैं वो भटके हुए डरपोक लोग है। मुग़लों की तलवार की ललकार से डरकर उन्होंने हिंदू धर्म का त्याग किया है। अब वो घड़ी आ गई है के उनके पुरखों की ग़लती को माफ़ करते हुए

उन्हें उनकी असली पहचान याद दिला दी जाए। उनकी घर वापसी कराकर इस गौरवशाली धरोहर में उन्हें पुनः सम्मिलित किया जाए और हिंदुस्तान को हिंदू राष्ट्र बनाने की नींव जल्द-से-जल्द डाली जाए।

उसके इस कविता ने शाखा से जुड़े हर व्यक्ति को गर्वित महसूस कराया। किसी प्रचारक ने तारीफ़ों के पुल बाँधते हुए यह कहा, "आज का हर नौजवान ऐसी सोच रखे तो कोई भी यवन हिंदुओं की ओर आँख उठा के देखने से पहले लाख बार सोचेगा। यह कविता हम जैसे असंख्य प्रचारकों के अहोरात्र मेहनत का फल है।"

रघु की यह तारीफ़ सागर के कानों तक भी पहुँच चुकी थी। उसका कोई दोस्त जो शाखा का सदस्य था, उसने इस कविता का ज़िक्र करते हुए उन्हें बधाई दी थी। सागर ने वो कविता पढ़ी और वो ख़ामोशी में खो गया। बार-बार उस काग़ज़ पर से नज़र फेरते रहा। उसने एक नज़र रघु की ओर देखा और फिर माँ से मुख़ातिब होकर कहने लगा, "मुझे इस लड़के के भविष्य के बारे में डर लगता है, डर लगता है कि कहीं अपने हाथ से निकल ना जाए।" आई को बुरा लगा। रघु की तरक़्क़ी पर सागर का ख़ुश ना होना उसे खलने लगा था। वह रघु को निरंतर समर्थन देती रही।

पर सागर ने भाई के हिंदुत्व और उसकी राजनीति का हमेशा से विरोध ही किया। उसने एक बार रघु को कहा भी था, "तू उन लोगों के साथ हाथ मिलाकर बाबा साहब के संविधान का अपमान कर रहा है।"

"मैं देशभक्तों के साथ हूँ। और बाबा साहब देशभक्तों के साथ खड़े रहने पर बिलकुल नाराज़ नहीं होंगे।" रघु ने भी मुँहतोड़ जवाब देकर सागर को ख़ामोश कर दिया।

"अरे भाऊ, रुको। हम आगे निकल गए।"

सागर ने नज़रें उठाकर दायें-बायें देखा और गाड़ी वापस मोड़ ली।

"किस सोच में खो गए थे भाऊ? रोज़ का रास्ता भूल गए।"

सागर ने जवाब नहीं दिया।

हमीद ने सागर को ज़्यादा डिस्टर्ब ना करने की क़सम खा ली। उसने थोड़ी-सी रिसर्च करके ख़ुद ही डॉ. राव के 'द बेस्ट अकादमी' में एडमिशन करवा लिया। स्वयं ही मार्केट से एक ही दिन में तीन दर्जन किताबें और नोटस

ख़रीदकर यूपीएससी की अंधाधुंध रेस में कूद गया।

हमीद आंदोलन से चला तो आया मगर उसका दिल आंदोलन में नारे लगाती उस लड़की के पास ही छूट गया था। वो सादगी भरी अंजान लड़की हमीद को बार बार सताने लगी। उसका चेहरा इसके दिल-ओ-दिमाग़ पर इस क़दर छप चुका था जैसे इत्र में ख़ुशबू छुपी रहती है। ख़ुशबू का सिर्फ़ एहसास किया जा सकता है, उसका अस्तित्व बताया नहीं जा सकता। उस लड़की के चेहरे से हमीद को मनजीत की ख़ुशबू आती थी। अपने बैंक मैनेजर पिता का तबादला होने पर वह पुणे से रत्नागिरी आई थी। उस समय हमीद दसवीं कक्षा में पढ़ता था और मनजीत नौवीं कक्षा की छात्रा थी। यह क्लास रूम की दीवार उनके बीच कोई मायने नहीं रखती थी। चूँकि हमीद स्कूल का जाना-माना विद्यार्थी था, मनजीत जल्द ही उसके संपर्क में आ गई। बहाना था... किसी वाद-विवाद प्रतियोगिता का। प्रतियोगिता समय पर ख़त्म हुई और इनका प्यार अपनी रफ़्तार से परवान चढ़ा... कच्ची जवानी का पहला प्यार, पहला क्रश। इंसान को बचपन की कोई बात याद हो ना हो पहला क्रश ज़रूर याद रहता है। जब उस क्रश की याद नहीं आती तो बरसों तक नहीं आती और जब याद आती है तो अक्सर याद आती है। मनजीत अब उसे अक्सर याद आने लगी थी। रात-बे-रात उसके सपनों में आकर सताने लगी थी। उसे सपनों में वो अंजान लड़की नज़र आती और याद मनजीत की। वह बेचैन हो जाता, उसकी नींद टूट जाती। सूखे हुए गले को ठंडे पानी से गीला करके वह पुनः सोने की कोशिश करता। आँख बंद करते ही वही चेहरा, वही मुस्कान दस्तक दिए खड़े रहते। फिर आँख खुल जाती, गले को ठंडे पानी से गीला किया जाता, फिर सोने की कोशिश होती। यह तब तक चलता रहता जब तक यादों के भवंडर से शरीर के निचले हिस्से में पैदा हो रही हलचल को शांत किया न जाता। इच्छित फलप्राप्ति के बाद ही वो चैन की नींद सो पाता। पहले इस तरह की फलप्राप्ति महीने में एक दो बार हुआ करती थी। पर जब से हमीद की नज़रें उस लड़की से मिली थी तब से यह हर रात का नित्य कार्यकम हो चुका था और हर कार्यक्रम के अंत में हमीद का मन उस अनजान लड़की से यानी उसके अपने मनजीत से मिलने के लिए बेकरार हो जाता। वह लड़की फिर किसी आंदोलन में ही मिलने की संभावना थी।

तयशुदा कार्यक्रम के अनुसार उसने नीचले ड्रॉअर में से भूरे रंगवाली किताब से कुछ पन्ने पढ़े और फिर वापस ड्रॉअर में रख दिया। 'द हिंदू' अख़बार का पहला पन्ना पलटा और उसकी आँखें खिल उठी।

बाबा रामदेव की अगुवाई में काले धन के ख़िलाफ़ मुहिम छिड़ चुकी थी। हमीद, सागर की बाइक लेकर रामलीला मैदान की ओर निकल गया।

जैसे-जैसे सूरज परवान चढ़ने लगा, जमावड़ा बढ़ रहा था। 'वंदे मातरम' का नारा आसमान तक गूँज रहा था। उस पच्चास हजार की भीड़ में हमीद का अपनी नई मंज़िल को यानी उसके अपनी 'मनजीत कौर' को ढूँढना मतलब घास के ढेर में सुई ढूँढने इतना मुश्किल काम था। वह सारा दिन कोशिश करता रहा। दिन ढल गया तो वह थका हारा मैदान के एक कोने में उदास बैठा रहा। रात हुई और उदासी के साथ एक आपदा भी ले आई। उस रात जो आपदा वहाँ हुई उसे हिंदुस्तान के इतिहास में इस तरह दर्ज कराया जाएगा के 'सेक्युलर हिंदुस्तानी सरकार ने कुकर्मों की दौड़ में अंग्रेज़ों को भी पीछे छोड़ दिया।' हुआ यूँ के दिल्ली पुलिस ने मध्यरात्री से चंद घंटे पहले ये ऐलान किया कि रामलीला मैदान में योग शिविर के लिए केवल पाँच हज़ार लोगों के लिए ही परमिशन दी थी, ना के आंदोलन के लिए पचास हज़ार लोगों को। उसके तुरंत बाद दस हज़ार से भी ज़्यादा के तादाद में दिल्ली पुलिस रामलीला मैदान पर टूट पड़ी। पुलिस ने बेतहाशा लाठीचार्ज किया। न बच्चे देखे न बूढ़े, न आदमी देखे न औरत। किसी का सर फोड़ा तो किसी का हाथ तोडा। चारों तरफ़ अफ़रा-तफ़री मच गई। आँसू गैस के गोले छोड़े गए। शामियाने में आग लगाई गई। बिजली के इलेक्ट्रिक जनरेटर पर पानी डालकर उसे बुझाया गया। चमचमाते उजाले की जगह अँधेरे ने ली। हमीद की लोकतंत्र में स्थापित आस्था हिल गई।

वो एग्ज़िट गेट की ओर दौड़ने लगा तो तीन हवालदारों ने उसे घेर लिया। एक ने उसका पिछवाड़ा सेंक दिया। वो लड़खड़ाकर गिर पड़ा। दर्द में करहाते हुए चिल्लाया, "मैं स्टूडेंट हूँ।"

"तो पढ़ाई कर ना मादरचोद। यहाँ क्या अपनी माँ चुदा रहा है?" दूसरे ने गाली देते हुए पैरों पर लाठी चलाना शुरू किया।

"अल्लाह!" दर्द ने ख़ुदा याद दिलाया।

“लौंडा मियाँ दिखता है?” तीसरे ने पूछा या बताया पता नहीं। अब वे तीनों पहले से दुगने ताक़त से लाठियाँ बरसाने लगे। फिर अचानक न जाने कहाँ से हमीद में शक्तिमान की ताक़त आई। उसने किसी तरह एक पुलिसवाले को ज़ोर का धक्का मारकर गिरा दिया। वो पुलिसवाला सर के बल गिरा, उसके सर से ख़ून की धार निकलने लगी। बाक़ी दो पुलिसवाले उसको उठाने में लगे तो मौक़ा देखकर वो लंगड़ाते हुए भागने लगा। एक पुलिसवाला उसके पीछे दौड़ा तो उसने पत्थर उठा के सीधा पुलिसवाले के पेट पर खींचकर मार दिया। जीवन में पहली बार उसने इस तरह का अपराध किया था। उसका दिल ज़ोर-ज़ोर से धड़कने लगा और उसके हॉस्टल पहुँचने तक धड़कता रहा। हॉस्टल गेट पर सागर को चार पाँच मित्रों के साथ खड़ा देखकर उसने राहत की गहरी साँस ली। सागर लगभग चिल्लाया, “फ़ोन क्यों नहीं उठाता है मियाँ?”

बाइक पार्क करके हमीद लंगड़ाते हुए आने लगा। उसकी हालत देखकर जिसको जो समझना था वो वे समझ गए।

“आओ मेरे बम्बई के क्रांतिकारी, दे आए दिल्ली पुलिस को।” सागर ने मज़ाक़ उड़ाते हुए कहा। सब ठहाका लगाकर हँसने लगे।

“इसने तो दिया न होगा, दिल्ली पुलिस ने ही जबरदस्ती ले ली होगी इसकी।” किसी ने कहा। फिर ठहाका। फिर हँसी।

“तेरा बाबा तो साड़ी पहन के भाग गया। तूने किसका पेटीकोट पहना था?” सागर के इस बात पर पहले से भी ज़ोर से ठहाके लगे। साड़ी, पेटीकोट? उस वक़्त हमीद को कुछ समझ नहीं आ रहा था, उसने न्यूज़ चैनल पर घटना का लाइव टेलीकास्ट देखा जो नहीं था। पर अगले दिन सभी अख़बारों के पहले पन्ने पर इसका विस्तृत एवं साफ़-साफ़ वर्णन किया गया।

हमीद लंगड़ाते हुए सागर के कमरे में दाख़िल हुआ। दीवार पर टँगे गाँधी के तरफ़ दयनीय दृष्टि से देखते हुए उसने एक तकिए को कुर्सी पर रखा। आराम से उस पर विराजमान हुआ। सागर औंधे मुँह लेटे एम लक्ष्मीकांत की इंडियन पॉलिटी पढ़ रहा था। पिछली रात दर्द के मारे हमीद ठीक से सो भी नहीं पाया था। उसने अपनी परेशानी साझा की तो सागर किंचित मुस्काते हुए बोल पड़ा, “अब आधा महीना आधा खड़े होकर हगना पड़ेगा तुझे... ये

दिल्ली पुलिस है मियाँ... क्रांति का सारा बुख़ार उतार देगी।"

हमीद ने कुछ सेकेंड ख़ामोश रह गया। फिर उस किताब की तरफ़ इशारा करके कहा, "भाऊ, आपने आर्टिकल 19 को पढ़ा ही होगा। क्या है उसमें? राइट टू प्रोटेस्ट है क्या? है ना... ज़रा पढ़िए ना आर्टिकल 19(1)(b)... प्लीज़... अरे रीविज़न भी हो जाएगा।" हमीद ने काफ़ी ज़ोर दिया। नतीजन सागर पन्ने पलटाकर पढ़ने लगा, "Article 19(1)(b) assures citizens the right to assemble peaceably and without arms. It includes the right to hold public meetings demonstration and take out processions."

"अब बताओ मुझे शांति से काले धन के ख़िलाफ़ एहतिजाज करना कोई अपराध था क्या? क्या दिल्ली पुलिस इस आर्टिकल के ऊपर है? नहीं ना? यह सरकार बुज़दिल है इसीलिए बुलंद आवाज़ों को लाठी से डरा रही है।" हमीद ने अपना पक्ष रखा।

"तो फिर तुम चाहते क्या हो?"

"भगत सिंह ने कहा था भाऊ कि अगर कोई सरकार जनता को उसकी बुनियादी अधिकारों से वंचित रखती है तो जनता का यह अधिकार ही नहीं बल्कि आवश्यक कर्तव्य बन जाता है कि ऐसी सरकार को बदल दे या समाप्त कर दे। इस सरकार को अब जाना होगा।"

"करेक्ट... और आरएसएस भी यही चाहती है। यह आंदोलन यूपीए को सत्ता से गिराने की साज़िश है और कुछ नहीं। तेरे जैसे चूतिया इन साज़िशों में प्यादों की तरह इस्तेमाल होते हैं। साले तुम लोग लड़ो और मरो। सत्ता का मलीदा तो कुछ ख़ास लोगों को ही मिलेगा और यह जान लो उनके बच्चे तुम्हारे जैसे सड़कों पर नहीं मिलेंगे। वह तो होंगे कहीं लंदन, न्यूयॉर्क में... पीएचडी वग़ैरह कर रहे होंगे।" कुछ देर रुककर सागर फिर कहने लगा, "देख भाई, फ़र्ज़ी आदर्शवाद से पेट नहीं भरता। तू यूपीएससी करने आया है, वही कर। इन चूतियों के पीछे जाकर तू अपने करियर की माँ मत चुदा।"

कल रात ही उस पुलिसवाले ने भी हमीद को यही गाली दी थी। हमीद सोचने लगा कि क्या फ़र्क़ है उस हवालदार और सागर में? फ़र्क़ तो है। सागर ने हमीद का खुले दिल से दिल्ली में स्वागत किया था और उस पुलिसवालों

को जब यह पता चला कि हमीद मुसलमान है तो उनके लाठियों का ज़ोर और भी ज़्यादा बढ़ गया था। जब यह बात उसने सागर को बताई तो आदतन पहले वो मुस्कुराया और कहा, "मियाँ, ऑल आर नॉट इक्वल। ये इक्वलिटी सिर्फ़ इस किताब तक ही सीमित है, प्रैक्टिकल में मौजूद नहीं।" सागर ने इंडियन पॉलिटी की किताब उठाकर दिखाई।

"यार इसी इक्वलिटी को प्रैक्टिकल में लाने के लिए आंदोलन की ज़रूरत है। मैं एक ऐसा समाज देखना चाहता हूँ, जहाँ सब बराबर हों। जिसमें इंसान सिर्फ़ इंसान हो, ना ग़रीब ना अमीर, ना कोई ऊँचा ना कोई नीचा। ना कोई बड़ा ना कोई छोटा।" हमीद ने बचपन में देखा हुआ ख़्वाब दोहराया।

"ओ मेरे मियाँ लूथर किंग तू जो सोच रहा है उसे यूटोपिया कहते हैं, पर यह सच है कि तू चाहे कितने भी आंदोलन कर ले, यह होनेवाला नहीं। क्योंकि ऊँच-नीच हमारे नस-नस में घुली हुई है। हज़ारों साल पुरानी मानसिकता को कोई नहीं बदल सकता। अगर कुछ बदलना है तो तू अपनी सोच बदल और अपने तरक़्क़ी के रास्ते ख़ुद ढूँढ के निकाल... अब तू शांति से बैठकर पढ़ और मुझे भी पढ़ने दे।" कहते हुए सागर ने चर्चा ख़त्म होने का ऐलान किया और किताब के उस पन्ने को खोजने लगा जो वो हमीद के आने से पहले पढ़ रहा था। वो पेज मिल गया और सागर 'नेशनल कमिशन फ़ॉर शेड्यूल्ड कास्ट' के बारे में पढ़ने लगा।

इसी बीच सरकार और आंदोलनकारियों की बातचीत फिर एक बार बिगड़ गई। आंदोलनकारियों ने कैंडल मार्च निकालने का फ़ैसला किया। कैंडल मार्च की ख़बर सुनकर हमीद के दिल में उम्मीद की रोशनी जगमगा उठी। जो तलाश रामलीला मैदान में अधूरी रही थी वह इस कैंडल लाइट मार्च में पूरे होने की भरपूर संभावना थी। उन मोमबत्तियों की धुंधली रोशनी में हमीद को आंदोलन पार्ट वन में काला टी-शर्ट पहनकर डफ बजानेवाली लड़की इस बार 'चे ग्वेरा' के तस्वीर वाले लाल टी-शर्ट पहने हुए नज़र आई। हमीद को उसके सहेली के भी आस-पास मौजूद होने की उम्मीद थी। उसने एक दो बार दायें-बायें देखा। उसने देखा कि उसकी मनजीत, लेडी चे ग्वेरा के पीछे ही मोमबती लगाने के लिए झुक रही थी। 'मनजीत' ने आँखों के सामने आए गेसुओं को नाज़ुक उँगलियों से उसने बड़ी नज़ाकत से सर पर ओढ़े

पीले बुरके के अंदर से कानों के पीछे खिसका दिया। पीले बुरके का स्कार्फ़ न सिर्फ़ चेहरा ढक रहा था बल्कि शोल्डर से नीचे कमर तक लहरा रहा था। उसके नीचे उसी रंग का बुरका पैरों तक पहना हुआ था। यानी बुरका दो हिस्सों में था। दोनों हिस्से के बॉर्डर पर सफ़ेद, काले और पीले रंग के फूल बनाए हुए थे, जिससे बुरके की ख़ूबसूरती में चार चाँद लग रहे थे। आम तौर पर मुस्लिम औरतें काले रंग का बुरका पहनती हैं और सर ढकने के लिए काला स्कार्फ़ इस्तेमाल करती हैं। हमीद ने इस तरह के रंग-बिरंगे बुरके बम्बई के भिंडी बाज़ार में कई बार देखे थे। शिया मोमिन औरतें इस तरह का बुरका, जिसे रिदा कहते हैं, पहनती थीं। तो क्या उसकी मनजीत शिया मोमिन थी, सरदारनी नहीं? शायद हाँ। कोई भी सरदारनी रिदा क्यों पहनेगी? पर हमीद को 'मनजीत' के सरदारनी या शिया मोमिन होने से क्या फ़र्क़ पड़नेवाला था? कुछ भी तो नहीं। वो तो बचपन से ही हर तरह के जात-पात के ख़िलाफ़ में रहता था। उसे तो केवल पुरुष और स्त्री यही दो जातियाँ नज़र आती थी। हमीद ठीक उसके बग़ल में खड़ा हो गया। कनखियों से झाँककर देखा। सफ़ेद कुर्ती में जो चेहरा चाँद का टुकड़ा दिखाई दिया था, पीले रिदा में वो मुकम्मल चाँद नज़र आने लगा। किसी भी शिया मोमिन लड़की को इतने क़रीब से देखने का उसका पहला अवसर था। हाथों में कैंडल लिए वे धीरे-धीरे इंडिया गेट की ओर बढ़ने लगे। हमीद की नज़र आगे कम और साइड में ज़्यादा थी। नज़र हटी तो दुर्घटना घटने की संभावना भी बढ़ जाती है। उसका पैर दो बार सामने वाले के पैरों से टकराया भी, वो लड़खड़ाया भी, उसने ख़ुद को सँभाला भी। वो मुस्कुराहट दबाने भी लगी, हँसने भी लगी। हमीद की मोमबत्ती बुझ गई। उसने दायीं तरफ़ चल रही उस हसीना की तरफ़ आस से देखा। उसने तो पहले बुझी हुई मोमबत्ती देखी और फिर हमीद की बुझी हुई सूरत। अपनी मोमबत्ती आगे बढ़ाकर हमीद की मोमबत्ती जला दी। हमीद ने शुक्रिया अदा किया, लड़की ने नहीं सुना। सुना भी हो तो भी जवाब नहीं दिया। मुश्किल से सौ क़दम चलने पर हमीद ने दायें-बायें देखा और बहुत ही चालाकी से हाथ इतने ज़ोर से हिलाया की मोमबत्ती ख़ामोश हो गई। फिर बड़ी मासूमियत से उस लड़की की ओर देखा। उसने आँखें मोटी करते हुए मोमबत्ती जला दी। अगले दस मिनट में और तीन बार हमीद की मोमबत्ती बुझी। भले ही दिल्ली

में भूकंप के झटके महसूस ना हुए हो, उस लड़की के बग़ल में चलते हुए हमीद का सारा बदन थरथरा रहा था। उस थरथराहट में उसे यह भान भी नहीं हुआ कि उसकी 'मनजीत' कब की जा चुकी थी और वह भीड़ में अकेला रह गया था। उस रात उसे नींद से जागकर भावनाओं के आवेग को शांत करने की ज़रूरत नहीं पड़ी। उस रात बिस्तर पर जाने से पहले ही उसने सारे इंद्रियों को तृप्त कर दिया था।

हमीद ने सागर के रूम पर सुबह-सुबह दस्तक दी। नीम आँखों से उसने दरवाज़ा खोला और पलटकर बेड पर लेट गया। हमीद ने टेबल पर रखी हुई बाइक की चाबी उठाई। सागर ने लेटे-लेटे ही पूछा, "किधर को निकली सवारी... सबेरे-सबेरे?"

"ज़रा रामलीला तक होकर आता हूँ।"

"चाबी रख।" सागर ने पलंग पर बैठते हुए कहा। हमीद को इस प्रतिक्रिया की उम्मीद नहीं थी। वो चौंक गया।

"क्या?"

"रख चाबी।" सागर के आवाज़ की धार तेज हो गई थी। वो उसी अंदाज़ में कहने लगा, "बम्बई से दिल्ली क्या इन चमन चूतियों से मिलने आया है?"

"नहीं, पर वो..."

"क्या पर? मियाँ इस तरह यूपीएससी न होगी तुझसे। पब्लिक फाइनेंस पढ़नेवाला था कल? पढ़ा क्या पूरा?"

"ज़रा-सा बचा है।"

"तो पहले जाकर उसे पूरा कर। शाम में सुट्टे पर डिस्कस करते हैं।"

हमीद जगह से हिला भी नहीं। उसे सागर से यह उम्मीद नहीं थी। वो उदास हुआ और ग़ुस्सा भी। पर जब सागर ने बाइक ना देने की वजह बताई, तो उसे सागर पर प्यार भी आया। उसका लटका हुआ मुँह देखते हुए सागर ने प्यार भरे लहज़े में कहा, "भले आज तुझे बुरा लगे, पर यह तेरे ही हित में है।"

उसने हमीद को लगभग धकेलते हुए कमरे के बाहर निकाला। आदेश दिया, "सीधे ऊपर जाना, शाम को मिलते हैं।"

आज हमीद का दिल क्रांति के साथ-साथ उस शिया मोमिन लड़की के लिए भी बेक़रार हो रहा था। उस लाखों के मजमे में वो ही तो एक थी जिसे

वो पहचानता था। वो उसे ढूँढते-ढूँढते स्टेज के बिलकुल सामने आकर खड़ा हो गया। के एक तरफ़ किरण बेदी तिरंगा लहरा रही थी तो दूसरी तरफ़ कुमार विश्वास माइक हाथ में लिए अपने ओजस्वी वाणी से तराना 'तिरंगा' सुना रहे थे।

'होंठों पर गंगा हो, हाथों में तिरंगा हो!'

जितने अच्छे बोल उतनी ही दिलकश आवाज़। पूरा मैदान सम्मोहित हो चुका था। झूम रहा था। हमीद भी अपनी खोज को कुछ पल के लिए भूल गया। अगर कवीता दिल में मोहब्बत के फूल खिला सकती है तो दिल को झंझोड़कर ख़ून में उबाल भी पैदा कर सकती है। कुमार विश्वास गाने लगे-

'दौलत न अता करना मौला, शोहरत न अता करना मौला
बस इतना अता करना चाहे जन्नत ना अता करना मौला
शम्मा-ए-वतन की लौ पर जब क़ुर्बान पतंगा हो
होंठों पर गंगा हो, हाथों में तिरंगा हो...'

हमीद को यह पंक्तियाँ दिल के बेहद क़रीब लगी।यही विचार तो हमीद के ख़ून के हर क़तरे में मौजूद था।

आँखें बंद करके वो झूमने लगा। जैसे ही उसने आँखें खोली उस चाँद के टुकड़े को सामने पाया। परसों से अलग हरे और लाल रंग के रंग-बिरंगी रिदा में। वो भी हाथों में तिरंगा लेकर झूम रही थी। हमीद बिलकुल उसके क़रीब जाकर जनता के आवाज़ में आवाज़ मिलाकर ज़ोर-ज़ोर से गाने लगा। गला फटने को आ रहा था पर उसने आवाज़ में कमी न आने दी। ज्यों त्यों कुमार विश्वास ने नज़्म ख़त्म की, हमीद जमीं पर बैठकर शरीर में ऑक्सीजन की मात्रा को बढ़ाने के लिए हाँफने लगा। उसकी ज़ुबान सूख गई थी। गले में ख़राश होने लगी। पानी की तलब थी और किसी ने उसके सामने पानी की बोतल पेश की। नज़र उठा के देखा तो वही चाँद-सा चेहरा। पानी पीऊँ या ख़ुदा का शुक्रिया अदा करूँ, वो कशमकश में घिर गया। फ़िलहाल पानी पीना ज़रूरी था। उसने एक साँस में पूरी बोतल को गले के नीचे उतार दिया। वो देखते ही रह गई। उसे उम्मीद न थी के उँगली देने पर ये हाथ ही पकड़ लेगा।

"शुक्रिया!"

बोतल पर नज़र गई तो बोला, "सॉरी!"

"इट्स ओके।" बग़ल में बैठते हुए उसने कहा, "क्या आज ही संपूर्ण क्रांति करने का इरादा है?"

जब उम्मीद से बढ़कर कुछ मिलता है तो उस पर यक़ीन करना मुश्किल हो जाता है। कुछ पल के लिए उसकी नज़र चेहरे से हटने का नाम नहीं ले रही थी। चोरी पकड़े जाने का डर था। तो नज़र नीची कर दी। आज पहली बार उसे काला गॉगल न पहनने का अफ़सोस हो रहा था। गले की ख़राश को दूर करते हुए कहा, "आज तो नहीं पर जल्द ही पूर्ण क्रांति होगी।"

"पूर्ण क्रांति से क्या मतलब है तुम्हारा?" सीधे सवाल।

"पूर्ण क्रांति? मतलब मैं समझता हूँ कि लोगों में सही ग़लत की समझ आए। सरकारें आती जाती रहेंगी। अगर लोग अपने अधिकारों को लेकर सजग रहें तो उन्हें कोई ठग नहीं सकता। ना कोई अफ़सर रिश्वत माँगेगा और न सड़क ख़राब बनेगी, दवाई के बग़ैर किसी मरीज़ की मौत न होगी, वग़ैरह-वग़ैरह।"

"यह सब हो जाएगा?"

"तुम्हें शक है? एक आंदोलनकारी को ऑप्टिमिस्टिक रहना चाहिए।"

"तो मिस्टर ऑप्टिमिस्टिक, क्या नाम है?" हमीद ने सुन रखा था के दिल्ली की लड़कियाँ बड़ी फ़ास्ट होती हैं। आज जान भी गया के दिल्ली की लड़कियाँ फ़ास्ट भी है और स्मार्ट भी।

"हमीद... हमीद ताँबे फ्रॉम सेंट ज़ेवियर, मुंबई।" हमीद ने कुछ 'बॉण्ड... जेम्स बॉण्ड' वाले अंदाज़ में जवाब दिया।

"वॉउ! मुंबई।" वो लड़की मुस्कुरा दी।

"इसमें इतना एक्साइट होने की क्या बात है?" हमीद पूछ भी रहा था और ख़ुद एक्साइट भी हो रहा था।

"तब ही तो मुझे लग रहा था के पहले कहीं देखा है?"

"मैं समझा नहीं?"

"ओह सॉरी, मैं अपना तआरुफ़ कराना तो भूल ही गई। मैं सकीना... सकीना अली।" उसने हमीद के ही तरह जवाब दिया।

"फ्रॉम मुंबई, लिविंग इन भिंडी बाज़ार जस्ट नियर टू योर कॉलेज।"

"सच में? कितनी अजीब बात है, मुंबई में हम दोनों महज़ दो-तीन किमी

की दूरी पर रहते थे, पर मुलाक़ात हुई चौदह सौ किमी दूर, दिल्ली में। फिर दिल्ली कैसे?" हमीद ने आश्चर्य जताते हुए पूछा।

"मास्टर्स इन जर्नलिज़्म, आईआईएमसी से। अब लास्ट ईयर है। और आप?"

"सिविल सर्विसेज, ये फ़र्स्ट ईयर है।"

"फ्लर्ट कर रहे हो। कल से नोटिस कर रही हूँ।" वे दोनों हँसने लगे।

हमीद ने हाथ बढ़ाया जो सकीना ने थाम लिया। किसी दूसरे शहर में अपने शहर का अजनबी भी घर का कोई अपना आदमी ही लगता है।

उसी समय काली जींस और नीला टी-शर्ट पहनकर हरी चुनर ओढ़े हुए माथे पर भगवा टिका लगाई हुई एक लड़की सकीना के बराबर आकर खड़ी हो गई। हमीद ने उसे पहचानने में भुल नहीं की। यह वही डफवाली 'लेडी चे ग्वेरा' थी। नारों का दौर फिर चालू हो गया। उसी शोर में हमीद के क़रीब आते हुए सकीना ने लगभग चिल्लाते हुए कहा, "इनसे मिलिए यह है लता।"

"लता एन. डब्ल्यू.।" लता ने सुधार किया।

लता एन. डब्ल्यू. नाम की तरह उसका पहनावा भी अजीब है। हमीद सोचने लगा।

"मेरी रूममेट जो जेएनयू से मास्टर्स कर रही है।" सकीना ने बात पूरी की।

रंग-बिरंगी रिदा वाली सकीना और हर रंग में डूबी हुई लता एन. डब्ल्यू. के साथ हमीद ने अगले कुछ दिन रामलीला मैदान पर गुज़ारे। नतीजन ये मुलाक़ातें दोस्ती में बदल गईं। उनकी मुलाक़ातों का सिलसिला तब टूटा जब सरकार ने आंदोलनकारियों की शर्तों को मान लिया और संसद में लोकपाल बिल पेश करने को तैयार हो गई। रामलीला मैदान में जीत का जश्न मनाया जाने लगा। हमीद, सकीना और लता देर रात तक उस जश्न का हिस्सा बने रहे।

***

अ हाफ़ मुस्लिम

आंदोलन सफल हुआ या नहीं यह अलग विषय होगा। पर यह आंदोलन हमख़याल लोगों को मिलाने का एक ज़रिया साबित हुआ। आंदोलन तो ख़त्म हुआ, पर इसने दोस्ती की नई नींव डाल दी। दोस्ती हमीद, सकीना और लता के बीच की। आंदोलन के बाद भी वो अक्सर मिलते रहे और ऐसे ही किसी शुभ दिन सागर भी उनके साथ जुड़ गया। हालाँकि सागर को उन लड़कियों से बार-बार मिलना वक़्त की बरबादी लगती थी। पर अर्थशास्त्र जैसे रुक्ष विषय के साथ पूरा दिन बिताने के बाद उसके मन में भी बंजर धरती में गुलाब खिलाने की इच्छा होती थी, तो वो हमीद के साथ मुखर्जी नगर के कैफ़े कॉफ़ी डे में चला आता, जो उन तीनों के मिलने का अड्डा हुआ करता था। कभी-कभी वे चारों हमीद के फ़्लैट में ही मंडली जमा लेते। हमीद का फ़्लैट... वन रूम किचन वीथ अटैच्ड टॉयलेट बाथरूम था, जिसके रूम के एक कोने में सिंगल बेड और उसके बग़ल में स्टडी टेबल। उसका रूम सागर के कमरे की तरह ही था, बस उसके पास दो कुर्सियाँ अधिक थी और किसी भी दीवार पर किसी हीरोइन की अधनंगी तस्वीर नहीं लगी थी। वे सकीना ने बनाई हुई गर्म कॉफ़ी के घुट के साथ लता एन. डब्ल्यू. के पीएचडी के विषय से लेकर अमेरिका की पॉलिटिक्स तक सभी विषयों पर मंथन किया करते थे। विभिन्न राजनीतिक और सामाजिक मुद्दों पर चर्चा करने की हमीद की आदत राष्ट्र सेवा दल के दिनों से ही थी। पर सकीना का ऐसा नहीं था। वो शुद्ध घरेलू लड़की थी। मुंबई के अंजुमन-ए-इस्लाम कॉलेज से ग्रेजुएट होने तक उसने किसी भी एक्स्ट्रा करिकुलर एक्टिविटीज़ में भाग नहीं लिया था और ना ही उसके घरवालों ने उसे किसी तरह का बढ़ावा दिया। पर पढ़ाई के मामले में

वे इतने लिबरल थे कि ग्रेजुएट होने के बाद जब उसने आईआईएमसी दिल्ली से जर्नलिज़्म में पोस्ट ग्रेजुएशन करने की बात कही तो किसी ने उसे रोका भी नहीं।

"शिया मोमिन वैसे भी काफ़ी लिबरल होते हैं।" सकीना ने कहा।

जब सागर ने एक मुस्लिम लड़की का यूँ पढ़ाई के लिए दिल्ली आने पर आश्चर्य जताया था। सकीना को अपने शिया मोमिन होने पर फ़ख़्र था। वो कहती, "हमारे एन्सेस्टर यमन से आकर गुजरात में बसे थे। हम एक तरक़्क़ी और अमनपसंद 'बिज़नेस कम्युनिटी' के लोग हैं। सबसे मिलजुलकर रहते हुए भी अपना अलग अस्तित्व क़ायम रखते है। 'कैफ़ी अपलिफ्टमेंट ट्रस्ट' के ज़रिये अपने जात-बंधुओं के जीवनमान को सुधारने की कोशिश करते हैं। मुंबई का कैफ़ी अस्पताल हमारे ही क़ौम की देन है।"

सकीना जब भी कभी कैफ़ी अस्पताल का ज़िक्र करती तो हमीद मज़ाक में कहता, "मैं भी पैदाइशी शिया मोमिन ही हूँ, कसम से। कैफ़ी अस्पताल में पैदा हुआ हूँ।"

सकीना उसकी इस बात को हँस के टाल देती।

दिल्ली में जेएनयू कैंपस के क़रीब रहना सकीना के सोच विचार पर भी असर करता रहा। जिस तरह के माहौल में आपका परिवेश होता है, आपके विचार भी उसी तरह के होते हैं। विचारों के साथ-साथ उसके व्यवहार में भी खुलापन आने लगा। फिर उसकी दोस्ती लता एन. डब्ल्यू. से हुई, जिसने उसे किताबों की दुनिया से हटकर सोचने की ताक़त दी, जिसने उसके विचारों को प्रैक्टिकल जामा पहनाया और उसी के प्रोत्साहन से वो आंदोलन से जुड़ गई। इस दोस्ती का यह असर हुआ कि मुंबई में घर से बाहर हर वक़्त रिदा में रहने वाली सकीना अब कभी-कभार बिना बुरके के भी नज़र आने लगी। हमीद के फ़्लैट पर आते ही वो रिदा निकालकर हैंगर पर टाँग देती और मालिकाना हक़ के साथ किचन में घुसकर हमीद और स्वयं के लिए कॉफ़ी बनाती। हमीद को भी सकीना की बनाई हुई कॉफ़ी कैफ़े कॉफ़ी डे की कॉफ़ी से हज़ार गुना बेहतर लगती थी।

अपनी नाज़ुक उँगलियों को हवा में नचाते हुए उसने हमीद से पूछा, "आंदोलन का क्या नतीजा निकल सकता है ?"

"उम्मीद तो है कि सरकार में बैठे लोग सुधर जाएँगे।"

"और नहीं सुधरे तो ?" लता एन. डब्ल्यू. ने सवाल उपस्थित किया।

"हज़रत अली का क़ौल है लता, नाउम्मीदी कुफ़्र है। जब तक साँस है दिल में आस है। हम तो दुश्मन देश से भी अमन की उम्मीद लगाए बैठे रहते हैं, ये तो आख़िर अपने ही लोग हैं। अगर नहीं सुधरेंगे तो जनता इन्हें इनका मक़ाम दिखा देगी। राहत इंदौरी ने एक दफ़ा कहा था-

'जो आज साहिब-ए-मसनद हैं कल नहीं होंगे
किराएदार हैं ज़ाती मकान थोड़ी है'

हमीद ने अपनी बात ख़त्म करके आदतन सिगरेट जलाई। एक पल के लिए ख़याल आया कि लड़कियों के सामने, ख़ासकर जो नई-नई दोस्त बनी हों, धुएँ का छल्ला बनाना इमेज ख़राब कर सकता है। वे सिगरेट बुझाने लगा। लता ने इशारे से रोका, "पैसों के बरबादी का शौक़ है क्या ? फेंकना ही है तो मुझे दे सकते हो ?"

हमीद ने सिगरेट का पैकेट उसकी ओर बढ़ाया, उसने एक सिगरेट निकाल ली। उसने सहमते हुए सकीना के ओर पैकेट बढ़ाया।

"मैं सिर्फ़ हेवन ब्रांड पीती हूँ, लोकल नहीं।" सकीना और लता दोनों एक साथ हँसने लगे।

"तो हमीद, हज़रत अली के फ़ैन हो ?" लता ने धुएँ को हवा में उड़ाते हुए पूछा।

"जो जो महान हैं मैं उन सबका फ़ैन हूँ। मैं शिवाजी महाराज का भी फ़ैन हूँ और बादशाह अकबर का भी। मैं हज़रत अली को भी मानता हूँ और उनके पहले के तीनों मुस्लिम ख़लीफ़ाओं को भी।" हमीद ने कुछ सेकेंड रुककर गला साफ़ करते हुए हल्के आवाज़ में कहा, "पर कुछ लोग चारों ख़लीफ़ाओं को नहीं मानते।" उसका इशारा सकीना की तरफ़ था।

"वो हिस्ट्री ही ऐसी है के पहले तीनों को ख़लीफ़ा माना भी नहीं जा सकता।" सकीना ने कहा।

"हमारा माहौल हमारी सोचने की दिशा तय करता है। अगर तुम सुन्नी मुसलमान के घर पैदा हुई होती तो कुछ ओर तरीक़े से सोचती। और रही बात हिस्ट्री की तो वो अक्सर मैनिपुलेटेड होती है।"

"अब कहाँ शिया सुन्नी के चक्कर में पड़ गए यार। नए ज़माने के युवा हो, कुछ अलग सोचो।" लता ने हमीद को रोक दिया।

"बात तो सही है तुम्हारी। इन रिलिजियस मतभेदों का दायरा बहुत बड़ा है। अगर हम बड़े पैमाने पर देखें तो अलग-अलग धर्मों के बीच दूरी बढ़ती जा रही है। एक-दूसरे के मज़हब और कल्चर का सम्मान करना चाहिए और जहाँ विचारों का मेल न बने वहाँ संविधानिक मार्ग से असहमति बनाए रखना चाहिए।" हमीद ने अपनी बात तो ख़त्म की, पर उसका दिमाग़ फिर एक बार दुनिया में बढ़ रहे साँप्रदायिकता की चिंता से ग्रस्त हो गया। उसे वो दिन याद आ गया जब वह ख़ुद इस धार्मिक साँप्रदायिकता का शिकार होते-होते बचा था।

उस वक़्त उसकी उम्र क़रीब दस साल की थी। उस दिन वह स्कूल गया तो पता चला कि कुछ कारणवश स्कूल में छुट्टी दे दी गई है। वो और अनुज घर की तरफ़ निकले तो उनके स्कूल में दसवीं कक्षा में पढ़ने वाले मुन्ना ने कुछ लड़कों के साथ उनका रास्ता रोका। उसने हमीद का कॉलर पकड़कर उससे जवाब तलब किया, "क्यों करते हो तुम लोग यह सब?"

हमीद जवाब देने में असमर्थ था। उसे सवाल का मतलब भी समझ नहीं आ रहा था। तब किसी दूसरे लड़के ने ज़ोर से चीख़ते हुए कहा, "इन कुत्तों के तो गांड में गोली मारना चाहिए।" हमीद डर गया। उसे लगा कि अब उसका हश्र उसके दादा के जैसा ही होने वाला है। वह मुन्ना के गिरफ़्त से छुटने के लिए छटपटा रहा था। पर उसने उसे इतने ताक़त से पकड़ा हुआ था कि वह अपनी जगह से हिल भी नहीं पाया। अचानक उस कॉलर की पकड़ ढीली हो गई। अनुज ने मुन्ना के मुँह पर बैग फेंककर मारा था। वह लड़खड़ाते हुए गिर पड़ा। हमीद और अनुज तेज़ी से दौड़ने लगे। उन्हें सिर्फ़ मुन्ना और उन लड़कों की ज़ोर-ज़ोर से खिलखिलाने की आवाज़ें सुनाई देने लगी थी। हमीद जब घर पहुँचा तो देखा कि घर के सारे लोग टीवी को घेरे हुए खड़े हैं और टीवी पर दो हवाई जहाज़ तेज़ी से आकर दो ऊँची इमारतों से टकरा रहे थे। वो टावर्स पत्तों के महल की तरह गिरते नज़र आने लगे। वो मंगलवार का दिन था और तारीख़ थी 11 सितंबर 2001, जब अमेरिका पर आतंकी हमला हुआ था। उस हमले की वजह से शहर का माहौल बिगड़ने की आशंका होने

के कारण स्कूल प्रशासन ने अघोषित छुट्टी दी थी। हमला अमेरिका में हुआ था तो रत्नागिरी का माहौल क्यों बिगड़ेगा? हमला किसी लादेन की गैंग ने किया था, तो फिर मुन्ना ने मुझसे क्यों सफ़ाई माँगी? उस लादेन का और मेरा क्या संबंध है? कई सवाल हमीद के दिमाग़ में आने लगे थे। उसने जाना कि दुनिया अब दो हिस्सों में बँट चुकी है, एक दुनिया सितंबर 2001 के पहले की और दूसरी उसके बाद की। उस घटना के बाद से सामाजिक कट्टरता तेज़ी से बढ़ने लगी थी और उसी समय से हमीद इस कट्टरता को कम करने के उपाय ढूँढता रहता। एक उपाय उसने ढूँढा भी था। वो चाहता था कि पूरे धर्मों के देवता आपस में एक मीटिंग करके आपस में सुलाह कर लें। उसने यह उपाय अनुज से साझा किया। अनुज ने भी इसे बेहतर सोलूशन तो माना पर सवाल यह था कि यह बात देवताओं तक किस तरह पहुँचाई जाए?

"तू तेरे भगवान से रिक्वेस्ट कर और मैं मेरे अल्लाह से करता हूँ।" हमीद ने इसका भी उपाय बताया और वो पहली बार बिना शुक्रवार के किसी के बिना बताए मस्जिद गया। मग़रिब की नमाज़ पढ़ी और अल्लाह मियाँ से दुआ माँगी कि अपने बिज़ी शेड्यूल से कुछ वक़्त निकालकर राम और येशु से मुलाक़ात करें।

जब यह वाक़या उसने सकीना को सुनाया तो वह हँस के लोटपोट होने लगी। सागर और लता ने भी उसका साथ दिया।

"दिल को बहलाने के लिए ग़ालिब ख़याल अच्छा है।" सकीना ने मज़ाक़ उड़ाते हुए कहा। पर हमीद को यह कल्पना बिलकुल ही बेजा नहीं लगती थी। उसका मानना था कि दुनिया बनाने वाले को दुनिया की बिगड़ती सूरत देखकर अब तक नींद से जाग जाना चाहिए था। अगर बरसों पहले सभी ख़ुदाओं ने उसकी बात मान ली होती तो तो आज उनका सरे बाज़ार व्यापार न होता। राजनीतिक रैलियों में धर्म नहीं बिकता।

"देवताओं की मीटिंग होना मुश्किल ही नहीं नामुमकिन भी है।" कहते हुए सागर फिर से हँसने लगा।

"क्यों? कई बड़े-बड़े चमत्कार करने के लिए ख़ुदाओं के पास ढेर सारा समय होता है, तो क्या दुनिया में मुहब्बत और अमन क़ायम करने के लिए उनको वक़्त नहीं मिलेगा? अगर मेरी कोई चीज़ ख़राब हो जाए तो उसे ठीक

करने की ज़िम्मेदारी भी मेरी ही होगी। ख़ुदा इस तरह अपनी ज़िम्मेदारी से पल्ला झाड़ नहीं सकते।" हमीद ने सागर की हँसी का गंभीर जवाब दिया।

"क्या तुम यह कहने की कोशिश कर रहे हो कि ख़ुदा, भगवान सब काल्पनिक होते हैं?" लता ने पूछा। हमीद ने सिर्फ़ नकारात्मक सिर हिलाया।

वह नास्तिक नहीं था। अपने कमरे में सकीना के साथ उसने कई बार नमाज़ अदा की थी। जब सकीना हमीद से मिलने उसके कमरे पर आती और अगर उस समय नमाज़ का वक़्त होता तो सकीना उसे नमाज़ पढ़ने का आदेश देती और वो किसी मासूम बच्चे की तरह उस आदेश का पालन करता। जब पहली बार ऐसा प्रसंग आया तो यह जानकर सकीना ग़ुस्से में आ गई कि उसके कमरे में 'जानमाज़' नहीं है, जिस पर नमाज़ पढ़ा जाता है। अगले ही दिन सकीना दो 'जानमाज़' ख़रीद लाई। यह हमीद को सकीना की तरफ़ से मिला हुआ पहला उपहार था। इसके बावजूद उसके अंदर का मुसलमान केवल जुमा के दिन दोपहर को ही जाग जाता था। हर जुमा को दोपहर की नमाज़ पढ़ने के लिए डॉ. रशीद उसे अपने साथ मस्जिद लेकर जाते थे। जुमा की नमाज़ एक विशेष नमाज़ होती है। इस नमाज़ के पहले मौलाना साहब का ख़ुत्बा यानी धार्मिक प्रवचन सुनना और जमात के साथ नमाज़ पढ़ना लाज़मी होता है। बहुत ज़रूरी काम होने पर ही उसकी यह नमाज़ छूट जाती थी। वो दिल्ली में पहली बार हॉस्टल में रहने वाले इलाहाबाद के जावेद के साथ जुमा की नमाज़ पढ़ने के लिए गया और उसकी नमाज़ छूट गई। हुआ यूँ कि जब वे मस्जिद पहुँचे पूरी मस्जिद नमाज़ियों से भर चुकी थी। लिहाज़ा कुछ नमाज़ियों ने मस्जिद के बाहर रास्ते पर बैरिकेड लगवाकर सफ़े बनाना शुरू किया। हमीद ने इस तरह रास्ता रोककर नमाज़ पढ़ने से जावेद को रोका। उसे दूसरे मस्जिद में चलने के लिए कहा। जावेद को यह बात बिलकुल पसंद न आई। पर हमीद के दोबारा कहने पर वे दूसरे मस्जिद गए। जब तक वो वहाँ पहुँचते नमाज़ ख़त्म हो चुकी थी। मस्जिदों को ढूँढने के चक्कर में जावेद ना ख़ुत्बा सुन पाया और ना जमात के साथ नमाज़ पढ़ पाया। वह काफ़ी ग़ुस्से में था। नमाज़ का वक़्त निकल चुका था। अब और किसी मस्जिद में ख़ुत्बा या जमात मिलना मुमकिन न था। उन दोनों ने बग़ैर जमात की नमाज़ पढ़ी। हॉस्टल पहुँचने तक जावेद ने एक लफ़्ज़ भी नहीं कहा। हमीद को जावेद के

ग़ुस्से का अंदाज़ा हो चुका था लिहाज़ा वह भी ख़ामोश रहा। हॉस्टल के गेट के भीतर आते ही जावेद के ग़ुस्से का विस्फोट हुआ। हमीद की तरफ़ हिक़ारत से देखते हुए उसने कहा, "आज ज़िंदगी में पहली बार मेरी जुमा की नमाज़ छूटी है... तुम्हारी वजह से। जिसको मस्जिद में जगह नहीं मिलती वह सब लोग रास्ते पर नमाज़ पढ़ते हैं। किसी को फ़र्क़ नहीं पड़ता, तुम्हें क्या दिक़्क़त थी?" जावेद फ़र्स्ट फ़्लोर के अपने रूम का ताला खोलकर अंदर आ गया। उसके पीछे-पीछे हमीद भी रूम में दाख़िल होते हुए कहने लगा, "मुझे कोई दिक़्क़त नहीं है। पर उस रास्ते से गुज़रने वाले लोगों को परेशानी हो सकती है। इसका भी हमें ख़याल रखना चाहिए।"

"सब लोगों को पता है कि जुमा के दिन दोपहर में वो रास्ता बंद रहता है। इसमें कोई नई बात नहीं है। सबको आदत हो चुकी है इसकी।"

"पर यह ग़लत आदत है। ग़लत आदत जितना जल्दी सुधर जाए उतना अच्छा होता है।"

"ग़लत? क्या ग़लत है इसमें?" जावेद की आवाज़ तेज़ हो गई।

"ग़लती यह है मेरे भाई कि हम लोग टाइम पर मस्जिद नहीं पहुँचे। सिर्फ़ लेट कमर्स को ही रास्ते पर नमाज़ पढ़ना पड़ता है।"

"सिर्फ़ मुसलमान ही रास्ता ब्लॉक नहीं करते। ग़ैर क़ौम के जुलूसों में भी ट्रैफ़िक जाम होता है, तब कोई कुछ नहीं बोलता।"

"बोलने वाले हर वक़्त बोलते हैं। पर मज़हब के झूठे अहंकार में जीने वाले तुम जैसे लोग सुनते नहीं ना?"

"अच्छा! तो हमें मज़हब का झूठा अहंकार है? और तुम्हें क्या है... शर्म? तुम्हारा ईमान मुकम्मल नज़र नहीं आता है। वो भी कमज़ोर है तुम्हारी तरह। आख़िर कौन हो तुम? मुसलमान? आधे मुसलमान? या फिर काफ़िर?" जावेद ने फिर एक बार हमीद की तरफ़ हिक़ारत से देखा।

"मुसलमान, आधा मुसलमान या काफ़िर? पता नहीं। पर इतना जानता हूँ कि कंप्लीट ह्यूमनिस्ट हूँ, प्रोग्रेसिव हूँ, लिबरल हूँ और रेशनल हूँ... पर तुम नहीं समझोगे। बहुत लोग नहीं समझते।" कहते हुए हमीद सागर के रूम की ओर बढ़ा। उसने सागर को पूरा क़िस्सा सुनाया। पूरी बात इत्मीनान से सुनने के बाद सागर केवल इतना ही कह पाया, "मियाँ, ये भारत देश है। यहाँ

किसी की भी धार्मिक भावनाएँ दुखाने का मतलब है आग से खेलना। किसी दिन हाथ जला लोगे।"

"भाऊ, ये धार्मिक भावनाएँ इतनी नाज़ुक क्यों होती है? एक कंकड़ भी नहीं मारा कि काँच के टुकड़े की तरह फूट जाती हैं। लोग यह क्यों नहीं समझते हैं कि हमारे लिए मज़हब बनाया गया है, मज़हब के लिए हम नहीं।"

"इस तरह की बातें पब्लिकली करेगा ना तो एक दिन तेरे ख़िलाफ़ फ़तवा आना ज़रूर है। सँभल के रहो... ये दिल्ली है।" सागर ने अर्थशास्त्र की किताब बंद करते हुए कहा।

क़रीब दो महीने बाद उन चारों की मुलाक़ात हुई थी। यूपीएससी प्रीलिम के नतीजे के दूसरे दिन सुबह सकीना और लता दोनों लड़कों को प्रीलिम में मिली सफलता की बधाई देने के लिए हमीद के फ़्लैट पर आई थीं। हमीद ने पहले ही प्रयास में प्रीलिम पास किया था, तो सागर ने दूसरे प्रयास में। नतीजा दोपहर में आया और कुछ दोस्तों के साथ शाम से ही उन्होंने पार्टी शुरू की। हमीद ने फ़्लैट पर चिकन बिरयानी बनाई, तो सागर ने बियर, वोडका आदि की व्यवस्था की। दोस्तों ने जाम से जाम टकराया। कमरे में सुरूर छाने लगा। होश-हवास खोकर सब हवा में तैरने लगे। गाने-बजाने लगे। उसी वक़्त जावेद बधाई देने के लिए फ़्लैट पर आ धमका। हमीद ने एक हाथ में बियर का कैन और दूसरे हाथ में आधी जली हुई सिगरेट के साथ दरवाज़ा खोला। जावेद के गले लग गया। हमीद के मुँह से आ रही शराब की गंध से जावेद नाक सिकोड़ने लगा। उसके पेशानी पर पूरे जहाँ का बोझ नज़र आ रहा था। उसने बड़ी मुश्किल से ख़ुद को हमीद से अलग किया। कुछ देर तक बिना पलकें झुकाए हमीद के आँखों में देखता रहा। उसके आँखों में ज़माने भर का ग़ुस्सा उमड़ आया था। उसने एक नज़र कमरे के अंदर बैठे लड़कों पर डाली। लगभग आधा हॉस्टल उस वक़्त कमरे में मौजूद था। किसी ने जावेद को फ़्लाइंग किस दिया, तो किसी ने बीयर की बोतल नचाकर उसे अंदर आने के लिए इशारा किया। जावेद मुँह फुलाकर यह सब नज़ारा देखता रहा और ज़ोर से दरवाज़ा बंद करके तेज़ रफ़्तार से वापस चला गया। उसके बाद उसने कभी हमीद के फ़्लैट की तरफ़ मुड़ के नहीं देखा। जावेद के आने से जश्न में कुछ पल के लिए ख़लल ज़रूर पड़ा। पर उसके जाने के बाद पार्टी अपने

चरम सीमा पर पहुँची।

सुबह के दस बज चुके थे। पार्टी के हैंग ओवर से हमीद जगा भी न था कि किसी ने दरवाज़े पर दस्तक दी। आँख मलते हुए उसने दरवाज़ा खोला। सकीना और लता दो बुके लेकर खड़ी थी। उन लड़कियों को देखकर वह तुरंत नींद के प्रभाव से बाहर आया। उसने एक नज़र उनको देखा और एक नज़र रूम के भीतर डाली। सागर केवल अंडरवियर में औंधे मुँह गहरी नींद में सोया हुआ था, तो रूम के अलग-अलग कोने में शराब की ख़ाली बोतलें और ग्लास आराम फ़रमा रहे थे।

'दो मिनट...' कहकर उसने दरवाज़ा बंद किया और अगले ही पल सागर के कूल्हे पर ज़ोर की लात पड़ी। हमीद जानता था कि उसके बग़ैर वह जन्नत के सफ़र से लौटेगा नहीं। सिर्फ़ पाँच मिनट में उन दोनों ने रूम को और ख़ुद को लड़कियों के लायक़ बनाया। अच्छे कपड़े पहनकर हमीद ने फिर एक बार दरवाज़ा खोला। लता एन. डब्ल्यू. ने चिढ़ते हुए बुके हमीद के मुँह पर फेंका और उसे धकेलकर रूम में आ गई। सागर ने मुँह बिचकाकर उसका स्वागत किया। वह बेड के बग़ल में मौजूद चेयर पर बैठ गई, तो दूसरे कुर्सी पर सकीना ने क़ब्ज़ा जमा लिया। दरवाज़े पर इंतज़ार करवाने की वजह से वह नाराज़ हो गई थी पर हमीद के माफ़ी माँगने पर जल्द ही पिघल गई। दोनों लड़कियों ने दोनों लड़कों को बधाई दी और गपशप का सिलसिला चलता रहा। कुछ देर बाद, नियमानुसार, सकीना ने किचन में जाकर कॉफ़ी बनाई। कॉफ़ी की तारीफ़ करते हुए हमीद ने अपने हाथ को इस तरह हिलाया कि वह बग़ल में ही रखे हुए 'द हिंदू' अख़बार के गट्टे से टकराया। कुछ अख़बार गिर गए और उसके साथ ही अख़बारों के पीछे छुपाकर रखी हुई एक बोतल लुढ़ककर सकीना के पैर के पास आकर रुक गई। सागर और हमीद चोर नज़र से एक-दूसरे को देखने लगे। हमीद ने सागर को इशारे से बोतल उठाने के लिए कहा। लेकिन उससे पहले ही सकीना ने बोतल अपने हाथ में ले ली। वो पढ़ने लगी- 'स्मीरन ऑफ़फ़, ट्रिपल डिस्टिल्ड, टेन टाइम्स फ़िल्टर्ड... वोडका।' उसने तुरंत छिह करते हुए बोतल को फेंक दिया, जो फिर एक बार लुढ़कते हुए हमीद के पास आ गई। उसके कुछ कहने के पहले ही सागर ने कहा, "हमीद का फ़ेवरेट ब्रांड है।"

सकीना चौंक गई। उसको विश्वास नहीं हो रहा था। उसने कॉफ़ी का कप मेज़ पर ग़ुस्से में पटक दिया। कप में बची हुई कॉफ़ी का कुछ अंश मेज़ पर गिर गया। वह आश्चर्यचकित होकर हमीद की ओर देखने लगी, जो मन-ही-मन शर्मिंदा हुए जा रहा था।

"डोंट ओवर रिएक्ट, सकीना। इतना चलता है रे।" लता एन. डब्ल्यू. ने कहा।

"नहीं चलता है। अल्कोहल इज़ प्रोहिबिटेड।" सकीना ने ग़ुस्से में फिर एक बार कप को पटका। सीधे हमीद की आँखों में देखकर कहने लगी, "तुम सिगरेट पीते हो, मैंने कभी नहीं टोका। तुम हर दिन नमाज़ भी नहीं पढ़ते, मैंने कुछ नहीं कहा। पर यह शराब... यह एक्सेप्टेबल नहीं है।" उसकी आँखों में ख़ून उतर आया था, ठीक उसी तरह जैसे कल जावेद की आँखों में उतरा था। दोनों में फ़र्क़ केवल इतना था के जावेद ने कुछ कहा नहीं और सकीना रुकने का नाम नहीं ले रही थी। उसने हमीद को बोलने का मौक़ा भी नहीं दिया। ग़ुस्से में तिलमिलाती हुई निकल गई और उसके पीछे लता एन. डब्ल्यू.। हमीद ने उन्हें रोकने की कोशिश नहीं की। हालाँकि सागर उन दोनों के साथ गेट तक नीचे गया। जब वो वापस रूम पहुँचा तो हमीद सकीना वाली कुर्सी पर बैठकर सिगरेट के लंबे-लंबे कश लेने लगा।

"मियाँ कुछ बोला क्यों नहीं? तू कहता तो रुक जाती।" सागर ने लता वाली कुर्सी पर बैठते हुए कहा।

"कल जावेद भी नाराज़ हुआ था।" हमीद मंद स्वर में कहने लगा।

"पर सकीना को कुछ ज़्यादा ही बुरा लगा।" वो सिगरेट सागर की ओर बढ़ाते हुए कहने लगा, "जावेद पूरे हॉस्टल में बोलता फिर रहा है कि मैं हाफ़ मुसलमान हूँ। मेरा ईमान कच्चा है। क्या सकीना भी मेरे बारे में यही ख़याल रखती है?" वो हल्का-सा चिंतित होने लगा। उस फ़िक्र को सिगरेट के धुएँ में उड़ाने लगा।

उस दिन के बाद सब अपनी-अपनी दुनिया में खो गए। एक बार हमीद ने लता को फ़ोन किया तो उसे पता चला कि वो अपना पीएचडी थीसिस लिखने में मशगूल है और सकीना कॉलेज के लेक्चर में बिज़ी और हमीद से ख़फ़ा है। हमीद और सागर किताबों की दुनिया में खो गए। अब उनका बाहर

की दुनिया से कोई रिश्ता नहीं रहा। उन्होंने चार दीवारों के अंदर अपनी ही अलग दुनिया बसा ली। उनके इस दुनिया में दख़ल देने की इजाज़त किसी को न थी, सिवाय एक-दूसरे के। उनके मोबाइल की घंटी कभी नहीं बजती थी। फ़ोन हमेशा साइलेंट मोड पर रहता था। उन दिनों उनका फ़ोकस सिर्फ़ एक ही चीज़ पर था- 'यूपीएससी मेंस, यूपीएससी मेंस और सिर्फ़ यूपीएससी मेंस।'

26 नवंबर, 2012 के दोपहर का वक़्त था। हमीद के मोबाइल पर चार मिस्ड कॉल्स थे, लता एन. डब्ल्यू. के।

हमीद ने लता का नंबर मिलाया।

"आज का न्यूज़पेपर पढ़ा?" लता ने पूछा।

"हाँ पढ़ा तो है।"

"केजरीवाल ने धोखा दिया, अन्ना को, पब्लिक को, तुम्हें, हमें।" लता लगभग ग़ुस्से में चिल्ला रही थी।

"मुझे नहीं लगता।"

अरविंद केजरीवाल ने आम आदमी पार्टी बनाकर राजनीति में प्रवेश किया था। उनके इस फ़ैसले से आंदोलन में जुड़े काफ़ी लोग आहत हुए थे। लता भी उनमें से एक थी। डेढ़ महीने बाद हमीद ने दाढ़ी बनाई और मुक़र्रर वक़्त के पाँच मिनट पहले सागर के साथ मुखर्जी नगर के कैफ़े कॉफ़ी डे पर पहुँचा। दोनों लड़कियाँ वहाँ पहले से ही मौजूद थी। हमीद ने दोनों को अपनी मुस्कान से संबोधित किया। जवाब केवल लता ने दिया। सकीना ने जवाब के नाम पर मुँह फेर लिया। वो अब तक हमीद से नाराज़ थी।

"सिर्फ़ सड़क पर लड़कर बदलाव नहीं लाया जा सकता। क़ानून बनाने के लिए या बदलने के लिए संसद के अंदर भी जाना होता है। पार्टी बनाई है तो कोई ग़लत काम तो नहीं किया?" हमीद ने कॉफ़ी का घूँट लेते हुए कहा।

"मैं सहमत हूँ। हमारा देश पार्लियामेंट्री डेमोक्रेसी पर चलता है।" यह कहते हुए सकीना ने हमीद की तरफ़ देखा भी नहीं। पर लता कुछ सुनने के मूड में नहीं थी। उसने ग़ुस्से में ही कहा, "अब वो भी वही सब करेंगे जो बाक़ी की पार्टियाँ करती हैं।"

"नहीं। यह पार्टी दूसरी पार्टियों से अलग साबित होगी।" हमीद ने आश्वासित किया।

"हम उस आंदोलन से इसलिए जुड़े थे कि यहाँ के भ्रष्टाचार को जड़ से मिटा सकें। अब वे लोग ही उस दलदल में फँस जाएँगे जिन्होंने उसे साफ़ करने का बीड़ा उठाया था। यह मंज़ूर नहीं।" लता अपने विचारों पर क़ायम थी।

"लता, आज राजनीति को ख़राब क्यों माना जाता है? क्योंकि सत्ता की गलियारों में अच्छे, पढ़े-लिखे, ईमानदार लोगों की बहुत कमी है। अगर आंदोलन से निकले हुए ये लोग सत्ता का हिस्सा बनते हैं तो ज़ाहिर हैं वे औरों से तो बेहतर ही होंगे।" सक़ीना ने अपनी राय रखी। हमीद ने सकीना का पूर्णतः समर्थन किया और सकीना ने हमीद को इग्नोर।

"आंदोलन से निकले लोग भी बाद में उसी गंदी राह पर चलते हैं। जेपी आंदोलन से निकले नेताओं को भूल गए क्या?" लता ने अपना तर्क रखा।

"यार लता, तुम अब डेमोक्रेसी की तौहीन कर रही हो। इलेक्शन लड़कर जो जीत रहा है उसे नकारा नहीं जा सकता। अगर ये लोग बुरे हैं तो जनता चुनाव में यह साबित कर दे। और अगर जनता उन्हें सपोर्ट करती है।" हमीद अपनी बात मुकम्मल नहीं कर सका। लता ने उसे रोकते हुए बीच में ही कहा, "पर उस वादे का क्या हुआ?"

इतनी देर ख़ामोश उन तीनों की बात सुन रहे सागर ने लता को बीच में रोकते हुए कहा, "सिर पर गाँधी टोपी पहनने से कोई गाँधी नहीं होता। सब नौटंकी है।"

सागर ने सबको चौंका दिया। सकीना को तो जैसे झटका ही लग गया। पर सबसे ज़्यादा बौखलाहट लता को हुई।

"व्हाट नॉनसेंस। क्या बक रहे हो तुम? सिविल सर्विसेज़ की तैयारी करते हो और इतनी हल्की सोच रखते हो। अरे भाई, एक बुज़ुर्ग आदमी महीनों तक भूखा-प्यासा रहता है। किसके लिए?" वो सागर पर चिल्लाई।

"मैं बक नहीं रहा, सच कह रहा हूँ। हमीद जानता है कि मैं पहले से ही इस आंदोलन के ख़िलाफ़ हूँ। और मैडम, बिट्वीन द लाइन पढ़ा करो। बग़ैर एजेंडे के कुछ नहीं होता। ये सब यूपीए को सत्ता से बाहर करने की चाल है। इस आंदोलन में आरएसएस के लोग घुस गए हैं। मैंने मियाँ को भी यह बात बताई थी। पर क्रांतिकारी बनने के जुनून ने आपको अंधा कर दिया है। सब

कुछ देख नहीं पा रहे हो। ऐसा है, इस आंदोलन से सब अपनी-अपनी रोटी सेंक रहे हैं। आप पार्टी तो शुरुआत है। हमीद, परसों वो क्या शेर सुनाया था तूने- 'इब्तिदा-ए-इश्क़ है रोता है क्या/ आगे-आगे देखिए होता है क्या?' अभी तो सिर्फ़ पार्टी बनी है, आगे-आगे देखो कैसे बिज़नेस होता है।"

"आय डोंट बिलीव इट।" हमीद ने नाराज़गी ज़ाहिर की।

"तो मत करो भरोसा। समय सबके चेहरे से मुखौटे उतार देता है। यक़ीन न हो तो कुछ देर रुक जाओ। फिर नंगी शक्ल बड़ी बदसूरत नज़र आएगी।"

सागर की इस फ़िलॉसफ़ी पर लता कुछ बोल नहीं पाई। उसका यह तर्क तीनों में से किसी को भी पसंद नहीं आया। चारों ख़ामोश रहे। हमीद सिगरेट का धुआँ उड़ाने में व्यस्त हो गया, तो सकीना कॉफ़ी पीने में। जब किसी तर्क का सही जवाब नहीं होता तो कमअक़्ल लोग बहस करते हैं तो समझदार ख़ामोशी इख़्तियार करते हैं। कुछ देर की ख़ामोशी के बाद हमीद ने चुप्पी तोड़ी। वह सीधे सकीना से मुख़ातिब होकर कहने लगा, "यह नाराज़गी तुम पर जँचती नहीं। ग़ुस्सा थूक भी दो।"

सकीना ने कुछ जवाब नहीं दिया। जब हमीद ने यही बात दोबारा कही, तो वो कहने लगी, "तुम क्या मेरे कोई सगे हो जो तुमसे नाराज़ रहूँगी?" दो टूक अंदाज़ में सकीना ने जवाब दिया। वो हमीद से नज़रें चुरा रही थी।

"इंसानियत के नाते हम सब एक-दूसरे के सगे हैं। और तो और मैं तो पैदाइशी शिया मोमिन भी हूँ... कैफ़ी अस्पताल में जो पैदा हुआ।" हमीद ख़ुद के जोक पर ख़ुद ही हँसने लगा।

सकीना अब भी उसके ओर नहीं देख रही थी। हमीद सोचने लगा- 'इसे इतना ही प्रॉब्लम है तो यहाँ तक मिलने क्यों आई? लता ने जबरदस्ती की होगी। वो मना तो कर सकती थी। पर उसने किया नहीं। घर तक आकर बात ना करने में कौन-सी समझदारी है? यह लड़कियाँ होती ही बेवक़ूफ़ हैं। कहती है कि अल्कोहोल इज़ प्रोहिबिटेड, यस, इट इज़ करेट, पर प्रोहिबिटेड तो बहुत सारी चीज़ें...'

लता ने हमीद की सोच को भंग किया। वो भी सकीना को समझाने लगी। हमीद ने इशारे से ही लता को शांत किया और सकीना के आँखों में आँखें डालकर कहने लगा, "यह ज़रूरी नहीं कि तुम मेरे हर विचारों से सहमत हो।

कोई भी इंसान किसी भी फ़िलॉसफ़ी को पूरी तरह से प्रैक्टिकली फ़ॉलो नहीं कर सकता। हमें फ़िलॉसफ़ी के अंतिम छोर से कुछ क़दम पहले रुक जाना चाहिए और समय के हिसाब से फ़िलॉसफ़ी में बदलाव करते रहना चाहिए।"

"इसका यह मतलब नहीं कि हमें हराम चीज़ अपनानी चाहिए।" सकीना का अंदाज़ अब भी पहले जैसा ही था।

"बिलकुल ठीक। पर यह बताओ... जो चीज़ जन्नत में हलाल है, वो दुनिया में हराम कैसे? तुम कांसेप्ट समझो। इसका बिटवीन द लाइन मतलब शायद यह होगा कि शराब पीकर अपना आपा खो देना, किसी और को तकलीफ़ देना, गाली-गलौज करना, ख़ुद को बरबाद करना यक़ीनन हराम होगा। अगर आप शराब पीने के बाद भी अपने सारे इंद्रियों को क़ाबू में रख पाते हो तो इसमें कोई हराम नहीं होना चाहिए और शायद यही जन्नत में शराब हलाल होने का कारण भी होगा।"

"तुम एक परफ़ेक्ट मुसलमान नज़र नहीं आते।" सकीना ने कहा।

"मैडम, 'परफ़ेक्शन इज़ अ मिथ'। दुनिया में कोई भी परफ़ेक्ट मुसलमान या परफ़ेक्ट हिंदू नहीं है। और किसी को कुछ परफ़ेक्ट बनना है तो परफ़ेक्ट इंसान बनना चाहिए। अलग-अलग धर्म, फ़िरक़े या विचारों के बावजूद इंसान को एक-दूसरे के साथ भाईचारे का रिश्ता बनाए रखना चाहिए। इसे मैं 'पीसफ़ुल कोएक्ज़िस्टेंस' कहता हूँ। वैचारिक असहमति के बावजूद एक साथ बने रहना ही इंसानियत को मज़बूत करती है। अब देवताओं तो मीटिंग करने से रहे, इंसानों को ही आपस में मेलजोल बढ़ाना चाहिए।" हमीद ने सकीना से नज़र हटाए बिना अपनी बात ख़त्म की। फिर कुछ पल ख़ामोशी में गुज़रे। इस बार सकीना ने ख़ामोशी को भंग किया।

"तुम्हारी बातों से मैं बिलकुल सहमत नहीं हूँ, सिवाय 'पीसफ़ुल कोएक्ज़िस्टेंस' के। पर मेरे साथ कोएक्ज़िस्टेंस भी कंडिशनल रहेगा।"

"मतलब?" तीनों ने एक साथ पूछा। वो हमीद से नज़रें मिलाकर कहने लगी, "अगर तुम मेरे दोस्त बने रहना चाहते हो, तो यह वादा करो कि तुम आज के बाद शराब को हाथ भी न लगाओगे।"

एक सेकेंड भी गवाएँ बिना उसने सकीना के हाथ को अपने हाथ में लिया। बेहद रोमांटिक अंदाज़ में कहा, "शराब जीने के लिए शर्त नहीं है। पर

तुम्हारी दोस्ती ज़रूरत है मेरी। जो तुम्हें नापसंद, वो हराम है मेरे लिए। नशा पिला के गिराना तो सब को आता है, मज़ा तो तब है कि गिरतों को थाम ले साक़ी।" हमीद ने गर्दन झुकाते हुए सकीना के हाथ को अपने माथे से लगा लिया।

उस दिन सकीना दिल खोलकर मुस्कुराई। लता ने हमीद के पीट पर प्यार से थपकी लगाई तो सागर हैरत से देखने लगा।

उस दिन के बाद हमीद और सकीना पहले से ज़्यादा क़रीब आ गए। चिंगारी दोनों तरफ़ बराबर लग गई। सागर और लता ने आग में घी डालने का काम किया। लिहाज़ा शोलों का भड़कना लाज़मी था। अब उन्हें एक-दूसरे से मिलने के लिए सागर और लता के मंज़ूरी की ज़रूरत नहीं पड़ती थी। जब जी चाहा तब वे एक-दूसरे का दीदार करने चले आते। कभी हमीद जेएनयू कैंपस चला जाता तो अक्सर सकीना मुखर्जी नगर आ जाती। हर मुलाक़ात में वह एक-दूसरे को जानने की कोशिश करने लगे और हर मुलाक़ात के बाद वह एक-दूसरे में अपना अक्स ढूँढने लगे। उनके बीच नज़दीकी इतनी बढ़ गई कि अब उन्हें मिलने के लिए कैफ़े की खुली जगह तंग लगने लगी। हमीद के रूम पर आते ही सकीना अपना रिदा निकालकर खूँटी पर टाँग देती। दोनों के लिए कॉफ़ी बनाती। उसकी और उसके कॉफ़ी की तारीफ़ करते हुए हमीद की ज़ुबान थकने का नाम नहीं लेती थी। वो तारीफ़ करता और ये शर्म से गुलाबी होती। उससे नज़रें चुराकर बेड पर उसके बिलकुल क़रीब बैठ जाती।

"शायर लोग सच ही कहते हैं कि शर्म और हया औरत का गहना होता है। देखो, शर्माते हुए कितनी ख़ूबसूरत लग रही हो।" हमीद ने सकीना के गाल को छूते हुए कहा।

"बदतमीज़!" सकीना उसके हाथ को हटाते हुए और ज़्यादा शर्माने लगी। हमीद ने सकीना के चेहरे को अपने दोनों हाथों में भर लिया। उसकी आँखों में बिना पलक झपकाए देखते हुए अपने होंठों को उसके होंठों पर रख दिया। उसका निचला होंठ अपने होंठों के बीच लेते हुए चूसने लगा। उस होंठों के चुम्बन में शराब से ज़्यादा नशा था। उस नशे में दोनों मदमस्त होने लगे। हमीद की ज़ुबान सकीना की ज़ुबान टटोलने लगी और वो कम्बख़्त हर बार झाँसा देने में कामयाब होने लगी। उसी वक़्त कमरे पर किसी ने दस्तक

दी। आवाज़ को नज़रअंदाज़ करके वो सकीना को बाँहों में भरने लगा। जब आवाज़ लगातार बढ़ने लगी तो मजबूरन उसे सकीना से अलग होना पड़ा। सकीना कपड़े ठीक करने के बाद उसने दरवाज़ा खोला। सागर था।

"फ़ोन कहाँ है तुम्हारा? मैसेज देखा नहीं क्या?" उसने दो सवाल एक साँस में पूछ डाले। हमीद का फ़ोन साइलेंट मोड पर था। सकीना का फ़ोन दो बार बजा पर उसने ध्यान नहीं दिया। हमीद और सकीना ने एक साथ अपना-अपना फ़ोन उठाया। सकीना ने नम आँखों से मोबाइल हमीद की ओर बड़ा दिया। लता एन. डब्ल्यू. का मैसेज था- 'My mother is no more. Last rites will be done at Okhla Qabrastan after Namaz-e-Maghrib.'

***

आइडेंटिटी क्राइसिस

लता की माँ को दफ़नाया जाने वाला था। तीनों अचरज में पड़ गए और सबसे ज़्यादा सकीना। पिछले दो सालों में उसने अपने परिवार के बारे में ज़्यादा कुछ कहा नहीं था। धर्म, जात पात और आर्थिक स्तर से कई गुना श्रेष्ठ रूहानी रिश्ते में बंध चुके उनकी दोस्ती को और कुछ जाने की ज़रूरत भी नहीं थी। वे केवल इतना जानते थी कि उसके पिता का करोलबाग़ में 'झूलेलाल स्वीट्स एंड बेकर्स' नाम से मिठाई की दुकान है। वे इतना जानते थे कि लता सिंधी है और सिंधियों में मृतक दफ़नाया नहीं जाता। लता की माँ को तो दफ़नाया जा रहा था, वह भी मुसलमान क़ब्रिस्तान में। क्यों? मरने के पश्चात भला कोई गैर कौम की विधि को क्यों अपनाएगा? इसका तो सीधा सीधा एक ही मतलब निकलता था। पर उसी समय हमीद के मन में उसी के हमनाम महाराष्ट्र के मुस्लिम धर्मसुधारक हमीद दलवाई का नाम रह-रहकर आने लगा। पैदाइशी मुसलमान दलवाई ने अपने पार्थिव शरीर को मुखाग्नि देने की इच्छा ज़ाहिर की थी और उनकी इच्छा के अनुसार उन्हें बम्बई में जलाया गया था, न कि दफ़नाया। इसलिए इस घटना का भी सीधा सीधा मतलब निकालना मुश्किल था। इस क्यों का जवाब तो सिर्फ़ लता एन. डब्लू. ही दे सकती थी। सकीना जल्द-से-जल्द लता से मिलना चाहती थी, पर उसे लता के घर का पता न था। मग़रिब की नमाज़ में अभी तीन घंटों का वक़्त था। हमीद और सागर ने सीधे ओखला क़ब्रिस्तान जाने का फ़ैसला किया। क़ब्रिस्तान में लड़कियों पर पाबंदी होती है इसलिए हमीद ने सकीना को साथ आने से मना किया। उसने आने की ज़िद की। आख़िरकार हमीद को उसकी बात माननी पड़ी। वे तीनों मग़रिब की नमाज़ के पहले ही क़ब्रिस्तान पहुँचे। क़ब्रिस्तान के

बंद गेट के सामने कुछ लोग खड़े थे। हमीद को लगा कि वह भी उन्हीं की तरह जनाज़े का इंतज़ार कर रहे होंगे। कुछ ही देर में सौ-दो सौ लोगों के साथ जनाज़ा आ गया। सर पर रुमाल बाँधकर दोनों लड़कों ने उसमें शिरकत की। दूर-दूर तक कोई भी उनका जानने वाला न था। चंद क़दम चलने पर बग़ल में चलने वाले किसी ने कहा, "नमाज़ के बड़े पाबंद थे, यूसुफ़ भाई।"

उन दोनों ने एक-दूसरे की तरफ़ देखा और वे जनाज़े से बाहर आ गए। जनाज़ा क़ब्रिस्तान के अंदर चला गया।

कुछ ही देर के अंदर एक दूसरा जनाज़ा आ गया। काफ़ी कम लोग थे, क़रीब तीस चालीस। अब की बार सिर्फ़ हमीद उनके पास गया। बड़ी हिम्मत करके सहमते हुए उसने एक आदमी से पूछा, "अस्सलाम अलैकुम भाई! ये किसका जनाज़ा है?"

उस शख़्स ने पहले तो उसे ऊपर से नीचे तक घूर के देखा और फिर जवाब दिया, "नग़मा मर्चेंट का।"

हमीद को लता के माँ का नाम तक मालूम न था। पर यह जनाज़ा ज़नाना था। तो अंदाज़ा लगाया जा सकता की यह लता की माँ का जनाज़ा होगा। वो इसी सोच में डूबा हुआ था कि उस शख़्स के दायें वाले आदमी ने कहा, "नग़मा मर्चेंट- वाधवानी।"

लता का नाम उसने दो-तीन बार ज़ुबान पर लिया। लता एन. डब्ल्यू., लता एन. डब्ल्यू., लता नग़मा वाधवानी। हमीद के दिमाग़ में बिजली जैसा कुछ चमक गया। उसने तुरंत सागर और सकीना के पास आकर यह जनाज़ा लता की माँ नग़मा मर्चेंट- वाधवानी का होने की पुष्टी की। जनाज़ा क़ब्रिस्तान के गेट की ओर बढ़ रहा था। वे दोनों उन लोगों में शामिल हो गए। जनाज़ा कुछ देर चला और अचानक रुक गया। उसे रोक दिया गया। जो लोग बंद गेट के सामने खड़े थे और जिन्होंने कुछ देर पहले ही यूसुफ़ भाई के जनाज़े को क़ब्रिस्तान के अंदर दाख़िल होने दिया, उन्हीं लोगों ने नग़मा मर्चेंट-वाधवानी का जनाज़ा रोक दिया। हमीद धीरे-धीरे गेट के क़रीब चला गया। बड़े ज़ोर-ज़ोर से वहाँ बहस हो रही थी। एक शख़्स गले के ऊपरी सतह से चिल्ला रहा था।

"जिस वक़्त उसने हिंदू से शादी की, उसी वक़्त उसका इस्लाम से रिश्ता

टूट गया। वो मुसलमान नहीं रही। अब उसका इस क़ब्रिस्तान में कोई काम नहीं। लाश को किसी शमशान में लेकर जाइए।"

"भाई, इन्होंने कभी इस्लाम का दामन नहीं छोड़ा। आख़िरी वक़्त तक मुसलमान ही बनी रही। उनकी आख़िरी ख़्वाहिश यहीं पर दफ़्न होने की थी।" जनाज़े में सबसे ग़मगीन आदमी गिड़गिड़ा रहा था।

"आप कौन?" उन पहरेदारों में से किसी ने पूछा।

"मैं इनका पति।"

"कहीं और जाकर इनकी तमन्ना पूरी कीजिए। यहाँ इनके लिए जगह नहीं है।"

जमावड़ा दो गुटों में बँट गया। जनाज़े को नीचे रखकर लोग बहस करने लगे। सब अपनी-अपनी दलील दे रहे थे, कोई किसी की सुन नहीं रहा था। गेट पर लॉक लगाकर चार पहलवान डँटकर खड़े हुए थे। आधा घंटा झगड़ा चलता रहा। जनाज़े का अपमान होता रहा। अचानक एक पुलिस की वैन जिप्सी के साथ सायरन बजाते हुए वहाँ दाख़िल हुई। जिप्सी में से सबसे पहले सर पर दुपट्टा ओढ़े एक लड़की उतरी... वो लता थी। उसके बाद डिप्टी कमिश्नर ऑफ़ पुलिस और बाक़ी अफ़सर। लता और डिप्टी कमिश्नर तेज़ रफ़्तार से गेट की ओर बढ़े। उसने एक नज़र माँ के ज़मीन पर रखे हुए जनाज़े की तरफ़ देखा। उस समय उसके आँख में पानी का एक क़तरा भी नहीं था। केवल आग थी। उसने एक काग़ज़ उन पहलवानों की तरफ़ फेंका और ज़ोर से चिल्लाई, "ये देखो अम्मी की विल... इसमें साफ़-साफ़ लिखा है कि वो पैदा इसी ओखला में हुई थीं और उन्हें दफ़न भी इसी ओखला में होना था। जब वो आख़िरी साँस ले रही थी तब भी उनके ज़बान पर अल्लाह और रसूल का नाम था।" उसके पिता उसके बग़ल में आकर खड़े रहे। पहलवानों ने विल को हाथ तक नहीं लगाया। उनकी तू-तड़ाक की भाषा भी नहीं बदली। पुलिस की मौजूदगी भी उनका रवैया नर्म नहीं कर सकी। आख़िरकार डिप्टी कमिश्नर को जनाज़ा रोकने वालों को अरेस्ट करने की धमकी देनी पड़ी। क़ानून के सामने उन पहलवानों की अकड़ ढीली पड़ गई। ग़ुस्से में बुदबुदाते हुए एक पहलवान ने क़ब्रिस्तान का गेट खोला। लता के पिता और अन्य लोग जनाज़े के साथ अंदर दाख़िल हुए। हमीद और सागर भी उनके साथ क़ब्रिस्तान में

चले गए। लता की नज़र सकीना पर पड़ी, जो जनाज़े से दूर एक पेड़ के नीचे अकेली खड़ी थी। वे दोनों एक-दूसरे के क़रीब आए। लता सकीना के गले से लिपट गई। अब तक जिन आँखों में आँसू का एक क़तरा भी न था वहाँ सैलाब बहने लगा।

हमीद सोचने लगा। नग़मा मर्चेंट-वाधवानी की क्या पहचान थी? पैदाइशी मुसलमान या एक हिंदू की पत्नी। उन्हें मरने के बाद भी हिंदू की पत्नी होने की सज़ा मिली, दो गज़ ज़मीन के लिए लड़ना पड़ा। उन्हें काफ़िर ठहराने वाले मज़हब के ठेकेदारों को इस बात का ज़रा भी एहसास न था कि उन्होंने आख़िरी साँस तक इस्लाम का दामन नहीं छोड़ा था। उन ठेकेदारों को उस पति के प्रति कोई श्रद्धा का भाव भी न था जिसने पत्नी के मज़हब की रक्षा के ख़ातिर अपना घर परिवार छोड़ना पसंद किया था। करोड़ों की जायदाद को ठुकराकर शून्य से शुरुआत की थी। उनके घर झूलेलाल की आरती और नमाज़ के स्वर एक साथ गूँजते थे। एक दूसरों की भावनाओं का नितांत आदर था। इकलौती बेटी पर किसी भी धर्म को अपनाने की खुली छूट थी। उसने दोनों धर्मों को अपनाया था। वो परिवार पीसफ़ुल कोएक्ज़िस्टेंस का एक बेहतरीन उदाहरण था। पर उनका इस तरह बेहतरीन होना दोनों मज़हबों के नुमाइंदों को बदख़याली लगता रहा। अपने विचारों पर अडिग रहकर एक हिंदू शख़्स से शादी करने की सजा मृत्यु पश्चात भी मिल सकती है यह सत्य शायद नग़मा मर्चेंट जान चुकी थी। इसलिए उन्होंने मरने के बाद भी अपनी मज़हबी पहचान साबित करने के लिए ज़िंदा रहते ही विल बना ली थी। अगर वह इस तरह की विल ना बनाती और प्रशासन इसमें दख़लअंदाज़ी ना करता, तो क्या मज़हब के ठेकेदार उन्हें आसानी से दो गज ज़मीन उपलब्ध करा देते? यक़ीनन ना? कुछ साल पहले की बात है... लिबरल और आधुनिक सोच रखनेवाले किसी धर्मसुधारक के पार्थिव शरीर को, उनके ज़िंदा रहते उनके तर्क का जवाब देने में असमर्थ धार्मिक ठेकेदारों ने, क़ब्र से बाहर निकालकर फेंक दिया था। आधे मुल्क ने इस घटना को देखा, पढ़ा, सुना था। पर कहीं से भी विरोध में कोई आवाज़ नहीं आई। कारण... डर? नीचे बैठकर ऊपरवाले की अवकृपा से लोगों को डराने वालों का डर। यही डर आइडेंटिटी क्राइसिस को जन्म देता है। हिंदुस्तान में आइडेंटिटी क्राइसिस का यह कोई

इकलौता वाक़या नहीं होगा। यहाँ कई लोग अपनी पहचान छुपाने या बदलने की कोशिश में निरंतर लगे रहते हैं। चंद रोज़ बाद ही आइडेंटिटी क्राइसिस का एक और वाक़या सागर के साथ भी हुआ।

सूरज की पहली किरण के साथ ही सागर को छोटे भाई रघु के गिरफ़्तारी की ख़बर मिली। उसकी माँ ने हड़बड़ी में बताया कि देर रात में पुलिस ने उसे पार्टी ऑफ़िस से गिरफ़्तार किया है।

पर सागर को इस बात का अंदेशा था कि कभी-ना-कभी रघु पुलिस के चंगुल में फँसेगा ज़रूर। हिंदुत्ववादी पार्टी के जिला अध्यक्ष नार्वेकर के खेमे में शामिल होने के बाद रघु सुर्खियों में बना रहता था। उसने अपने वाक्चातुर्य से यूथ के एक हिस्से को अपना बना लिया था। वो यूथ इस हिंदू युवा नेता की एक आवाज़ पर यूनिवर्सिटी में हड़ताल करने से लेकर शहर में चक्का जाम करने तक की क़ाबिलियत रखता था। रघु ने इस बात को बार-बार साबित किया था। इसके इसी बात को भुनाने के लिए नार्वेकर ने उसे अपने साथ कर लिया। इसमें फ़ायदा दोनों को हुआ। नार्वेकर को राइट हैंड मिल गया तो रघु को राजनीतिक प्लेटफ़ॉर्म। सागर ने उसे कई बार राजनीतिक दोस्तों से दूर रहने की सलाह दी थी। पर हिंदू हृदय सम्राट एमएलए नार्वेकर का शागिर्द बन चुके छोटे भाई ने बड़े भाई की सलाह को दरकिनार किया। वो अपने चश्मे के भीतर से इस तरह नज़रें मिलाता कि बड़ा भाई होने के बावजूद सागर के मन में डर उत्पन्न हो जाता था।

चंद सालों पहले ही पुलिस ने उसे कुछ घंटों के लिए गिरफ़्तार कर लिया था। वह उसकी पहली गिरफ़्तारी थी। उसने महात्मा गाँधी रोड पर लगे बुक फ़ेयर में अपने ख़ास स्टाइल में हंगामा किया। उसके नेतृत्व में क़रीब पचास साठ लड़के हॉकी स्टिक्स लेकर बुक फ़ेयर में घुस गए। दर्शकों के स्वागत के लिए बनाई हुई कमान को उन्होंने पहले ही वार में ही तोड़ दिया। गेट पर खड़े वॉचमन ने उन्हें रोकने की कोशिश की। उसे अपना दाँत गँवाना पड़ा। फिर भी उसने हॉकी स्टिक्स छीनने का प्रयास किया। इस बार उसे ज़मीन पर धकेल दिया गया। हॉकी स्टिक्स की उस पर बौछार हुई। सर से ख़ून की धारा बहने लगी। यूनिफ़ॉर्म फट गया। बदन का हर एक हिस्सा चोट खा रहा था। उसे बचाने के लिए दूसरे दो वॉचमैन दौड़ते हुए आने लगे तो रघु ने उन्हें पीठ

पीछे छिपाई हुई तलवार दिखाई। इशारे से मना किया। वो वॉचमैन तो छोड़िए वहाँ मौजूद किसी की कुछ भी कहने की हिम्मत नहीं हुई। वे एक दुकान में घुस गए। सामान को उलट-पलट दिया। फिर दूसरे दुकान में घुस गए। फिर तीसरे। तभी एक दुकान में से आवाज़ आई, "रघु सापडलं, मिल गया इधर।"

रघु लंगड़ाते हुए उस दुकान में घुस गया और उसके पीछे सब दौड़ते हुए उस दुकान में घुस गए। ढेर सारी किताबें हाथों में समेटे हुए बाहर आए। उनकी चीख़ें आसमान को छू रही थीं।

"बैन करो, बैन करो! रोहिंटन मिस्त्री बैन करो!"

"मुर्दाबाद, मुर्दाबाद, रोहिंटन मिस्त्री मुर्दाबाद!"

"जय भवानी, जय शिवाजी!"

उन्होंने रोहिंटन मिस्त्री की नॉवेल 'सच अ लॉन्ग जर्नी' की कॉपीज़ को ज़मीन पर फेंका। वे उन किताबों को पेट्रोल से जलाने वाले ही थे के पुलिस मौक़ा-ए-वारदात पर दाख़िल हुई। उन्होंने किताब को जलने से बचा लिया। पर रघु का विरोध दर्ज हो चुका था। मक़सद हासिल हो गया था। उसे रोहिंटन मिस्त्री का विरोध करना था जो उसने किया। पुलिस उसे और उसके साथियों को गिरफ़्तार करके ले गई और चंद घंटों में उनकी रिहाई भी हो गई। अगले दिन के अख़बार में उसका नाम बड़े अक्षरों में छपकर आया। उसका शहर के लोगों से परिचय हुआ। राजनीतिक करियर की शुरुआत हुई। इसी किताब को लेकर चंद रोज़ पहले एक राजनीतिक पार्टी ने मुंबई यूनिवर्सिटी में हंगामा खड़ा किया था।

बात दरअसल यह थी के 1991 में छपी इस नॉवेल को मुंबई यूनिवर्सिटी ने अपने पाठ्यक्रम में शामिल किया। उस पार्टी ने उपन्यास के कंटेंट पर आपत्ति जताई। उनकी भावनाओं का यूनिवर्सिटी के वाइस चांसलर ने आदर किया। नॉवेल सिलेबस के बाहर की गई। पर मार्केट से नहीं। रघु को पता चला के बुक फ़ेयर में यह किताब बिक रही है, तो उसका ख़ून खौलना ही था।

पर इस बार घटना कुछ अलग थी। इस बार रघु का गिरफ़्तार होना सीधे बाबा से जुड़ा हुआ था। आई के अनुरोध पर दोपहर के पहले ही सागर मुंबई के उस पुलिस स्टेशन पहुँचा जहाँ रघु को गिरफ़्तार कर रखा था। पुलिस

स्टेशन के बरामदे में ही उनकी मुलाक़ात बाबा से हुई जो बेहद दुखी नज़र आ रहे थे। वे दोनों लॉक-अप की ओर जाकर रघु से मिले। रघु की आँखें पूरी तरह लाल हो चुकी थी, बाल बिखरे हुए थे और सूजे हुए गालों से यह मालूम पड़ता था कि बीती रात उसके लिए त्रासदायक गुज़री थी। सागर ने वजह जानने की कोशिश की। रघुने कुछ नहीं कहा। दोबारा पूछने पर पिता ने कहा, "इसने कल शाम बैंक आकर नाडकर्णी को पीटा। उसका हाथ तोड़ दिया।"

सागर सकते में रह गया। सलील नाडकर्णी महाराष्ट्र बैंक डोंबिवली ब्रांच के चीफ़ मैनेजर और सागर के पिता के बॉस थे। पिछले एक साल भर में उसने कई बार यह उड़ते-उड़ते सुना था कि नाडकर्णी नाम के बॉस से परेशान होकर उसके बाबा वॉलंटरी रिटायरमेंट लेने वाले हैं। वे काम के अतिरिक्त बोझ के तले पूरे दब चुके थे और ऊपर से नाडकर्णी का बर्ताव भी उनके दिल को ज़ख़्म पहुँचा रहा था। पर बात इतनी बढ़ेगी इसका उसे बिलकुल अंदाज़ा न था। आँखों में आँसू लिए ग़मगीन होकर अशोक काम्बले कहने लगे,

"कल दोपहर हमेशा की तरह मेरी और नाडकर्णी की बीच बहस हुई। पर नाडकर्णी ने इस बार अपना असली रंग दिखा दिया। उसने पूरे स्टाफ़ के सामने मुझे अपने जाति को लेकर गाली दी। कहा कि तुम चमार हो, चप्पल ही बनाया करो, यह अकाउंटेंसी तुम्हारे बस की नहीं है। उसकी यह बातें सुनकर ग़ुस्से से मेरे हाथ पैर काँपने लगे। मैंने सोचा कि उसका मुँह तोड़ दूँ, मेरी हिम्मत न हुई। मैंने रघु को कॉल किया। उसने वही किया जो मैं चाहता था। उस दरिंदे को सबक़ सिखाना ज़रूरी था।" अशोक का सीना गर्व से फूल चुका था। सुबह से वे इसी गौरवान्वित सीने से उस हिंदू हृदय सम्राट एमएलए का इंतज़ार कर रहे थे जिन्होंने रघु की तुरंत ही बेल करवाने का वचन दिया था। रघु को कोर्ट लेकर जाने का वक़्त हुआ, फिर भी उस एमएलए का कहीं पर भी अता-पता न था और न ही रघु के साथियों का। ऐन वक़्त पर किसी तरह भाग-दौड़ करके सागर और अशोक ने रघु की बेल करवाई। उस एमएलए की तरफ़ से किसी तरह की मदद ना आना सागर से ज़्यादा रघु को खल रहा था। ज़मानत मिलते ही वो ग़ुस्से में ही उसके दफ़्तर पहुँचा। वहाँ का नज़ारा देखकर आगबबूला हो गया। क़रीबी दोस्त जैसे मार्गदर्शक को जानी दुश्मन के साथ चाय की चुस्कियाँ लेते हुए देख उसके गर्दन की नसें तन गई, मुट्ठियाँ

भींच गई। उसके पैर की आग मस्तक में चली गई। रघु को देखते ही नार्वेकर के चेहरे का रंग फ़ीका हो गया पर तुरंत अपनी भावनाओं पर क़ाबू पाते हुए उसने रघु को गले लगाया। नाडकर्णी की ओर इशारा करके कहा, "यह अपना ही आदमी है। तुमसे कोई ग़लतफ़हमी हो गई थी। चलो अब तुम आ ही चुके हो तो नाडकर्णी जी से माफ़ी माँगकर बात ख़त्म करो।"

"इसने मेरे बाबा को परेशान किया है... उन्हें जात पर गाली दी है।" रघु ग़ुस्से से लाल हो रहा था।

"अरे कौन-सी गाली दी है... चमार ही बोला है ना? क्या ग़लत बोला है? क्या तुम चमार नहीं हो? मेरे बंधु... यह जाति ही अपनी असल पहचान है इसमें इतना बुरा मानने की क्या ज़रूरत है? और अपनी पार्टी के बारे में तो तुम जानते ही हो... हम किसी तरह के भेदभाव में विश्वास रखते ही नहीं। एक शुद्र होने के बावजूद हम तुम्हें अपने बग़ल में बिठाकर खाना खिलाते हैं... बोलो, सच या झूठ?"

रघु इस तरह ख़ामोश रहा जैसे उसके ज़ुबान को लकवा मार गया हो। उसके लिए एमएलए की बात और लहजा दोनों नया था। वह एक पत्थर की मूर्ति के समान खड़ा रहा। उसे इस बात का भी होश न था कि एमएलए ने कब उसके हाथ को नाडकर्णी के हाथ से मिला दिया और कब वो उस एमएलए के पैर छूकर उसके दफ़्तर से बाहर निकल गया। मुंबई के सैलाब में अपना रास्ता बनाते हुए वो धीरे-धीरे लंगड़ाते हुए घर की तरफ़ बढ़ने लगा। उसके लिए समय रुक चुका था, हवा चलना बंद हो चुकी थी। मुंबई के भीड़ का शोर-शराबा उसे तूफ़ान गुज़रे हुए ख़ामोश समंदर की तरह महसूस होने लगा था। ठीक उसी तरह उसके अंदर का तूफ़ान भी गहरी सोच में तब्दील हो गया। उसका ग़ुस्सा रफूचक्कर हो गया था, ख़ून ठंडा पड़ गया था। एमएलए की बात रह-रहकर उसके कानों में गूँज रही थी। 'बोलो, सच या झूठ' ने उसे पूरी रात सोने नहीं दिया। वह करवट बदलता रहा, सोचता रहा, अपनी पहचान ढूँढता रहा। इसी प्रक्रिया में उसे याद आया कि चंद महीने पहले ही उसे पार्टी के शहर युवाअध्यक्ष बनने से रोका गया था, हालाँकि वह इस पद का मज़बूत दावेदार था। पार्टी के कई युवा सदस्यों का उसे समर्थन प्राप्त था। पर जब इस पद के चुनाव का समय आया तो अब तक उसके पीछे खड़े रहने वाले उसके

समर्थक नार्वेकर के बग़ल में खड़े नज़र आए। नार्वेकर ने दो महीने पहले ही पार्टी का सदस्य बने अपने भांजे को इस पद के लिए सबसे क़ाबिल शख़्स माना था और सब ने उसकी राय एवं चयन का खुलकर समर्थन किया, शिवाय रघु के। लेकिन उसने विरोध दर्ज करने के बजाय अपनी क़ाबिलियत गिनाई, पार्टी के विविध आंदोलनों में अपनी भूमिका को स्पष्ट किया। नार्वेकर ने भी उसकी मेहनत, लगन और क़ाबिलियत की सराहना की। पर अकेले में यह संदेह भी जताया कि पार्टी के कुछ सदस्यों को रघु के नेतृत्व को स्वीकार करने में हिचकिचाहट होगी, उन्हें उसके नेतृत्व में काम करने में संकोच उत्पन्न होगा और इसका परिणाम सीधे पार्टी के परफ़ॉर्मेंस पर हो सकता था। उसने रघु को पार्टी के चिन्ह की भी कसम देते हुए कहा की पार्टी का धनुष उठाने की ज़िम्मेदारी उसके ही कंधों पर है और यह भी बताया कि यह ज़िम्मेदारी चंद ख़ुशक़िस्मत लोगों को ही मिलती है और रघु ख़ुशक़िस्मत है। पार्टी का पद एक फालतू का आभूषण है, वीर योद्धा इन नकली आभूषणों के श्रृंगार में व्यस्त नहीं रहते बल्कि की वे तो मैदान में कूदकर यवनों का मुक़ाबला करते हैं। वीर अपने शस्त्र की ताकत से ही मातृभूमि की रक्षा करते हैं। आज देश में इस्लामी पिल्लों ने हिंदू संस्कृति पर चौतरफ़ा हमला किया हुआ है। ऐसे में उनका डटकर मुक़ाबला करना और अपनी बहन बेटियों को इन लव जिहादियों से बचाना हमारी प्राथमिकता होनी चाहिए ना की कोई नकली आभूषण। फिर नार्वेकर ने दहाड़ लगाई- "वीर भोग्य वसुंधरा!" और उसका मतलब समझाने लगा कि केवल वीर पुरुष ही धरती पर संसाधनों का उपभोग करता है। हमें इस पावन भूमि को यवनों से हमेशा के लिए मुक्त करते हुए देश के संसाधनों का उपभोग करना है। अपने सामने हिमालय जैसा ऊँचा ध्येय रखो, एक पार्टी की मामूली पोस्ट नहीं। फिर उसने गीता का श्लोक याद दिलाया- 'कर्मण्येवाधिकारस्ते माँ फलेषु कदाचन।

माँ कर्मफलहेतुर्भूर्मा ते सङ्गोऽस्त्वकर्मणि॥'

रघु की आँख में आँखें डालकर मन को सम्मोहित कर लेनेवाली आवाज़ में वह इस श्लोक का मतलब समझाने लगा, "कर्म करना तो तुम्हारा अधिकार है, लेकिन उसके फल पर कभी नहीं। कर्म को फल की इच्छा से कभी मत करो, तथा कर्म ना करने में भी कोई आसक्ति न हो।"

नार्वेकर रघु को पूरी तरह सम्मोहित कर चुका था। इसका यह असर हुआ कि रघु को अपने आप पर शर्म आने लगी। वह इतना तुच्छ कैसे हो सकता है? जब उसके सामने मातृभूमि को फिर से एक बार सोने की चिड़िया बनाने के लिए प्रेरित करनेवाली पार्टी की राष्ट्रवादी विचारधारा उससे अनंत आस लगाए खड़ी थी, वहाँ वह एक मामूली पद के लिए बहस करने लगा था। नए युवा अध्यक्ष ने अपने हाथों से उसे मिठाई खिलाई जो रघु को बिल्कुल मीठी नहीं लग रही थी।

उस रात यह पूरा वाक़या रघु की आँखों के सामने से होकर गुज़रा। उसे दोपहर वाली नार्वेकर की बात भी याद आई कि तुम चमार हो, यही तुम्हारी जाती है, यही तुम्हारी पहचान है। बात तो बिल्कुल सही थी, यही तो उसकी असल पहचान थी। वह सोचने लगा की उसकी जाति याद दिलाकर उसे उसकी औकात बता दी गई है... खुलेआम। युवा अध्यक्ष के चयन के समय पर भी उसे औकात बता दी गई थी, पर अप्रत्यक्ष रूप से। कुछ सदस्यों को मेरा नेतृत्व स्वीकार ना होने की वजह क्या थी? मेरी जात ही ना? वह अपने आप से कहने लगा कि इस राष्ट्रवादी, हिंदुत्ववादी पार्टी में दलितों की क्या यही औकात है कि वो सिर्फ़ कैडर का हिस्सा बने रहे। हिंदुत्व का झंडा उठाएँ, देश रक्षा का आंदोलन करें, पुलिस की लाठी खाएँ, जेल जाएँ, अपना सारा कैरियर चौपट करें और जब अध्यक्ष चुनाव का वक़्त आता है तो चुपचाप बिना सवाल किए किसी सवर्ण का नेतृत्व मान्य करें। पर इसके अलावा दलितों के पास कोई उपाय भी तो नहीं है। ख़ुद को सेकुलर कहनेवाली पार्टियाँ भी कहाँ हम दलितों का इतना सम्मान करती है? उनके लिए पाकिस्तानी एजेंट, मुसलमान लोग ही हिंदुओं से ज़्यादा प्यारे हैं। हम दलित हुए तो क्या हुआ पर है तो हिंदू धर्म से ही ना? एक शुद्र होने के बावजूद भी नार्वेकर हमें अपने बग़ल में बिठाकर खाना खिलाता है। बात तो बिल्कुल सही थी। एक ब्राह्मण से एक शुद्र को इतनी इज़्ज़त मिलना पच्चास साल पहले तो मुमकिन ही नहीं था। यह मेरी क़ाबिलियत और पार्टी के महान सिद्धांतों का ही परिणाम था इसमें कोई संदेह नहीं। पर वह इस पहचान को लेकर ना तो पार्टी में तरक़्क़ी की जा सकती है और ना ही समाज में। इस पहचान को बदलना ज़रूरी है, पर जन्म से ही चिपके जात को बदलना मुश्किल ही नहीं नामुमकिन भी है।

वो रात भर इस विषय पर सोचता रहा। रातभर उसकी आँख से आँख न मिली और रातभर कई बार उसकी आँख गीली होती रही।

सुबह होते ही उसने माँ-बाप, भाई के सामने मन की भड़ास निकाली, "इन सवर्णों के दिमाग़ में अब भी जाति का कीड़ा पनप रहा है। इन लोगों के लिए हम चाहे जितनी मेहनत कर लें, वे तो हमें पैर की जूती समझते हैं। अपने क़रीब बिठाते हैं लेकिन अपना नहीं समझते। उनके एक इशारे पर हम किसी से भी पंगा ले लेते हैं, पुलिस के डायरी में नाम दर्ज करवा लेते हैं, अपना करियर तक दाँव पर लगा देते हैं। पर उनकी नज़र में इसका कोई मोल नहीं है। जब पार्टी में किसी पद के चयन का समय आता है तो साहब को अपने किसी भाई भतीजे की याद आती है, हमारी नहीं। लड़ने-झगड़ने के लिए हम और नेमतें लूटने के लिए वो। अजीब न्याय है।" यह कहते हुए रघु के आँखों में आँसू उमड़ आए जिसे छुपाने की वो कोशिश कर रहा था। आज उसके मर्म स्थान पर चोट पहुँची थी इसलिए दर्द आघात वेग से ज़्यादा हो रहा था। वह दर्द में डूबा था तो सागर को अंदरूनी ख़ुशी हो रही थी। ख़ुशी इस बात की कि देर आए दुरुस्त आए, रघु की आँखें खुल गई भी। जो बात वो कई सालों से समझाने की कोशिश कर रहा था, एक अनुभव ने उसे सिखा दिया। यक़ीनन अनुभव बेहतरीन गुरु होता है। पर हर गुरु बेहतरीन ही हो यह ज़रूरी तो नहीं। सागर का भरम अगले ही पल टूट गया, जब रघु कहने लगा, "इस अन्याय का मूल हमारी पहचान है। हमारा नाम सुनते ही उनके दिमाग़ में अजीबो-ग़रीब हलचल पैदा हो जाती है। लोग हमें नीचा समझते हैं। हमारी क्षमताओं पर सवाल उठाते हैं। उन्हें लगता ही नहीं कि हम भी रूल करने के क़ाबिल है। अब ऐसे नहीं होगा। कब तक हम धोती में मुँह छुपाए इनके पीछे पीछे चलते रहेंगे? पहचान छुपाकर ही सही, पर हमें आगे बढ़ना होगा। यह सरनेम बदलना होगा। इससे साँप भी मरेगा और लाठी भी नहीं टूटेगी। हम सरनेम बदल रहे हैं। इस सरनेम के साथ हमारी उन्नति हो नहीं सकती।"

सागर ने इस फ़ैसले का विरोध किया। पुरज़ोर विरोध किया। यह फ़ैसला उसे बाबा साहब के विचारों के साथ धोखा लगा। उसने समझाया कि आज दलितों की जो कुछ भी तरक़्क़ी हुई है आज हम जो सवर्णों के साथ उठते, बैठते, खाते-पीते हैं, वह सवर्णों की दरियादिली की वजह से नहीं बल्कि बाबा

साहब ने दिए हुए अधिकारों की वजह से। उन्होंने पढ़ने का रास्ता दिखाया और दलितों ने उसे अपनाया। महार लोग उनके पीछे-पीछे नवबुद्ध हो गए, हम यहीं हिंदू धर्म में रहें। हम बाबा साहब के उपकार को भूल नहीं सकते। उनकी बदौलत मिल रहे आरक्षण को भूल नहीं सकते। हम जो हैं वह हैं। किसी के लिए हमें कुछ बदलने की ज़रूरत नहीं है। अगर कुछ बदलना है तो उन सर्वणों की सोच को बदलना होगा जो आज भी सरनेम देखकर क़ाबिलियत का अंदाज़ा लगाते हैं। पर रघु के साथ उसके माँ बाप ने भी उसे अनसुना किया। उसकी एक नहीं सुनी। सागर मानने को तैयार नहीं हो रहा था तब पिता ने तो अपने बुज़रूगी का वास्ता देकर कहा, "तुमसे ज़्यादा दुनिया मैंने देखी है। ईमान धरम मुझे मत सिखाओ। चार किताबें पढ़ने से कोई सोसाइटी का स्ट्रक्चर नहीं बदल सकता। कुछ बदलना है तो ख़ुद को बदलना होगा। रघु ठीक कहता है। मैं ख़ुद इस विषय में कई सालों से सोच रहा था पर पुख़्ता निर्णय नहीं ले पा रहा था। अब रघु ने निर्णय ले लिया है तो हमें उस पर अमल करना होगा।"

वह अपने भाई और पिता के निर्णय पर शर्मसार था और मजबूर भी। आख़िरकार रघु ने उसे मनवा ही लिया कि इस सरनेम की वजह से उनके साथ अक्सर हीन भावना से व्यवहार किया जाता रहा है और इस हीन भावना से बचना है तो सरनेम बदलना ही होगा। आइडेंटिटी छुपानी ही होगी।

उस दिन बक़ायदा एफ़िडेविट बनवाकर उन्होंने काम्बले से कल्याणकर बनने की प्रक्रिया शुरू की और चंद दिनों में ही हर शासकीय काग़ज़ पर सागर काम्बले, सागर कल्याणकर बनने वाला था।

दिल्ली लौटकर सागर ने यह क़िस्सा हमीद और साथियों को सुनाया। नग़मा मर्चेंट-वाधवानी के बाद सागर आइडेंटिटी क्राइसिस का शिकार हुआ था। उसे लगता था कि यह एक सिस्टेमेटिक प्रोसीजर की तरह किया जा रहा है। बहुजनों से पहले उनका नीला झंडा छीन लिया जाएगा, बाद में उनका नाम और फिर आख़िरकार घर वापसी पर मजबूर किया जाएगा। यही प्रक्रिया फिर मुसलमानों के साथ अपनाई जाएगी। देश में विकास के मुद्दों को ठंडे बस्ते में डालकर इसी तरह आइडेंटिटी पॉलिटिक्स होती रहेगी।

सुबह से ही सागर हमीद के रूम के दो चक्कर काट चुका था। सिगरेट के धुएँ के साथ वह अपनी बेचैनी भी हवा में उड़ाना चाह रहा था। दोपहर तक यूपीएससी मेंस के नतीजे आने की उम्मीद थी। एक-एक पल उसे एक-एक साल जैसा लगने लगा। इसके विपरीत हमीद मेज़ पर शांत बैठकर हर रोज़ की तरह भूरे रंग के कवर वाली किताब पढ़ने लगा। सिगरेट का धुएँ को बाहर जाए इसलिए उसने कमरे का दरवाज़ा आधा खुला छोड़ रखा था। जब तीसरी बार सागर कमरे में दाख़िल हुआ तो हमीद ने झट से उस किताब को बंद किया और ड्रॉअर में डाल दिया। सागर के नज़र से यह हरकत छुपी ना थी। वह तेजी से क़दम बढ़ाते हुए मेज़ के बिल्कुल क़रीब आया, "क्या छुपा रहे हो मियाँ? हमें भी तो दिखाओ।"

"भाऊ कुछ नहीं... ऐसे ही।" हमीद ने संकोचते हुए कहा।

"मस्तराम टाइप कोई अश्लील साहित्य तो नहीं है? है तो दो यार इस घड़ी में वही काम आएगी।" सागर जबरदस्ती हँसने की कोशिश करने लगा।

"वो एक 'पाक' किताब है।" हमीद गंभीर था।

"सॉरी!" सागर ने धीरे से कहा और हमीद के सर पर प्यार भरा हाथ फेरते हुए पलंग पर बैठकर लैपटॉप खोलने लगा।

कुछ ही देर में सकीना और लता एन. डब्ल्यू. भी कमरे में पहुँच गए। सकीना ने सबके लिए कॉफ़ी बनाई। गर्म कॉफ़ी के मग से निकलते हुए भाप को चेहरे पर महसूस करते हुए सब कॉफी का मज़ा ले रहे थे, सिवाय सागर के। उसका सारा ध्यान लैपटॉप के स्क्रीन पर ही था। ब्रॉउज़िंग करते हुए वो धीरे-धीरे सीप लेने लगा। फिर अचानक चिल्लाया, "आ गया रिजल्ट!"

सकीना और लता ने अपनी-अपनी कुर्सियों को उसके क़रीब ले गए। हमीद उन तीनों के पीछे कॉफ़ी का मग हाथ में लिए हुए ख़ामोश खड़ा रहा। सागर ने उसका रोल नंबर टाइप किया। नेटवर्क कमज़ोर होने से पेज खुलने में देर होने लगी। नेटवर्क का चक्कर गोल-गोल घूमने लगा। हर घुमाव के साथ सागर का दिल हिचकोले लेने लगा, उसके दिल की धड़कन बढ़ने लगी, तो हाथ-पैरों में कंपन आने लगे। माथे का पसीना पोछते हुए उसने स्क्रीन से एक पल के लिए नज़र हटाई। लता उसके कंधे पर हाथ रखकर हौसला बढ़ाने लगी। जब उसने पुनः स्क्रीन कि ओर देखा तो कुछ देर बस देखता रह गया,

फिर एकाएक उसके मुँह से चीख़ निकली- "शट ! आईचा दाना... यूपीएससी च्या..." दोनों लड़कियाँ हैरान हो गई।

हमीद ने झाँककर देखा। स्क्रीन पर लिखा हुआ पाया...

"NOT QUALIFIED"

उसके मुँह से एक शब्द भी नहीं फूटा। वह धीरे-धीरे मेज़ की ओर बढ़ते हुए कुर्सी पर पैर पसारे बैठ गया। सागर ने झुंझलाहट में सिगरेट जलाई और गहरे-गहरे कश लेने लगा। लता सागर के हाथ को हाथ में लेकर ढाढ़स बँधाते हुए कहने लगी, "यह तो दूसरा अटेम्प्ट था। लोगों को चार-चार अटेम्प्ट्स लगते हैं। अगली बार हो जाएगा।" सागर अब घुटनों में मुँह छुपाए हुए बैठा रहा।

"तुम्हारा रोल नंबर बताना ज़रा।" सकीना ने हमीद से कहा। हमीद ख़ामोश शून्य में ताक रहा था। उसने सकीना को अनसुना किया।

"रोल नंबर ?" लता की आवाज़ थी... ज़ोर से।

हमीद ने धीरे-से लता की ओर देखा।

"जब भाऊ का नहीं हुआ, तो मेरा क्या होनेवाला है ? रहने दो, नहीं देखते हैं।" वो फिर शून्य में ताकने लगा। लता चिढ़ गई।

"तुमने तो फ़ैसला कर ही लिया है, बस उसे कन्फ़र्म कर लेते हैं। नंबर बोलो।" उसने आदेश दिया।

सकीना बुकशेल्फ़ के पास गई। कुछ किताबें इधर-उधर की और हमीद का हॉल टिकट लेकर लता को थमा दिया। लता ने नंबर लैपटॉप की स्क्रीन पर टाइप किया। कुछ देर की ख़ामोशी के बाद वो चिल्लाई, "क्वॉलिफ़ाइड... हमीद क्वॉलिफ़ाइड।"

सागर घुटनों से बाहर आया... फुर्ती से लैपटॉप की ओर देखा।

"QUALIFIED"

सकीना कुर्सी पर बैठे हमीद के गले से जा लिपटी। हमीद को यक़ीन नहीं होने लगा। लता ने लैपटॉप को उसके गोद में रख दिया। उसने ख़ुद देखा।

"QUALIFIED !" आँखें साफ़ की और फिर देखा।

"QUALIFIED !"

लैपटॉप को मेज़ पर रखकर खड़े हुआ। क़दम पटकने की आवाज़

ने तीनों का ध्यान आकर्षित किया। सागर ज़ोर से क़दम पटकते हुए किसी पुलिसवाले की तरह हमीद को कड़क सैलूट मारा।

"पहले ही अटेंप्ट में मेंस क्लियर किए हो... मान गए मियाँ।"

सागर हमीद के गले लग गया। उसे ख़ुशी भी हो रही थी, बुरा भी लग रहा था। वो कुछ कहता उससे पहले सागर ने कहा, "जनरल स्टडीज ने ले ली हमारी... ठीक है कोई बात नहीं। अगली बार... बघून घेवू।"

"येस! यह होती है बात... है अँधेरी रात फिर भी रोशनी की बात कर।" कहते हुए हमीद फिर सागर से लिपट गया।

उस दिन वे दिन भर मुखर्जी नगर में घूमते रहे।

मेंस के बाद इंटरव्यू वह आग का दरिया है जिसमें सभी को छलांग लगाकर उभरना होता है। हमीद उस दरिया से उभरने के लिए हर मुमकिन कोशिश करने लगा। वे दोनों साक्षात्कार में पूछे जाने वाले हर मुमकिन सवाल का जवाब ढूँढने लगे। करंट अफ़ेयर्स की पत्रिकाएँ छानने लगे, उन पर चर्चाएँ करने लगे। हमीद ने दिल्ली के जाने माने आईएएस ट्रेनिंग इंस्टिट्यूट में मॉक इंटरव्यू देकर अपने आप को अंतिम लड़ाई के क़ाबिल बनाया। इंटरव्यू के दिन सागर ने उसे समय से पहले धौलपुर हाउस पहुँचा दिया। गले मिलकर उसे अंदर भेज दिया।

"जा मियाँ... फाड़ दे सबकी।"

हमीद के चेहरे पर किसी भी प्रकार का तनाव नहीं था और न ही कोई डर। वह चुपचाप अपना नंबर आने का इंतज़ार करने लगा। उसका नंबर आ गया। वह इंटरव्यू हॉल में दाख़िल हुआ। उसने पैनल को विश किया। इंटरव्यू की शुरुआत भी बड़ी अच्छी हुई। पहले पाँच-छह सवालों के जवाब उसने बड़े ही स्पष्टता से दिए। पर सातवें सवाल ने इंटरव्यू का सारा रुख़ और हमीद के जवाब देने का तरीक़ा दोनों ही बदल दिया।

सवाल था- "हमीद, आप कौन से मुसलमान हो? शिया या सुन्नी?" यूपीएससी के इंटरव्यू में धार्मिक पहचान वाला सवाल पूछे जाने से हमीद असहज हो गया। उसे इस तरह के सवाल की अपेक्षा ही नहीं थी।

उसने उसी असहजता से जवाब दिया- "सर, मैं सिर्फ़ एक इंडियन मुस्लिम हूँ।" इंटरव्यू पैनल इस जवाब से प्रसन्न होते नज़र आने लगा।

किसी दूसरे पैनलिस्ट ने पूछा, "दुनिया में तबाही मचा रहे 'इस्लामिक आतंकवाद' के लिए कौन ज़्यादा ज़िम्मेदार है? शिया या सुन्नी?"

"'इस्लामिक आतंकवाद' असल में एक भ्रामक कल्पना है। आतंकवाद का मूल फ़ंडामेंटलिज़्म में है। और फ़ंडामेंटलिस्ट लोग किसी भी मज़हब या राजनीतिक विचारधारा में पाए जाते हैं।" हमीद की असहजता बढ़ने लगी।

उसी पैनलिस्ट ने आगे कहा, "लेकिन यह कहा जाता है कि सारे मुसलमान आतंकवादी नहीं है पर पकड़े गए सारे आतंकवादी मुसलमान होते हैं। इस बारे में क्या कहेंगे?"

हमीद अस्वस्थ होने लगा। उसके चेहरे पर शिकन उभरकर आने लगी। उसने गंभीर होते हुए जवाब दिया, "यह एक राइट विंग द्वारा फैलाया गया प्रोपगेंडा है, राष्ट्रीय और अंतर्राष्ट्रीय, दोनों लेवल पर। वैसे भी कई विकसित देशों ने आतंकवाद की परिभाषा और मानकों को अपने स्वार्थ के हिसाब से बदला है, इस्तेमाल किया है।" हमीद अपना आपा खोने लगा।

"कैसे?" तीसरे पैनलिस्ट पूछा।

कुछ सेकेंड ख़ामोश रहने के बाद धीर गंभीर स्वर में हमीद कहने लगा, "नेल्सन मंडेला, जिन्हें शांति के लिए नोबेल पुरस्कृत किया गया, उन्हें अमेरिका कई सालों तक आतंकवादी मानता था। यासिर अराफ़ात के बारे में भी यही कहा जा सकता है। आतंकवाद की परिभाषा समय अनुसार, देश अनुसार, व्यक्ति अनुसार बदलती जा रही है।"

"यह भी एक मसला है। पर इस्लामिक आतंकवाद से देश और दुनिया में जो ख़तरा उत्पन्न हुआ है उससे किस तरह निपटारा किया जा सकता है?" पैनल के अकेली महिला पैनलिस्ट ने पहली बार कुछ पूछा।

"देश और दुनिया में ख़तरा हर तरह के कट्टरतावाद से उत्पन्न हुआ है। फिर वह चाहे वहाबिज़्म हो, मैकार्थीवाद हो या हिंदू कट्टरपंथ हो। यह सब एक ही थाली के चट्टे-बट्टे हैं और इनसे निपटारा पाने के लिए विभिन्न संप्रदायों के माननेवालों को आपसी मेलजोल बढ़ानेवाली संस्कृति को फ़ॉलो करना चाहिए।" हमीद ने स्पष्टता से कहा।

पैनल के एक्सप्रेशन को देखकर हमीद को एक बार यह लगा कि यहाँ तुलनात्मक ज़िक्र की कोई ज़रूरत नहीं थी। पर अब तीर कमान से छूट चुका

था... बात ज़ुबान से निकल चुकी थी।

"जैसे?" उसी महिला पैनलिस्ट ने पूछा।

"जैसे... सूफ़ीज़्म या भक्ति संप्रदाय। ये दोनों ही अपनी-अपनी संस्कृति के मॉडरेट और सर्वसमावेशक रूप हैं। यह दोनों संप्रदाय मानव को मानवता के क़रीब ले जाने का काम करती हैं। इनका भरपूर प्रचार-प्रसार ही धार्मिक कट्टरता को कम करने का कारगर उपाय साबित हो सकता है।"

पैनल ने उसका इंटरव्यू इसी जवाब पर ख़त्म किया। हमीद बोझिल मन से वह धौलपुर हाउस से बाहर निकला।

मुखर्जी नगर के कैफ़े कॉफ़ी डे में लता ने उसे ग़लती का एहसास दिलाया। सागर भड़क गया, "मियाँ, भावनाओं का नियंत्रण खोना एक घटिया अफ़सर की निशानी होती है। तुझे इतना अच्छा मौक़ा मिला था और वह तूने हाथ से गँवा दिया।" सकीना और लता ने भी सागर से मूक सहमति जताई। पर कहा कुछ और ही।

"यूपीएससी जैसी ऑटोनॉमस बॉडी भी कम्यूनल सोच रखने लगी है।"

हमीद ग़ुस्से में झुंझला उठा, "ये अपमानित करनेवाले सवाल थे। क्या कभी किसी पैनलिस्ट ने गोडसे का गोत्र पूछा है?"

किसी के पास भी इसका जवाब नहीं था।

"पैनल ने जाल फेंका था, उसमें न फँसने की ज़िम्मेदारी तेरी थी।" सागर ने समझाया।

हमीद आगे कहने लगा, "कभी-कभी लगता है कि बादशाह ठीक कहते हैं कि मुसलमान का आईएएस बनना इतना आसान नहीं है। अब्बू की बात को ग़लत साबित करना मेरा मिशन होगा।" बहुत दूर तक शून्य में ताकता हुआ वो बहुत देर तक वहाँ बैठा रहा।

ज़िंदगी तो ग़मों की लंबी क़तार है। एक ग़म ख़त्म ना हुआ कि दूसरा उत्पन्न हो जाता है। जिस दिन यूपीएससी का फ़ाइनल परिणाम आता है उस दिन चार घरों में दिवाली और चार सौ घरों में मातम होता है। इस साल मातम मनाने की बारी हमीद की थी। उसने अपने आप को कमरे में बंद कर लिया।

"चिंतन कर रहा हूँ, डिस्टर्ब न करें।" कहकर सागर को दरवाज़े से ही

भगा दिया। बाहर हल्की-सी बारिश होने लगी थी और हमीद का दिल भी हल्का-हल्का पसीज रहा था। आधे घंटे में दो सिगरेट के पैकेट फूँकने के बाद वह धुएँ से पूछने लगा कि तुम्हारी जाति क्या है? जवाब भी ख़ुद ही दिया। ज़ाहिर है कि मुसलमान ही होंगे, मुसलमान मुँह से जो पैदा हुए हो। हिंदू जुलाहे ने बुनी हुई साड़ी हिंदू ही होना चाहिए या पारसी कांट्रैक्टर द्वारा बनाया हुआ बंगला पारसी ही होना चाहिए। पर निर्जीव वस्तुओं को धर्म कहाँ होता है? और सारे सजीवों का धर्म होता हो ऐसा भी नहीं है। कहाँ होता है जानवरों में मज़हब? क्या कभी किसी ने सुना है कि यह कुत्ता मुसलमान है या फिर एक गधा हिंदू हैं या फिर यह बिल्ली बुद्धिस्ट है। नहीं सुना होगा। क्योंकि मज़हब की फालतूगिरी जानवरों में नहीं होती। यह परिचय व्यवस्था केवल इंसानों की देन है। और इसी व्यवस्था की वजह से लता की माँ को दो गज़ ज़मीन के लिए झगड़ना पड़ता है, सागर के परिवार को सर नेम बदलना पड़ता है और इसी व्यवस्था के वजह से मुझे नौकरशाही से दूर धकेला जाता है... गहरी खाई में, इस धुएँ के गहरी खाई में... जिसकी कोई जात नहीं है। एक तो हमें इस धुएँ को कोई रंग देना होगा या पूरी दुनिया से हर मज़हब के रंग को मिटाना होगा। पर यह दोनों काम नामुमकिन है। पर जिस तरह से धुएँ को एक कमरे में बंद किया जा सकता है, क्या हम मज़हब को भी मकानों के चार दीवारों तक सीमित नहीं रख सकते? अगर कण-कण में भगवान, अल्लाह बसते हैं तो क्या बाज़ार में मंदिर-मस्जिद खड़ा करके धर्म की नुमाइश करना ज़रूरी है? मज़हब बाज़ार में आ गया और श्रद्धा व्यापार में बदल गई। किसी ने मंदिर के नाम पर सरकारें बनाई तो किसी ने इस्लाम के नाम पर देश को ही बाँट दिया। यह सब रुकना चाहिए। इस देश में एक नया सूरज उगना चाहिए। भले ही लोग इस उगते हुए सूरज के जनक को काफ़िर कहें, कहने दो। बदलाव लाने वाली आधुनिक सोच को काफ़िराना कहें तो कहने दो। पर इस आइडेंटिटी क्राइसिस का तोड़ ज़रूर ढूँढना ही होगा।

हमीद अपने विचारों में मग्न था कि दरवाज़े को तीन चार बार नॉक किया गया। दस्तक की बढ़ती आवाज़ ने हमीद को कल्पना की दुनिया से वापस लाया।

"इतनी देर क्यों लगा दी?" सकीना कमरे में घुस गई। गीले छाते को एक

कोने में रख दिया। कमरे में फैले हुए धुएँ को हाथ से भगाने लगी।

"नींद लग गई थी" हमीद का जवाब।

"झूठ, साफ़ झूठ। आँखे देख लो आईने में? कितनी लाल हो गई है। सारे मुखर्जी नगर का स्टॉक फूँक दिए हो आज। खाना खाया?"

"हाँ!"

"फिर से झूठ। यह टिफ़िन तो भरा पड़ा है।" टिफ़िन को उठाते हुए उसके वज़न से ही उसने अंदाज़ लगाया। वो उससे ज़्यादा-से-ज़्यादा बातें करना चाहती थी और वो कम-से-कम शब्दों में जवाब दे रहा था। जब बातों से उसका ग़म हल्का न हुआ तो वह पलंग पर बिलकुल उसके सामने बैठ गई। अब वह अपनी नज़रों से उसे समझाने लगी थी। पर उसका ग़म है जो पिघलने का नाम नहीं ले रहा था। वह और उसके क़रीब गई। तकिए के बल लेटे हुए हमीद के गाल पर उँगलियाँ फेरने लगी। उन दोनों के बीच का फ़ासला इतना कम था कि एक-दूसरे के चेहरे से उनकी साँसें टकराकर वापस आने लगीं। कमरे के बाहर बारिश ने ज़ोर पकड़ लिया था। आसमान से फ़र्श पर गिरते पानी के आवाज़ के अलावा वहाँ किसी भी तरह का कोई शोर नहीं था। बारिश का ज़ोर बढ़ गया वैसे उनके दिल की धड़कन और तेज़ हो गई। दिल के धड़कन का साँसों से गहरा नाता होता होगा। साँसें भी धड़कन के साथ मिलकर तेज़ चलने लगी। धीरे-धीरे सकीना की उँगलियाँ उसके बालों में चलने लगी। हमीद को ग़म के हालात से बाहर लाने का वो सबसे बेहतरीन प्रयास कर रही थी। उनके बीच का अंतर अब बिलकुल न के बराबर था। सकीना ने हमीद को अपने गले लगा लिया। उस दिन जो अधूरा रह गया था, उसे पूरा करने का शायद यही सही समय था। सकीना की छुअन हमीद के ग़म को पिघला रही थी। सकीना का एक पैर उसके मांडी से चिपक गया तो दूसरा पलंग के निचे लटक रहा था। उसने हमीद का एक हाथ उठाकर अपने कमर पर रख दिया। उसका निचला होंठ अपने होंठों में लेकर उसके बाँहों में ख़ुद को झोंक दिया। उसने अपने होंठों को उसके होंठों पर कसकर रख दिया और अपना रस उसे कभी होंठों के ज़रिये तो कभी ज़ुबान से पिलाने लगी। वे एक-दूसरे में इतने खो गए थे के अब क्या सकीना की ज़बान और क्या हमीद के होंठ? क्या हमीद की गर्दन और क्या सकीना की ज़बान? अब उन्हें बदन

के कपड़े तंग लगने लगे थे। सकीना ने अपना शर्ट निकाल के पलंग के नीचे फेंक दिया। वो ब्रा भी खोलना चाह रही थी पर हमीद उससे पहले ही अपने चेहरे को उसके छाती में घुसा दिया। उनकी साँसें अब बढ़ने लगी थीं। वो सकीना पर किसी भूखे शेर की तरह टूट पड़ा जिसे दस दिनों तक खाना ना मिला हो। वे दोनों एक-दूसरे से इस क़दर लिपट गए जैसे नाग और नागिन का पहली बरसात में मिलन हो रहा हो। रात भर कमरे के बाहर और कमरे के अंदर बराबर बारिश होती रही।

सुबह जब नींद खुली तो हमीद को हल्का महसूस हो रहा था, दो-चार किलो वज़न घट गया हो जैसे। शरीर के साथ सर का भारीपन भी ग़ायब था। सेक्स ऐसी विधा है जो जिस्म के हर पुर्ज़े को सुकून देती है। पहले उत्तेजित करती है और फिर शरीर को निचोड़कर इस क़दर बाहर निकालती है के प्यासा बदन तृप्त हो जाए। सेक्स जेंडर डिस्क्रिमिनेशन भी नहीं करता। जितना सुकून हमीद को महसूस हुआ उतना ही आनंद का अनुभव सकीना ने भी प्राप्त किया। आत्मिक ख़ुशी की लहर उसके चेहरे पर भी देखी जा सकती थी। उसकी आवाज़ पहले से ज़्यादा मुलायम हो गई थी।

"आज जान गई कि लोग इसको लेकर इतने उतावले क्यों रहते हैं।" हमीद की छाती पर सर टेककर सकीना ने उसकी उँगलियों को चूमा। जवाब में हमीद सिर्फ़ मुस्कुराया। बीते रात वो उस कौम के लड़की के साथ हमबिस्तर हुआ था, जिसके किसी भी नुमाइंदे से दूर-दूर तक उसकी पहचान न थी। उनका रहन-सहन, कल्चर, सोच-विचार सब से वो अनभिज्ञ था। फिर भी उनके प्यार के बीच यह अनभिज्ञता रुकावट न बनी। वह सोचने लगा कि उन दोनों में धार्मिक आस्था के अलावा भी कितनी असमानता है? वह पाँच वक़्त की नमाज़ी, मैं जुमा वाला मुसलमान। उसकी हर आदत में सादगी, पाकीज़गी, बेगुनाहगारी और मैं सिगरेट शराब से लेकर हर तरह के गुनाह में शामिल। वह अपने माँ-बाप की आज्ञाकारी बेटी और मैं हरक़दम बग़ावत करने वाला बाग़ी। उनके बीच कुछ भी तो एक जैसा नहीं था, सिवाय इस जहाँ को और बेहतर जगह बनाने की ख़्वाहिश के। यही ख़्वाहिश उन्हें के आंदोलन तक खींच लाई थी और यही ख़्वाहिश उनके मोहब्बत की नींव बनी। मोहब्बत जाति-धर्म कहाँ देखता है? वह इसी सोच में डूबा था कि सकीना धीरे से बेड से उतरी, नंगे

बदन को सफ़ेद चादर से ढकते हुए नहाने के लिए बाथरूम की ओर बढ़ने लगी। हमीद हँसते हुए सकीना को अपनी ओर खींचने लगा। वो शर्म के मारे पानी पानी होने लगी। उसके होंठो से पसीने के पानी चूमते हुए हमीद ने आँखें मूँद ली। सकीना का बदन दर्द के मारे टूट रहा था। वो जल्द से जल्द नहाकर बदन को पाक साफ़ करना चाहती थी। पर हमीद ने उसे इतना कसकर पकड़ा हुआ था कि उसने भी अपना इरादा बदल दिया। उसने फिर एक बार ख़ुद को दर्द के हवाले कर दिया। वे आधा दिन दर्द देते लेते रहे।

इतनी दिनों में पहली बार हमीद ने दिल्ली को क़रीब से देखा। वे अब अक्सर दिनभर साथ ही रहने लगे। शाम होने पर जिस तरह पंछी घोसले में लौट आता है उसी तरह वो भी अपने हॉस्टल लौट आती थी। कभी देर होती तो हमीद उसे छोड़ने हॉस्टल तक आ जाता। कभी-कभार बहुत देर हो जाती तो वो वहीं हमीद के पास रुक जाती। सकीना ने उस वन रुम किचन वाले कमरे को सही मायने में घर बनाया था। दस बाई बारह के कमरे में एक ही पलंग होने के बावजूद उन्हें किसी तरह की कभी दिक़्क़त नहीं आई। समय के साथ उन दोनों में लगाव भी बढ़ता गया और समय के साथ ही उसकी यूपीएससी के बारे में ग़लतफ़हमी दूर हो गई। जब मेंस की मार्कशीट उसके सामने आई तो उसने जाना के साक्षात्कार में उसे सबसे ज़्यादा अंक प्राप्त हुए थे।

अगले वर्ष सागर ने पीटी क्लियर कर दी तो हमीद का सिक्का इस बार चला ही नहीं। दूसरे प्रयास के पहली सीढ़ी पर ही वो सिर्फ़ दो मार्क से धाराशायी हो गया। बात एक या दो मार्क्स की थी नहीं। वो फ़ेल हो चुका था और अब अगले पीटी के लिए एक साल का इंतज़ार लाज़मी था। आख़िरकार सफलता के बाद मिली असफलता को पचाना पहली बार के असफलता से ज़्यादा मुश्किल होता है। फ़िलहाल उसे केवल इस बात का सुकून था कि इस मुश्किल दौर में सकीना उसके साथ है। पर सागर जानता था कि जिसका दामन थामकर वो ख़ुद को समझाने की कोशिश कर रहा है वो सकीना ही हमीद के असफलता के खाई में गिरने का सबब थी। हमीद को कौन समझाए? लोग प्यार में अंधे हो जाते हैं, वो तो अंधा, बहरा, गूँगा और न जाने क्या-क्या हो गया था। उसकी ज़िंदगी जैसे थम-सी गई थी। दुनिया को किसी के रुकने, मरने से कहाँ फ़र्क़ पड़ता है। उसका चक्र पूर्व निर्धारित गति से

चलता रहता है। और जब मुक़द्दर की घड़ी बिगड़ती है तो मुसीबत एक ही दिशा से नहीं आती। चारों दिशाओं से आती है।

मकान मालिक, गुप्ताजी, सिवाय एक तारीख़ को सुबह दस बजे किराया लेने के अलावा कभी इस ओर भटकते भी न थे, अब वो हफ़्ते में तीन चार बार, वो भी अलग-अलग समय पर मँडराने लगे। हमीद का दरवाज़ा खटकाकर बेवजह उसका हाल-चाल पूछने लगे। हमीद और सागर की नज़रों से यह बात चुकी न थी। उन्हें पत्ता चला कि किसी अजनबी ने मकान मालिक के कान भर दिए हैं कि हमीद रूम पर लड़कियाँ लाता है। हमीद का अंदाज़ा था कि वह अजनबी कोई और नहीं बल्कि ख़ुद जावेद है। जब भी सकीना और लता उसके कमरे में आते थे बालकनी से जावेद ही झाँक-झाँककर देखा करता था। वो भी सावधानी बरतने लगे थे। सकीना को कुछ दिनों के लिए हॉस्टल आने से मना भी कर दिया गया। ख़तरे का डर मुसीबत के शुरुआती दौर में अधिक होता है। जब हमेशा ख़तरा बना रहे तो डर धीरे-धीरे ख़त्म हो जाता है और सावधानी की जगह बेफ़िक्री ले लेती है। अब गुप्ताजी भी इस आँख मिचौली से ऊब गए थे। उनका हॉस्टल पर बार-बार आना धीरे-धीरे कम हो गया। और सकीना पहले की तरह बेख़ौफ़ आने जाने लगी। बिना इस बात को समझे के डूबने के ज़्यादा ख़तरा किनारे पर ही होता है।

***

लव, सेक्स एंड धोखा

14 फ़रवरी का दिन, साल 2014

सन 2014 का वैलेंटाइन डे आम आदमी पार्टी के कार्यकर्ता शायद कभी ना भूल पाएँगे और यह वही दिन था जिस दिन हमीद और सकीना की ज़िंदगी ने करवट बदल ली थी। उस दिन को यादगार बनाने के लिए 13 फ़रवरी की रात को ही सकीना हमीद के पास हॉस्टल पर रुक गई थी। उस रात वो सूरज उगने के दो घंटा पहले ही बड़ी मुश्किल से सो पाए थे और जब उनकी आँख खुली तो सूरज सर पर आने से एक घंटा दूर था।

हिंदुस्तान में 14 फ़रवरी के अनेक मायने होते है। यह एक तरफ़ आँख-मिचौली खेल रहे दो धड़कते दिलों को क़रीब लाने का त्योहार है तो दूसरी तरफ़ देश की संस्कृति बचाने के लिए दिन रात मेहनत करनेवाले मॉरल पुलिसों के लिए इस दिन अपनी राष्ट्रभक्ति सिद्ध करने का सुनहरा अवसर होता है। अपनी राष्ट्रभक्ति का ज़ाहिर प्रदर्शन करते हुए युवकों का जत्था सारे शहर का मुआयना करने निकलता है। वह हर उस जगह हाजिरी देकर आते हैं जहाँ पर दो दिलों के संगम होने की संभावना होती है। मुंबई में रघु अपने दोस्तों के साथ 14 फ़रवरी का पूरा दिन बैंडस्टैंड पर ही गुज़ारता था। कोई लड़का अगर किसी लड़की को फूल देते हुए दिखाई दिया तो वे उसे वे किसी फूल की तरह मसल देते, कान पकड़कर सरेआम उन नौजवान जोड़ों को उठक-बैठक करवाते, उन्हें नाक रगड़ने पर मजबूर करते और कोई उनका प्रतिकार भी नहीं करता था। आम लोग उनका विरोध करते भी कैसे जब उन्हें देखकर पुलिसवाले अपना रास्ता नाप लेते थे? जिस काम को पुलिस के चिड़ीमार पथक अंजाम देने में असफल रहे थे, वही काम अगर 14 फ़रवरी के पवित्र

दिन रघु जैसे लोग करते हैं तो इसमें बुराई क्या है ? यह सोचकर पुलिसवाले भी संस्कृति बचाने के पवित्र काम में यथाशक्ति सहयोग देते थे। इस कारण कई जोड़ों के लिए यह प्यार का दिन भी कठिनाइयों से भरा होता था।

हमीद के लिए यह प्यार का दिन हमेशा से ही कष्टप्रद ही रहा है। मनजीत से मुलाक़ात हुए सात आठ महीने ही गुज़रे थे के 14 फ़रवरी का वो शुभ दिन आ गया। अब तक वे दोनों कई डिबेट प्रतियोगिताओं में स्कूल का नाम रोशन करते करते इतने क़रीब आ गए थे कि उनके दिल एक दूजे की जज़्बात से रोशन होने लगे थे। इन भावनाओं को उन्होंने कभी ज़ुबाँ तक आने नहीं दिया। पर अंदर ही अंदर तेज़ लावा उबल रहा था। किसी भी वक़्त सीने की धरती को चीरकर वो बाहर आने के लिए बेक़रार हुआ जा रहा था। तारीख़ 14 फ़रवरी ने यह काम आसान कर दिया। ज़ज्बात लबों पर तो न आए पर काग़ज़ पर उतर गए। दोनों ने अपने जीवन का पहला प्रेमपत्र लिखा। हमीद ने चंद लफ़्ज़ों में दिल का ग़ुबार खत में सजाया, तो मनजीत ने उसके लिए कई पन्नों का सहारा लिया। दोनों ने आर्चीज़ गैलेरी से रंगबिरंगी काड्र्स ख़रीदे और स्कूल के एक शांत कोने में नीम के पेड़ के नीचे उस काड्र्स को ख़त के साथ एक-दूसरे की ओर बढ़ा दिया। जब सब कुछ अच्छा चल रहा होता है तब न जाने कब, क्यों, किस की नज़र लग जाती है ? यह सिर्फ़ नियति को पता या फिर नियति के मालिक भगवान को पता। उनके प्रेमपत्र एक्सचेंज होने के चंद सेकेंड में ही न जाने कहाँ से मुन्ना अपने तीन दोस्तों के साथ उस नीम के पेड़ के पास आ टपका। ये वही मुन्ना है जिसने तीन साल पहले अमेरिका पर हुए आतंकी हमले के लिए हमीद से जवाब तलब किया था। अब वह जूनियर कॉलेज में पढ़ता था पर उसकी सारी नज़र स्कूल पर ही गढ़ी रहती थी। उसने दोनों के हाथ से उन पत्रों को जबरन छीन लिया। जो पत्र मनजीत और हमीद को शाम के किसी हिस्से में अकेले पढ़ना था, अब वो पत्र मुन्ना भर दोपहरी चिल्लाकर पढ़ने लगा। हमीद ने विरोध किया तो मुन्ना ने उसके मुँह पर एक ज़ोर का तमाचा दिया। उसके दोस्तों ने हमीद को किसी मुल्ज़िम की तरह पकड़ा हुआ था। वो छटपटाने लगा। मनजीत ख़ून भरी आँखों से मुन्ना की तरफ़ देखती रह गई और अचानक उसके अंदर की शेरनी जाग गई। उसकी एक दहाड़ ने मुन्ना के छक्के छुड़ा दिए। हमीद की पकड़ भी ढिली हो गई। उसने गरजकर कहा,

"क्या तेरे माँ ने तुझे यह तमीज़ भी नहीं सिखाई कि दूसरों के पत्र पढ़े नहीं जाते? हमारी जासूसी करने से चंगा होता कि तू अपनी माँ से कुछ तमीज़ ही सीख लेता।"

मनजीत के इस शौर्य से हमीद के भी जान में जान आई और उसने भी मुन्ना को अपने काम से काम रखने की बात कही। दोनों तरफ़ से चिल्ला पुकार होने लगा। कुछ ही देर में बीस-पच्चीस लड़का-लड़कियों की भीड़ इकट्ठा हो गई। हमीद को भीड़ में अनुज भी दिखाई दिया। अब उसका हौसला अधिक बढ़ गया। उन तीनों ने मिलकर मुन्ना और उसके साथियों को मुँहतोड़ जवाब देते हुए उन्हें वहाँ से खदेड़ दिया। वे भाग तो गए, पर बात वहाँ पर ख़त्म नहीं हुई। वो तो शुरुआत थी मनजीत और हमीद के मानसिक यातनाओं की।

अगले ही दिन स्कूल के हर कोने में मनजीत और हमीद का नाम जोड़ते हुए अभद्र भाषा में शेर शायरी लिखी गई। अनुज और हमीद उसे मिटाते रहे ताकि मनजीत वो पढ़ ना सके। पर यह मुमकिन न था। उसने वह सब पढ़ा और मन मसोसकर रह गई। यह सिलसिला अगले कुछ दिनों तक चला और फिर अचानक से रुक गया। सबने राहत की साँस ली। पर चंद दिनों तक ही। एक दिन स्कूल से घर लौटते वक़्त कुछ लड़कों ने हमीद को घेर के पीटा... हिंदू लड़की को बहकाने के इल्ज़ाम में। हमीद टूटे हुए दाँत के साथ जब घर पहुँचा तो पहले से ही घर के आँगन में जमा हुई भीड़ को देखकर दंग रह गया। मुन्ना डॉ रशीद को धमका रहा था, "डॉक्टर साहब, बेटे को सामने लेकर आइए, वरना अंजाम बुरा होगा। उसने एक हिंदू लड़की की पवित्रता भंग करने की कोशिश की है।"

"ये नामुमकिन है। हमीद ऐसी हरकत कर ही नहीं सकता।" डॉ रशीद भी चिल्लाए।

"तो क्या ये गोरख झूठ बोल रहा है? इंस्पेक्टर साहब पूछे इससे।" मुन्ना ने एक शख़्स की तरफ़ इशारा करते हुए इंस्पेक्टर से कहा। वो शख़्स तुरंत सामने आकर इंस्पेक्टर साहब से मुख़ातिब होकर करने लगा, "साहब मैं गोरख, हिना लॉज का मैनेजर, वही लॉज जो बस स्टैंड के पीछे है। वहाँ कल दोपहर आया था हमीद, एक लड़की को लेकर। झूठ-मूठ के नाम बता रहा

था। जब मैंने ज़ोर से पूछा तो पता चला कि मामला गड़बड़ है। हिंदू लड़की को उसने बहला-फुसलाकर लाया था। मैंने रूम देने में आनाकानी की तो चोरी पकड़े जाने के डर से वह उस लड़की को लेकर भाग गया।"

"मुन्ना ने तो कहा था कि लड़की सरदारनी थी?" इंस्पेक्टर ने गोरख की ग़लती पकड़ी।

"सरदार क्या हिंदू नहीं होते साहब।" गोरख ने जवाब दिया।

"हाँ तेरे लिए तो जो मुसलमान नहीं होते, वो सारे हिंदू ही हैं।" इंस्पेक्टर ने दाँत भींचते हुए कहा।

हमीद के वहाँ पहुँचते ही अनुज ने सबसे पहले उसे देखा। उसने हमीद को इशारे से ही वहाँ से भागकर सड़क के उस पार अपने घर में छुप जाने की सलाह दी। हमीद ने वैसे ही किया। चूँकि डॉ रशीद शहर के जानेमाने कार्डियोलॉजिस्ट थे, पुलिस उनसे बड़ी सादगी से पेश आई। उन्होंने डॉ रशीद को इत्मीनान रखने को कहा। पुलिस ने हमीद और मनजीत, दोनों के घर जाकर, दोनों के माँ-बाप के समक्ष अलग-अलग पूछताछ की। दोनों ने एक-दूसरे को लिखे गए प्रेमपत्र की हामी भरी, दोनों ने 14 फ़रवरी का क़िस्सा बताया, दोनों ने गंदी शायरी की बात कही और दोनों ने लॉज वाली बात को खारिज़ किया। पुलिस नतीजे पर पहुँच चुकी थी। उन्होंने कोई केस दर्ज नहीं किया। मुन्ना और उसके साथियों को थाने बुलवाकर इस तरह हड़काया कि उसके बाद मुन्ना कभी मनजीत और हमीद के रास्ते नहीं आया। उसे अब उसकी ज़रूरत भी नहीं थी। जो उसने चाहा था वो पहले ही हासिल कर लिया था।

दादी ने फिर एक बार हमीद को जी भर के कोसा, "यह लाडला एक दिन बाप के मुँह पर कालिख ज़रूर पोछेगा। पुलिस घर तक आई है, एक दिन यह बाप को थाने तक लेकर जाएगा।"

कुछ दिनों तक मनजीत स्कूल नहीं आई। बाद में पता चला कि मनजीत के पिता का तबादला वापस पूना हो गया है। पर कुछ लोग कहते हैं कि उन्होंने अपना तबादला करवा लिया और डॉ रशीद ने मोटी रकम ख़र्च करके पुलिस और मुन्ना का मुँह बंद करवाया।

हमीद ने यह क़िस्सा सकीना को रात में ही सुनाया था। वो चाहता था

कि सकीना उसके बारे में हर बात जाने। सकीना को हमीद की यह स्पष्टता इतनी भा गई कि उसने हमीद के मोबाइल में ख़ुद का नाम रेनेम करके मनजीत कर दिया, जिसे हमीद ने पुनः सकीना करके मनजीत का क़िस्सा ख़त्म होने की गवाही दी। वे इसी क़िस्से का ज़िक्र कर रहे थे कि दरवाज़े पर दस्तक हुई। ज़ोर की दस्तक। सागर तो न होगा। उसको सकीना के रहते आना होता तो वो पहले फ़ोन किया करता था और अगर आने की परमिशन मिली तभी आता था। ख़तरे की घंटी बज चुकी थी। हमीद ने सागर को कॉल करके बुला लिया। ख़ुद के कपड़े ठीक किए। सकीना को कुर्सी पर इत्मीनान से बैठने को कहा और दरवाज़े की तरफ़ बढ़ा। दरवाज़ा खोला, गुप्ताजी, मकान मालिक, माथे पर सारे जहाँ का बोझ लिए खड़े थे। उनके ठीक बग़ल में जावेद कुत्सित हँसी हँसते हुए खड़ा था। जावेद को देखकर हमीद का शक हक़ीक़त में बदल गया। पिछले कई दिनों से हमीद के प्रति उसका व्यवहार पूरी तरह बदल चुका था। वह उसे हिक़ारत भरी नज़रों से देखता और कई दफ़ा तो हमीद के सलाम का जवाब तक नहीं देता था। हमीद के कानों तक उड़ते-उड़ते यह ख़बरें भी आ चुकी थी के वो अक्सर उसकी आधा मुसलमान कहकर अवहेलना करता है। उतने में सागर भी कमरे तक पहुँच चुका था। वो सारा मंजर और जावेद की विजयी मुस्कान देखकर पल भर में सब कुछ समझ गया और जावेद की हरकत से अचंभित भी रहा। आज उसके मुसलमानों के बारे में कई भरम टूटे थे। उसे ऐसे कभी भी नहीं लगा था कि जावेद हमीद के साथ इस तरह का कांड करेगा, जबकि हमीद को कई दिनों पहले ही जावेद के रूप में खतरा नज़र आया था। सागर की यह धारणा थी कि हर मुसलमान अपने जात-बंधुओं को सगे भाई के समान ही समझता है, किसी एक को भी तकलीफ़ होती है तो सारी कौम एक साथ खड़ी नज़र आती है। उसे याद आया कि जब 1992 में बाबरी कांड के बाद मुंबई में जब मुसलमानों का कत्लेआम हो रहा था तो कैसे डोंगरी की औरतों ने दाऊद को चूड़ियाँ भेजी थी? और उसके बाद इस कत्लेआम का दाऊद ने किस तरह बदला लिया था? यह सारी दुनिया जानती है। अपने जातभाई के लिए हमेशा खड़े रहनेवाले कौम के नुमाइंदे ने अपने ही कौम के बंदे को इस तरह फँसा दिया था कि सागर कुछ देर के लिए तो अचरज में पड़ गया। उसे यक़ीन नहीं हो रहा था, पर कौन सच्चाई से मुँह

मोड़ सकता है? वैसे तो इस धोखेबाज़ी की जावेद के पास कोई पुख़्ता वज़ह तो नहीं थी, सिवाय इसके कि हमीद के आस्था का तरीक़ा उसके मज़हबी सोच से मेल नहीं खाता था। हमीद का धर्म के बारे में लिबरल रहना उसे रह-रहकर खटकता था। उसके मुताबिक़ मज़हब के मामले में किसी भी तरह का समझौता नहीं किया जा सकता था, तो हमीद मज़हब को अपने और ख़ुदा के बीच का केवल एक ज़रिया मात्र मानता था। इन विचारों के विभिन्नता ने जावेद के दिल में नफ़रत के बीज बो दिए थे।

"कौन है अंदर?" गुप्ताजी ने सख़्त लहजे में पूछा।

"एक फ्रेंड है।" हमीद ने आराम से कहा।

गुप्ताजी सीधे कमरे में घुस गए। सकीना को कुर्सी पर बैठा देख गरज गए।

"ये लड़की है तुम्हारी दोस्त?"

"हाँ तो इसमें क्या है?"

"कब से है ये यहाँ पे?"

"अभी तो आई है।" हमीद ने लड़खड़ाते हुए कहा। उतने में सागर भी कमरे में पहुँच चुका था। गुप्ताजी अपनी बारीक आँखों से पूरे कमरे का जायज़ा ले रहे थे। कमरे में किताबों और कपड़ों के सिवा कुछ भी न था। कुछ जर्नलिज़्म की किताबें थी तो कुछ सिविल के तैयारियों की। गुप्ताजी एक जासूस की तरह खोजबीन करने लगे। कभी किताबों को पलटकर देखा तो कभी हैंगर पर टँगे कपड़ों को। सागर के आते ही हमीद की हिम्मत बढ़ी। उसने गुप्ताजी को टोका, "यह क्या है गुप्ताजी? कोई किसी के घर में इस तरह घुसता है क्या?"

"किसका घर? यह मेरा घर है।"

"हाँ आप ही का है। और यूँ गेस्ट के सामने ये क्या नौटंकी कर रहे हो?" दरवाज़े पर अगल-बग़ल के कुछ दोस्त झाँककर तमाशा देखने लगे। हमीद की बातों को अनसुना करते हुए गुप्ताजी सब उलट-पलट के देखने लगे। पलंग पर से एक कोने से गद्दे को उठाया। 'द हिंदू' के पुराने अंक थे। दूसरे कोने से गद्दे को उठाया तो गुप्ताजी समेत हमीद, सकीना, सागर सारे चकित रह गए। सकीना को काटो तो ख़ून नहीं। होता भी कैसे? इस बार 'द

हिंदू' की जगह उसकी ब्रा और पैंटी निकल आई थी। हमीद को याद न था कि रात में कब उन्होंने इसे उतारा था और कब इसे गद्दे के नीचे छुपा दिया था।

उसे दो उँगलियों के बीच पकड़कर गुप्ताजी ने धीरे से उठाया।

"यह क्या गंद मचा रखा है? रंडीख़ाना समझा है क्या इस घर को?"

सकीना एकदम फ्रीज़ हो गई। हमीद भी कुछ कहने के स्थिति में न था। सागर ने मोर्चा सँभाला, "ये किस तरह की बात कर रहे हैं आप गुप्ताजी?"

"तूने ही लाया था न इसे यहाँ पे? तेरे कहने पर रूम दिया था इसको, वरना 'इन लोगों' को तो हम किराए पर रखते भी नहीं।"

"इन लोगों से क्या मतलब है तुम्हारा?" सागर झुंझलाया।

"तुम्हें वक़्त पर किराया दे रहे हैं ना। फिर क्या दिक़्क़त है?" हमीद ने सफ़ाई देते हुए कहा।

कुछ पल तो गुप्ताजी ख़ामोश रहे फिर चिल्लाए, "किराया देते हो तो क्या नंगा नाच करोगे? लौंडियाबाज़ी करने के लिए दिया था क्या मकान तुमको। चलो अभी के अभी मकान ख़ाली करो। सामान बाँधो अपना।" गुप्ताजी ने फ़रमान जारी किया।

"अरे ऐसे कैसे जाएँगे अचानक से!"

"ये बात तो भैया रांड लाने से पहले सोचना था।" गुप्ताजी ने बड़े जोश में कहा। इंसान अक्सर जोश में होश खो बैठता है। गुप्ताजी को इस बात का बिलकुल होश न था कि कुर्सी पर रखी बोतल कब उठाई गई और कब उनके सर पर मार दी गई। उन्हें होश तो तब आया जब कानों में आवाज़ गूँजी, "मेरी होनेवाली बीवी है मादरचोद!" हमीद ने उसी बोतल को गुप्ताजी के गर्दन पर दे मारा। गुप्ताजी लडखड़ाए, तुरंत ही ख़ुद को सँभाला।

"तू रुक भोसड़ी के। तुझे दिखाता हूँ अभी... मुझ पर हाथ उठाया... तेरी माँ का भोसड़ा... तेरी..." गुप्ताजी बाहर निकलते-निकलते किसी को फ़ोन लगाने लगे।

सकीना के हाथ-पैर काँपने लगे। उसके आँसू थमने का नाम नहीं ले रहे थे।

"अब क्या होगा?" उसने नम आँखों से ही पूछा।

"अब क्या? चलो सामान पैक करो। निकलना होगा।" कहते हुए सागर

ने हमीद की पीठ थपथपाई।

"सॉरी यार, सकीना के बारे में वो सुनके दिमाग़ सटक गया था।"

"अरे कोई नहीं, ठीक ही किया तूने, बहुत ही बदज़ुबान आदमी है ये गुप्ता। एक काम कर, तू एक बैग भरके निकल। बाक़ी का सामान मैं बाद में पहुँचा दूँगा। लोकल आदमी है, गुंडे न बुलवा ले। चलो जल्दी।"

"पर जाएँगे कहाँ?" सकीना ने आँसू साफ़ करते हुए पूछा।

"मेरा का एक जाननेवाला है, आशीष शर्मा। सरकारी अफ़सर है, बैचलर है, उसके फ़्लैट पर रुक जाऊँगा कुछ दिन। तुम को हॉस्टल छोड़ दूँगा।" हमीद ने सकीना से मुख़ातिब होकर कहा।

वे तीनों जल्दी-जल्दी बैग भरने लगे। हमीद ने सबसे पहले भूरे रंग वाली किताब को बैग के सामने वाले हिस्से में रखा। फिर कुछ किताबें और कपड़े डाल दिए। उसने कपड़े बदले। सकीना भी फ्रेश होकर आ गई। उन्हें आनेवाली विकट घड़ी का अंदाज़ा न था। बीस मिनट के अंदर ही वे एक बैग के साथ कमरे से बाहर निकल आए। सीधे पार्किंग गए। हमीद ने बाइक चालू की। सकीना बैग लेकर उसके पीछे बैठ गई। वो सोसाइटी के गेट से बाहर निकल रहे थे कि अचानक रुक गए। गुप्ता पुलिस वाले की जिप्सी के सामने बाइक पर एक लड़के के साथ आते दिखाई दिया। हमीद ने बाइक के एक्सीलेटर पर ज़ोर दिया। गुप्ता के समझने के पहले ही वो उनके आँखों के सामने से काफ़ूर हो गया। वो आगे और उनके पीछे पुलिस वाले के साथ गुप्ता। किसी बॉलीवुड की सीन की तरह सब कुछ चल रहा था। पर ज़िंदगी तो सिनेमा है नहीं कि हीरो अकेला ही दस गुंडों को चेप दे। गुंडे का बॉस उसके पैर पकड़कर माफ़ी माँगे और हीरो उसे दरियादिली का सबूत देते हुए माफ़ कर दे। वो मुश्किल से बत्रा चौक तक ही पहुँच पाए थे कि गुप्ता की बाइक ने उन्हें ओवरटेक किया और हमीद की बाइक के सामने रोक दिया। हमीद ने जैसे ही ब्रेक लगाया, पुलिसवाला बड़ी ही फुर्ती का प्रदर्शन करते हुए जिप्सी से स्पाइडरमैन की तरह कूदा और हमीद की कॉलर पकड़ ली। हमीद को खींचते हुए उसने जिप्सी में ढकेल दिया और उन दोनों को लेकर पुलिस वाले निकल गए। सारा बत्रा चौक यह नज़ारा देख रहा था। हमीद की बाइक सागर के आने तक वहीं पर इंतज़ार करती रही। कुछ ही देर में वो इंस्पेक्टर दहिया के

सामने खड़े थे। इंस्पेक्टर दहिया, ऊँचा पूरा क़द, गोरा-चिट्टा रंग, हरियाणा के माटी का सपूत। उम्र पचास के क़रीब फिर भी शख़्सियत किसी फ़िल्मी हीरो से कम न थी। कुर्सी पर बैठे ही उसने हमीद पर एक नज़र डाली। उसे अपने क़रीब बुलाया और बिना कुछ कहे एक ज़ोरदार तमाचा रसीद कर दिया।

"हीरोगिरी करेगा भोसड़ी के? सर फोड़ेगा गुप्ता का? हाफ़ मर्डर का केस बनाता हूँ तुझ पर।" इंस्पेक्टर गरज पड़े।

"यह ग़लत कर रहे हैं आप। इट इज अगेन्स्ट ह्यूमन राइटस।" हमीद ने तैश में बोल दिया।

दहिया ने दूसरा थप्पड़ जड़ दिया, "उधर कोने में बैठ मादरचोद... अंग्रेज की नाजायज़ औलाद। यादव, हाल-चाल पूछ लौंडिया का।"

सकीना को कुछ भी सुध न थी। उसकी आँखों का पानी अब जम गया था। दर्द जब हद से गुज़र जाता है तो अक्सर दर्द का एहसास नहीं होता। उसे इस बात का भी एहसास न था कि लता और सागर उसे अब तक तीन बार चाय के लिए पूछ चुके थे।

सागर ने हमीद के पास जाकर कहा, "गुप्ता से माफ़ी माँगकर बात को यहीं पर रफा-दफ़ा कर देते हैं। इंस्पेक्टर को कुछ खिला-पिलाकर मामले को हटा लेते हैं न मियाँ।

"क्यों? ग़लती क्या है हमारी? हम दोनों बालिग है। अपनी मर्ज़ी से एक-दूसरे के साथ रहते हैं। इंस्पेक्टर कुछ भी नहीं उखाड़ पाएगा। भाऊ, तुम किसी वकील को जानते हो?" हमीद ने स्पष्ट कहा।

"वो सब ठीक है। पर अब हाफ़ मर्डर का चार्ज है तुम्हारे ख़िलाफ़।" सागर ने असलियत से वाक़िफ़ करवाया। लता दोनों की बातों से सहमत थी।

गुप्ताजी इंस्पेक्टर के साथ कुछ कानाफूसी करके पुलिस स्टेशन से निकल गए। सागर ने इंस्पेक्टर से मामले को आपस में ही सुलझाने के लिए कई बार रिक्वेस्ट की। पर वो न माना। उसने यादव को दो फ़ोन करने के आदेश दिए। एक रत्नागिरी में डॉ. रशीद को तो दूसरा मुंबई में मुर्तुज़ा अली को, सकीना के अब्बूजी को। उस दिन डॉ. रशीद किसी काम से मुंबई में ही थे।

इसे संयोग कहें या फिर क़ुदरत का करिश्मा, डॉ. रशीद और मुर्तुज़ा अली दोपहर तीन बज कर दस मिनट पर मुंबई से दिल्ली जाने वाली इंडिगो के एक

ही फ़्लाइट में सवार थे। बोर्डिंग पास भी ऐसे मिला के सीट भी अगल-बग़ल में। मुर्तुज़ा अली ने हमेशा की तरह सफ़ेद कुर्ता और पाजामा पहना था। सर पर सफ़ेद रंग की टोपी पर सुनहरी रंग की झालर चढ़ाई हुई थी। हल्की दाढ़ी और आँखों पर रेबन का चश्मा। फ़्लाइट ने टेक ऑफ़ किया वैसे उन्होंने डॉ. रशीद से सलाम दुआ किया।

"आप दिल्ली के हैं?"

"जी नहीं, रत्नागिरी से हूँ। और आप?"

"मुंबई का ही हूँ। भिंडी बाज़ार में दुकान है अपनी।"

"ग्लास की?"

मुर्तुज़ा अली हल्के से हँस दिए, "जी नहीं, हार्डवेयर की।"

मस्तिष्क पर भारी बोझ होने के बावजूद अबकी बार दोनों हँसे। ठीक साढ़े पाँच बजे फ़्लाइट ने दिल्ली में लैंड किया। दोनों ने आपस में फिर सलाम दुआ की और अपने-अपने रास्ते निकल गए... एक ही मंज़िल की ओर।

शाम साढ़े छह के क़रीब डॉ. रशीद थाने पहुँचे। टेबल पर बैठे हमीद की तरफ़ ग़ुस्से से देखा और सीधे इंस्पेक्टर दहिया के केबिन में चले गए। अगले दस-पंद्रह मिनट के भीतर मुर्तुज़ा अली भी आ पहुँचे। वो टेबल पर बैठी सकीना के ओर बढ़े। अब्बू को देखकर सकीना काँपने लगी। सकीना उनसे नज़रें मिलाने से कतरा रही थी। उन्होंने सिर्फ़ इतना ही कहा, "तुमसे यह उम्मीद न थी हमें?"

वैसे सकीना की आँखों से आँसुओं की बारिश होने लगी। वो अपने अब्बू के गले लगकर रोना चाहती थी। पर उसे लता ने सँभाला। यादव ने उन्हें भी इंस्पेक्टर दहिया के केबिन में लेकर चला गया। डॉ. रशीद को वहाँ देखकर मुर्तुज़ा अली चौंक गए। दोनों के मुँह से एक साथ ही आवाज़ निकली, "आप?"

"लड़का।" डॉ. रशीद ने कहा।

"लड़की।" मुर्तुज़ा अली ने कहा।

चंद मिनटों के अंदर ही गुप्ता भी आ गया और सीधा इंस्पेक्टर दहिया की केबिन में घुस गया।

एक घंटे से ज़्यादा हो गया था। इंस्पेक्टर दहिया की केबिन में वे चारों

क्या कर रहे थे, बाहर किसी को उसकी कुछ भी भनक तक लग नहीं रही थी। एक-दो बार सागर ने उस केबिन के पास जाकर कुछ जानने की कोशिश की। तो यादव ने उन्हें फटकार लगाई।

"ज़्यादा जासूस न बनो, नहीं तो दोस्त के साथ-साथ तेरा भी इंतज़ाम फ़िट कराया जाएगा।"

हमीद और सकीना की बेचैनी बढ़ रही थी। हमीद ने पहली बार सिगरेट को बहुत मिस किया। पर सिगरेट पीने की न तो वो जगह थी और न ही समय। बिछड़े प्रेमी जिस तरह करवट बदलकर रातें काटते हैं उसी तरह वहाँ टहल के वो समय काट रहा था। आख़िर सवा घंटे बाद हमीद और सकीना को इंस्पेक्टर दहिया का बुलावा आया। दोनों के केबिन में जाते ही दहिया ने हमीद से मुख़ातिब होकर कहा, "सिविल की तैयारी करते हो, अगर डायरी में नाम आएगा तो? पूरा करियर बरबाद हो जाएगा। बस इसी बात को सोचकर छोड़ रहा हूँ। गुप्ताजी ने भी कंप्लेंट वापस ली है। थैंक यू बोलो उनको।"

गुप्ताजी के चेहरे पर जीत की ख़ुशी थी। सर फटने का ग़म वो भूल चुके थे। फिर इंस्पेक्टर दहिया सकीना की ओर बढ़े, "अच्छे घर से हो बेटाजी। यह सब ठीक लगता है आपको? चलिए अबकी बार माफ़ किया। निकलिए।"

हमीद और सकीना केबिन के बाहर आ गए। डॉ. रशीद ने दहिया से हाथ मिलाया। उसके बाद मुर्तुज़ा अली ने। इंस्पेक्टर दहिया के चेहरे से ख़ुशी का दरिया बह रहा था। जैसे ही वो दोनों बाहर आए, मुर्तुज़ा अली सकीना का हाथ पकड़कर लगभग उसे खींचते हुए थाने के बाहर ले जाने लगे। हमीद आगे बढ़कर उनसे बात करना चाह रहा था। मुर्तुज़ा अली ने उसे इशारे से रोक दिया। उनका ग़ुस्सा सातवें आसमान पर था। जब हमीद ने और क़रीब जाकर सकीना से बात करने की कोशिश की तो मुर्तुज़ा अली ने उसे रोक दिया। सकीना हाथ छुड़ाने की पुरज़ोर कोशिश कर रही थी। ज़िंदगी में पहली बार ग़ुस्सा हुए अब्बू से हाथ छुड़ा पाना आसान काम न था।

"अब्बू, एक मिनट बात तो कीजिए।"

"क्या बात करना है?" मुर्तुज़ा अली रुक गए।

"सर, आप क्या सोच रहे हैं पता नहीं। मैं और आपकी बेटी एक-दूसरे को चाहते हैं।" हमीद ने जैसे ही यह बात की, उसके गाल पर दिन का तीसरा

थप्पड़ रसीद हुआ। मुर्तुज़ा अली ने एक टैक्सी को रोका और उसमें सकीना को जबरदस्ती धकेला और निकल गए। सकीना को इस तरह जाते हुए देख हमीद की आँखें गीली हुई थीं, दिनभर में पहली बार।

डॉ. रशीद, सागर और लता के साथ उसके पीछे ही खड़े होकर यह बिछड़ना देख रहे थे। जब हमीद पलटा तो डॉ. रशीद ग़ुस्से में आगबबूला हो रहे थे।

"और कितना ज़लील कराओगे बेटा? उस सरदार लड़की के चक्कर में पूरे शहर के सामने मेरी नाक कटवाई थी। वो ज़िल्लत क्या कम थी जो हमें दिल्ली तक, इस पुलिस स्टेशन तक घसीट लाए हो? ग़लती सलमा की ही है, जितना चाहिए उतना पैसा भेजती रहती है। ज़िंदगी की धूप कभी लगने ही नहीं दी। चार महीने अपने कमाई पर गुज़ार के दिखाओ, बग़ावती तेवर, इश्क़बाज़ी, सिविल सर्विसेज़ सब की सच्चाई खुलकर सामने आएगी। तब जाकर तुम्हारा दिमाग़ ठीक होगा। तुम्हें क्या लगता है तुझ पर रहम खाके छोड़ा है उस इंस्पेक्टर ने। दस माँग रहा था। दो लाख मुँह में ठुसे हैं तब जाकर माना है। नाउ इनफ़। अब देखता हूँ कि सलमा कैसे सपोर्ट करती है तुझे? आज से मेरे घर के दरवाज़े तेरे लिए बंद। समझे।" उन्होंने भी एक टैक्सी रोकी और उसमें बैठकर चले गए।

हमीद हताश खड़े होकर टैक्सी को आँखों से ओझल होने तक देखता रहा। लता और सागर ने उसे सँभाला। दिनभर से वो तीनों भूखे ही थे। बत्रा चौक पहुँचकर एक रेस्टोरेंट में चले गए। सुरुचिपूर्ण खाना भी बड़ी मुश्किल से उनके गले से नीचे उतर रहा था। टीवी पर ख़बर आ रही थी कि दिल्ली के मुख्यमंत्री ने अपने पद से इस्तीफ़ा दिया।

माहौल को हल्का बनाते हुए सागर ने कहा, "यह भी अजब नौटंकी है साला। राजनीति बदलने आए थे और पचास दिनों में ही घर का रास्ता नाप लिए।"

हमीद को फ़िलहाल न केजरीवाल में दिलचस्पी थी और न खाने में। जब ख़ुद की ज़िंदगी की बिखर रही हो तब दुनिया की परवाह कौन करता है? हर इंसान इतना तो मतलबी होता ही है।

उधर सकीना रात ग्यारह बजे दिल्ली से मुंबई जाने वाली स्पाइस जेट की

फ़्लाइट में बैठकर लगातार बह रहे आँसुओं को पोछती रही। अजीब इत्तिफ़ाक़ था। डॉ. रशीद भी उसी फ़्लाइट में मौजूद थे। मुर्तुज़ा अली के पाँच सीट पीछे। दोनों ने एक दफ़ा एक-दूसरे को देखा भी। पर आँख मिला न पाए।

हमीद से फ़ोन पर बात करते हुए डॉ. सलमा की आवाज़ काँपने लगी थी। वह उसे प्यार से समझा भी रही थी और दुत्कार भी रही थी। एक तरफ़ अपने शौहर का मन पिघलाना अब उसके बस में न था, तो दूसरी तरफ़ वो बेटे को समझाने में नाकामयाब हो रही थी। उन्होंने हमीद को घर वापस आकर अब्बू से माफ़ी माँगने की सलाह दी। मगर हमीद के दिमाग़ में अलग ही खलबली मची हुई थी।

"हद पार कर दी सलीम तुने।" इंडियाना बार के कोनेवाले टेबल पर अनुज हमीद को डाँट रहा था।

"दिल्ली क्या करने गया था और क्या कर बैठा?" उसने फ़ेवरेट वोडका ऑर्डर किया। पहला पेग बनाया। दूसरा बना रहा था कि हमीद ने रोक दिया।

"मैंने पीना छोड़ दिया है।"

"कब से?" अनुज ने अचरज जताया। हमीद कुछ नहीं बोला।

"अब आगे क्या?"

"उससे, उसके अब्बू से मिलना चाहता हूँ।"

"घर पता है?"

"नहीं, भिंडी बाज़ार में हार्डवेयर की दुकान है उनकी।"

अनुज को साथ लेकर उसने भिंडी बाज़ार के कई चक्कर लगाए। पर उन्हें ना वह दुकान मिली और ना मुर्तुज़ा अली। भिंडी बाज़ार के कैफ़ी मस्जिद में उनके मिलने की उम्मीद थी। चार दिनों तक वह हर नमाज़ के वक़्त कैफ़ी मस्जिद के बाहर डेरा जमाकर बैठ गए। आख़िरकार उनकी मेहनत रंग लाई और इशा की नमाज़ के बाद मुर्तुज़ा अली का दीदार हुआ। वे दोनों उनका पीछा करते हुए उनके सोसाइटी तक पहुँचे। वे घर तक पहुँचना चाहते थे पर सिक्योरिटी ने उन्हें रोक दिया। मुर्तुज़ा अली को इत्तला दी गई। वह अपने बेटे मुफ़्फ़द्दल के साथ नीचे आए। हमीद को देखकर वह असहज हुए। अपने ग़ुस्से पर क़ाबू पाते हुए उन्होंने उसे वहाँ से निकल जाने के लिए कहा। हमीद टस से मस न हुआ। मुफ़्फ़द्दल हमीद के गले में हाथ डालकर उसे गेट के

बाहर निकालने लगा।

"सर, आप क्या सोच रहे हैं पता नहीं। पर मैं जानता हूँ कि मैं और आपकी बेटी एक-दूसरे को चाहते हैं।" हमीद ने ज़ोर से कहा।

"अब बोले हो, अगली बार सोचना भी नहीं।" कहते हुए मुफ़्फ़द्दल ने हमीद को ज़ोर से धक्का दिया।

"आपकी बेटी मेरे साथ पूरी ज़िंदगी ख़ुश रहेगी, इससे ज़्यादा क्या चाहिए आपको?" हमीद ने ज़ोर देकर कहा। कई लोग खिड़की में से झाँककर देखने लगे थे। तमाशा बनने की सूरत नज़र आने लगी थी। मुर्तुज़ा अली ने मुफ़्फ़द्दल को रोका। वे हमीद के बिलकुल क़रीब आए और शांत आवाज़ में कहा, "हम कहीं और चल के ठंडे दिमाग़ से बात करते हैं।"

वे दिल्ली वाले राज़ को दुनिया से छुपाना चाहते थे। वे मुफ़्फ़द्दल के साथ हमीद और अनुज को साथ लेकर क़रीब के ही होटल शालीमार में पहुँचे।

"नॉर्थ पोल और साउथ पोल कभी एक हुए हैं क्या? तुम सुन्नी तुम्हारा तरीक़ा अलग, हम शिया हमारा अक़ीदा अलग। कहीं कुछ भी मेल नहीं है।" मुर्तुज़ा अली हमीद को समझाने लगे।

"पर दोनों ही तो इस्लाम को मानने वाले हैं। तो उससे क्या फ़र्क़ पड़ता है? कलमा तो एक ही है ना?" हमीद ने उनकी बात ख़त्म होने से पहले कहा।

"बहुत फ़र्क़ पड़ता है और आज से नहीं, क़रबला के टाइम से फ़र्क़ पड़ता है।" मुर्तुज़ा अली का स्वर तीखा हो गया।

"वैसे हमारा सुन्नी और आपका शिया बनना सिर्फ़ एक संयोग है और कुछ नहीं।"

"क्या मतलब?"

"याद कीजिए कि आप शिया मोमिन कैसे बने? अतीत के उन पन्नों को पलटिए जहाँ पर हिंदुस्तानी शिया मोमिन का ऑथेंटिक इतिहास लिखा हुआ है। मिस्त्र से यमन के रास्ते गुजरात की ज़मीं पर पैर रखनेवाले शिया मोमिनों से प्रभावित होकर कुछ लोगों ने इस्लाम क़बूल किया। वे आपके एन्सेस्टर थे।"

"बोलना क्या चाहते हो?" मुर्तुज़ा अली ने लगभग चीख़ते हुए कहा।

"कहते हैं कि मेरे दादा के दादा के दादा हिंदू थे, उच्चवर्णीय, ब्राम्हण। एक बार वो बहुत बीमार हुए। ज़िंदगी और मौत के बीच लड़ते रहे। ना मौत

आती थी और ना बीमारी से शिफ़ा मिलती थी। फिर एक दिन कोई सूफ़ी मौलाना, जो हकीम भी थे, रत्नागिरी में आए। फ़क़ीर आदमी। उन्होंने कई दिनों तक दवा और दुआ दोनों से इलाज किया। वो ठीक हो गए। जान बची तो उन्होंने इस्लाम क़बूल किया और परिणामस्वरूप मैं मुसलमान बन गया। तो मैं कहना ये चाहता हूँ कि ना आप अरब से आए और न मैं। हम हैं तो इसी मिट्टी के। तो क्या फ़र्क़ पडता है कि आप शिया हैं और मैं सुन्नी! मान लो मेरे पूर्वज गुजरात में इस्माईली शिया नुमाइंदों के ज़रिये इस्लाम अपनाते तो शायद आज मैं भी शिया मोमिन होता और शायद आप सुन्नी मुसलमान होते। यह सिर्फ़ ऊपरी पहचान है, अंदरूनी हम सब इंसान हैं।"

हमीद का तर्क मुर्तुज़ा अली को बिलकुल रास ना आया। उन्होंने इन बातों को बचकाना क़रार देते हुए कहा, "अभी तुमने दुनियादारी देखी ही नहीं है। यही बात तुम अपने अब्बू से करना और अगर वह मान जाएँ तो मुझे बताना।" मुर्तुज़ा अली ने अपनी बात ख़त्म करते हुए यह धमकी भी दी कि वे आइंदा कभी उनसे या सकीना से मिलने की कोशिश भी ना करें।

***

ख़ुदा या मुहब्बत ?

मुर्तुज़ा अली से दुनियादारी की सीख लेने के बाद हमीद इस नतीजे पर पहुँचा के उनके मोहब्बत के बीच में मज़हबी पहचान रुकावट बन के बैठी है। वह जानता तो था कि मोहब्बत का रास्ता आग के दरियाओं से होकर गुज़रता है। ऐसे अनेक दरियाओं के संगम को पार करके ही मंज़िल-ए-मोहब्बत हासिल की जा सकती है। हमीद से तो मुर्तुज़ा अली का भी दरिया पार न हो सका था और उसे ऑटोक्रेटिक बादशाह समान पिता से मुख़ातिब होना था।

अनुज और हमीद रत्नागिरी पहुँचे। अनुज अपने घर जाने के बजाय हमीद के साथ उसके घर चला गया। इस वक़्त हमीद को उसके साथ की ज़रूरत थी। गार्डन से गुज़रते हुए हमीद ने दायीं ओर मुड़कर देखा। उसकी हुंडई कार ठीक वैसी ही खड़ी थी जैसे तीन साल पहले वह उसे वहाँ पार्क करके गया था। डॉ. रशीद और डॉ. सलमा अस्पताल जाने के लिए तैयार होकर हॉल से अटैच डायनिंग हॉल में सुल्ताना बेग़म के साथ नाश्ता कर रहे थे। हॉल की घंटी बजी। नौकरानी ने चंद सेकेंडों में दरवाज़ा खोला। हमीद और उसके पीछे-पीछे अनुज हॉल में दाख़िल हुए। दिल्ली वाली घटना के बाद से डॉक्टर सलमा भी अपने बेटे से बेहद ख़फ़ा थी। उनका मन कई बार उससे बात करने के लिए तड़प रहा था। पर शौहर के क़सम के आगे माँ की ममता ने दम तोड़ दिया था। पर उन्हें यक़ीन था के उनका बेटा एक दिन ज़रूर घर लौटेगा। उनका दिल ख़ुशी से फूले नहीं समा रहा था पर शौहर के डर से ख़ुशी की भावनाएँ सूरत पर नज़र आने से कतराने लगी थी। वह दौड़कर उसे अपने गले से लगाना चाहती थी पर वे एक पत्थर के मानिंद कुर्सी से चिपकी रहीं। सुल्ताना बेगम ने मुँह तक आया हुआ ब्रेड का निवाला वापस प्लेट में रख

दिया और बेटे की ओर देखने लगी जिसकी आँखों में ख़ून उतरते हुए साफ़ दिखाई दे रहा था। उसी ख़ून भरी आँखों से उन्होंने डॉ. सलमा की तरफ़ घूर के देखा। मेज़ पर रखा हुआ पानी का ग्लास उठाया और उसे पूरी ताक़त से सामने वाली दीवार पर फेंककर मारा और हमीद की नज़रों से नज़रें मिलाते हुए हाँफने लगे। शायद यह कहना चाहते हो कि ग्लास हमीद के मुँह पर मारा जाना चाहिए था। उनकी साँसें फूल रही थी। बिना कुछ कहे वह तेज़ी के साथ कुर्सी से उठे, अपनी बैग उठाई और पल भर में हॉल से निकल गए। सुल्ताना बेगम बेटे के पीछे दौड़ी। पर फ़र्श पर बिखरे हुए काँच के एक टुकड़े ने उनकी रफ़्तार पर ब्रेक लगा दिया। उनके पैरों से ख़ून बहने लगा। दादी को सँभालने की कोशिश कर रहे हमीद को दादी ने हाथ भी लगाने नहीं दिया। वह उसे कोसने लगी।

"मन्नत के सपूत पहले मेरे शौहर को निगल लिया और अब बेटे के पीछे पड़ा है। दोज़ख़ की आग में जलेगा तू। कीड़े पड़ेंगे तेरे बदन में।"

अनुज ने दादी को सोफ़े पर बैठने में मदद की तो डॉक्टर सलमा ने उनकी मरहम पट्टी की। हमीद एक कुर्सी पर बैठा रहा पर माँ ने उससे एक लफ़्ज़ भी बात नहीं की और ना ही उससे नज़रें मिलाई। अपनी कार निकालकर वो भी अस्पताल की तरफ़ रवाना हो गईं। वह ग़म से पत्थर बन चुकी थी पर उनकी आँखों में आँसू का क़तरा भी न था।

हमीद ने पूरा दिन अनुज के घर पर बिताया। अनुज के पिता को उनके रत्नागिरी आने का प्रयोजन बताया। साथ यह रिक्वेस्ट भी की के वह डॉ. रशीद से इस बारे में बात करें। पहले तो उन्होंने आनाकानी की पर बाद में राज़ी हो गए। शाम के वक़्त अपने पत्नी के साथ डॉक्टर रशीद के घर जाकर उन्होंने हमीद का पैग़ाम उन तक पहुँचाया। सुबह के वाक़ये के बाद हमीद की घर जाने की हिम्मत ही नहीं हुई और जीवन में पहली बार रत्नागिरी में रहते हुए वह अपने घर नहीं था। उसने सारी रात अनुज के कमरे में करवट बदल-बदल के गुज़ारी। पूरी रात उसकी आँखों के सामने माँ का बेबस चेहरा नज़र आने लगा था और आँखें बंद करता तो सकीना का। यह दोनों औरतें मजबूर थीं, ख़ुद का फ़ैसला लेने के अधिकार से वंचित। एक पति के डर के साए में तो दूसरी पिता के। ऐसा नहीं कि केवल औरतों का ही हक़ मारा गया

हो। हमीद के अधिकारों का भी लगातार हनन जारी था। उसे याद आने लगा कि अपनी मर्ज़ी के मुताबिक़ फ़ैसले लेने के लिए उसे हमेशा अब्बू से बग़ावत करना पड़ा था। यह सच है कि हर माँ बाप अपने बच्चों का भला चाहते हैं, तो फिर वे उनके सपनों में रोड़ा बनकर क्यों खड़े होते हैं? उस रात हमीद के दिमाग़ में यह सवाल बार-बार गूँजता रहा। जिन बातों में बच्चे ख़ुश हैं उनमें वे अपनी ख़ुशी क्यों नहीं ढूँढते? यह एक तरह का ऑटोक्रेटिक रूलिंग सिस्टम है जहाँ बादशाह का आदेश मानना प्रजा पर लागू होता है और अगर कोई आदेश का पालन न करें तो उन्हें अनगिनत यातनाओं के हवाले किया जाता है। फिलहाल हमीद उस तरह की यातनाओं का शिकार हो रहा था... अपनी मर्ज़ी के मुताबिक़ जीवन जीने की कोशिश करने के लिए। उसके चारों तरफ़ केवल निराश माहौल था, गम की लंबी रात थी, मगर रात ही तो थी। हर रात के बाद सूरज निकलना लाज़मी है, गम की रात को गुज़रना भी ज़रूरी था। अनुज के पिता ने डॉ रशीद को इस विषय पर चर्चा करने के लिए मना लिया था। लिहाज़ा कल सुबह उसे अपने ही घर किसी अतिथि की तरह जाना था।

अगले दिन सुबह वह अनुज के माता-पिता के साथ अपने ही घर गया। डॉ. रशीद बरामदे में संगमरमर के सोफ़े पर दो लोगों के साथ चाय की चुस्कियाँ लेते हुए नज़र आए। उसके आने की आहट डॉक्टर सलमा को सुनाई दी। वह दौड़ते हुए बरामदे तक आ गई। वहाँ पर जामा मस्जिद के इमाम को बैठे हुए देख उनके क़दम दरवाज़े पर ही रुक गए। नज़र बेटे के नज़रों के अंदर तक जा चुकी थी। उन्होंने इशारा करके उसे पास बुलाया। हमीद के क़रीब आते ही उन्होंने उसे अपने गले लगा लिया। उनकी एक आँखों से गंगा तो दूसरी आँखों से जमुना बहने लगी।

अगले ही पल हमीद अब्बू के बिलकुल सामने अनुज और अनुज के पिता के बीच बैठ गया। डॉक्टर सलमा अपने सास के साथ शौहर के पीछे बैठ चुकी थी। जामा मस्जिद के इमाम और उनके साथी मौलाना ने डॉ. रशीद को मकान पर बुलाने का कारण पूछा। वे हमीद की ओर देखते हुए कहने लगे, "हमारे साहबज़ादे... एक शिया... शिया मोमिन लड़की से निकाह करना चाहते हैं। आपका मशवरा चाहिए?"

"लाहौल वला क़ुव्वत! यह बिलकुल नाजायज़ क़दम है। बिलकुल

ना-दुरुस्त।"

इमाम साहब ने मशवरे की जगह फ़ैसला ही सुना दिया। डॉ. रशीद के चेहरे पर सुकून नज़र आया। उन्होंने अपनी बेगम की तरफ़ विजयी मुद्रा से देखा, क्योंकि उन्हीं के कहने पर इमाम साहब को दावत दी गई थी।

"पर क्यों?" हमीद के सवाल ने डॉक्टर साहब का ध्यान उसकी तरफ़ खींच लिया।

"इसकी मुख़्तलिफ़ वजह है। शिया दीन से भटकी हुई क़ौम है। वो दावा करते हैं कि जिब्राइल अलैहिस्सलाम ने ग़लती से हुज़ूर (सल्ल.) पर वही नाज़िल की थी... वो सहाबा कराम (हुज़ूर के साथी) को कोसते हैं, बीबी आयशा के बारे में भला-बुरा कहते हैं। यहाँ तक की ख़िलाफ़त तक को नहीं मानते। हज़रत अली की मोहब्बत हमारे भी दिल में है, वो हमारे चौथे ख़लीफ़ा हैं, पर उनके पहले वो इमाम हैं। वो पहले तीनों ख़लीफ़ा- हज़रत अबू बकर सिद्दीक़, हज़रत उमर और हज़रत उस्मान को ख़ारिज करते हैं। यह कुफ़्र नहीं है तो क्या है? ऐसे कुफ़्फ़ारों के साथ निकाह जायज़ कैसे हो सकता है?" इस बार मौलाना साहब ने विस्तार से अपनी बात रखी।

"मौलाना साहब, जहाँ तक मैं समझता हूँ, ख़िलाफ़त की बहस एक पॉलिटिकल मसला है। हम लोगों ने उसे मज़हबी रंग दे दिया। मैं जानता हूँ कि शिया और सुन्नियों में इख़्तेलाफ़ है और यह इख़्तेलाफ़ ही ज़िंदगी की ख़ूबसूरती है। इख़्तेलाफ़ होगा तभी तो चर्चा होगी और चर्चा होगी तभी तरक़्क़ी भी होगी। क्या सुन्नियों के अपने अलग-अलग अक़ीदे नहीं हैं? क्या बरेलवी और देवबंदी दोनों सुन्नी होने के बावजूद इस्लाम को एक ही ढंग से अपनाते हैं? किसी को दरगाह की चौखट को चूमे बग़ैर चैन नहीं आता, तो किसी को दरगाह में जाना शिर्क से कम नहीं लगता।" हमीद ने एक साँस में ही अपनी फ़िलॉसफ़ी ज़ाहिर की।

"बरख़ुरदार! मसला शादी का नहीं होता है, शादी के बाद होता है। वह मोहर्रम में पूरा महीना मातम मनाती रहेगी और हमें तीन दिनों से ज़्यादा शोक मनाने की मंज़ूरी नहीं है। हर दिन टकराव होगा, हर दिन मसलक को लेकर झगड़े होंगे। गृहस्थी बरबाद हो जाएगी। आने वाली नस्लें ना इधर की रहेंगी और ना उधर की। नस्लें बरबाद हो जाएँगी।"

“नहीं होंगी। अलग विचारों के बावजूद एक साथ शांति से एक छत के नीचे रहा जा सकता है। ‘लकुम दीनुकुम वलिय दीन’ क़ुरान शरीफ़ की आयत है। इसका मतलब है- तुम्हारे लिए तुम्हारा दीन और मेरे लिए मेरा दीन। जब क़ुरान शरीफ़ ने सबको अपना-अपना दीन और मज़हब मानने की, उसके हिसाब से रहने की इजाज़त दी है तो हम और आप कौन होते हैं? क्यों हम लोग इंसानों को कोई रंग और नाम देना चाहते हैं? शादी का मक़सद होता है प्रोक्रिएशन और उसके लिए चाहिए होता है एक लड़का और एक लड़की। फिर वही लड़की चाहे सुन्नी हो या शिया, हिंदू हो या ईसाई, कुछ भी फ़र्क़ नहीं पड़ता। यही सच्चाई है और बाक़ी सब कहानियों में मुझे दिलचस्पी नहीं है।” हमीद ने इमाम साहब और मौलाना के नज़रों से नज़रें मिलाते हुए कहा। अनुज और उसके माता-पिता हैरत से सब देख सुन रहे थे। इमाम साहब ने गहरी साँस ली और डॉ. रशीद से मुख़ातिब होकर कहने लगे, “डॉक्टर साहब, आपका बेटा अब बहुत आगे निकल चुका है। इन्हें समझाना हमारे बस की बात नहीं। आपने जो हमें इज़्ज़त बख़्शी, उसके लिए बेहद शुक्रिया!”

वह नाराज़ हो गए और ख़ुद को अपमानित महसूस करते हुए बरामदे से निकल गए। बरसों कमाई हुई इज़्ज़त इस तरह मिट्टी में मिलती हुए देख डॉ. रशीद आगबबूला होने लगे। हमीद से आँख मिलाने की अब उनमें हिम्मत बाक़ी नहीं रही। वह बीवी पर गरज पड़े।

“सलमा समझाओ इसे... इसकी हर ग़लती मैंने आज तक बर्दाश्त की है। इसे डॉक्टर नहीं बनना था, ना सही। इसे आईएएस बनना है, कोशिश करे और उसमें कामयाब ना हो, तो भी मुझे कोई परवाह नहीं। यह पूरी जायदाद इसी की है। इसे उस लड़की का ख़याल अपने दिमाग़ से निकाल देना होगा। मैं इसकी सारी ग़लतियाँ माफ़ करने को तैयार हूँ और क़सम ख़ुदा की तुमसे भी कोई गिला नहीं रहेगा।”

माँ बेटे को समझाने लगी। बेटा सुनने को राज़ी न था। पत्थर दिल डॉ. रशीद को पिघलते हुए देखकर अनुज के पिता भी अपने बुज़ुर्गी का हवाला देते हुए समझाने की कोशिश करने लगे। दादी हमेशा की तरह अपनी जगह बैठी कोसने लगी। पर इसका हमीद पर कोई असर नहीं हो रहा था।

“यह कैसी शर्त है कि सकीना को भूल जाओ तो जायदाद मिलेगी?

आपके ही भाषा में... दुनिया के लिए दीन ख़राब कर दूँ? बदन से रूह को निकाल दूँ?"

"तू जानता क्या है दुनिया के बारे में? माँ के पैसों पर पलनेवाले लाडले.. मरकज़ के मौलाना के मुँह लगता है। हमने बरसों इज़्ज़त कमाई है, तूने एक झटके में नंगा कर दिया हमें।" डॉ रशीद हमीद के बिल्कुल सामने खड़े हो गए। उन्होंने अपने आस्तीन ऊपर चढ़ा लिए।

"बहुत नाम कमा लिया आप ने। इतना कमा लिया कि एक शिया मोमिन लड़की को अपनाने से आपका नाम ख़राब हो जाएगा। दुनिया चाँद पर जा रही है और शहर के सबसे बड़े फ़िजिशियन शिया-सुन्नी में अटके पड़े हुए हैं। लानत है आपके पढ़ाई-लिखाई पर!" हमीद ने जोश में कह डाला। कई सालों बाद वो अब्बू मुख़ातिब हो रहा था और वो भी इस अंदाज़ में। डॉक्टर साहब ने एक ज़ोरदार तमाचा बेटे के गाल पर जड़ दिया। चिल्लाने लगे, "बच्चा समझकर माफ़ करता जा रहा हूँ तो क्या बाप को चोदना सीखाएगा?" ग़ुस्से में उनके शब्दों का चयन भी बिगड़ रहा था। उन्होंने हाथ को तलवार बनाते हुए हमीद को पीटना शुरू किया। अशोक देशमुख उन्हें रोकने की कोशिश करने लगे। पर वे अब किसी की सुनना नहीं चाहते थे।

हमीद बड़बड़ाने लगा, "आपने कभी मेरी बात सुनी है? हमेशा अपनी मर्ज़ी चलाते हो। होंगे बड़े अमीर आदमी, पर हो सोच से अपाहिज़।"

डॉक्टर साहब ने अपना आपा खो दिया। उन्होंने बरामदे में पड़ा हुआ एक डंडा उठाया और हमीद पर बरस पड़े।

डॉक्टर सलमा बेटे को बचाने की फ़िराक़ में सर पर चोट खा चुकी थी। वह बेतहाशा पीटने लगे और हमीद ख़ुद को बचाने की कोशिश करने लगा। बरामदे में इधर-उधर भागने लगा। अचानक से डॉ. रशीद के हाथ से वह डंडा छूट गया और वह बीवी को सँभाल रहे माँ के सर जाकर लगा। सुल्ताना बेगम के सर से ख़ून की पिचकारी उड़ी। सोफ़े पर लाल रंग की बौछार हुई। उनकी आँखें सफ़ेद होने लगी। डॉक्टर साहब के पाँव लड़खड़ाने लगे। उन्होंने दौड़ते हुए माँ का सर अपनी गोद में लिया। वे उनकी नब्ज़ जाँचने लगे। उन्होंने ख़तरे को भाँप लिया। डॉ. सलमा भी वक़्त की नज़ाकत समझ गई और पार्किंग से कार निकालकर फ़ौरन बरामदे में आ गई। माँ को कार की पिछली सीट पर

लेटाकर वे फ़ौरन अस्पताल की ओर निकल गए। अस्पताल पहुँचते-पहुँचते उनका काफ़ी ख़ून बह चुका था। डॉक्टर साहब ने उन्हें सीधे आईसीयू में भर्ती करवाया। ख़ून की बोतल लगवाई गई, उन्हें वेंटिलेटर पर रखा गया। अट्रोपिन के दो डोज़ देने के बाद भी उनका ब्लड प्रेशर गिरने से नहीं रुका और ना उनका पल्स रेट बढ़ा। डॉ. रशीद और डॉक्टर सलमा ने ढाई घंटे शर्तिया कोशिश की पर तक़दीर का लिखा बदलने में वो सफल नहीं रहे। सुल्ताना बेगम तमाम उम्र की नींद सो गई। डॉ. रशीद टूट गए और बरसों बाद बीवी के कंधों का सहारा लिया। छोटे बच्चे की तरह फूट-फूटकर रोने लगे। पिछली बार वह अपने वालिद की मौत पर रोए थे।

हमीद सदमे में था। दादी ने पूरी ज़िंदगी उसे दादा के मौत का ज़िम्मेदार ठहराया था और अब उसके वालीद उसे ही दादी की मौत का ज़िम्मेदार क़रार दे चुके थे। हालाँकि दोनों के मौत में उसका कोई रोल न था। दादा की मौत दंगाइयों ने की थी तो दादी की मौत एक दुर्घटना थी। जनाज़े को नहलाया गया और बाद मग़रिब उन्हें दादा के बग़ल में सुपुर्द-ए-ख़ाक किया गया। क़ब्रिस्तान में डॉ. रशीद ने भी उसकी तरफ़ एक बार भी पलटकर नहीं देखा। हमीद भी वालीद से नज़रें मिलाने से कतराने लगा। जब वह क़ब्रिस्तान से अनुज के साथ वापस लौटा तो घर के बाहर आकाश में उड़ता हुआ धुआँ देखकर चौंक गया। वे तेज रफ़्तार दौड़ते हुए बरामद तक पहुँचे। डॉ. रशीद एक कुर्सी पर बैठकर बड़े इत्मीनान से हुंडई कार सुपुर्द-ए-आग होते हुए देख रहे थे। डॉक्टर सलमा भी उतने ही इत्मीनान से उनके बग़ल में खड़ी थी। हमीद ने देखा कि उस कार के साथ उस घर में मौजूद उसकी हर चीज़ जल रही थी। कई लोग यह तमाशा देख रहे थे पर उस आग को बुझाने की किसी को हिम्मत नहीं हुई। एक आग को बुझाकर दूसरे आग से कौन लिपटना चाहेगा। वे दोनों हमीद को नज़रअंदाज़ करते हुए तब तक वहाँ बैठे रहे जब तक कार और वो सारी चीज़ें जलकर राख हो नहीं गई। हमीद ने बंगले का गेट ज़ोर से बंद होते हुए देखा। मैसेज साफ़ था। कोई चेतावनी नहीं थी। माँ का दामन भी अब छूट चुका था। उनकी दुआ उसके साथ थी। यक़ीनन। वह होश में न था और न ही उसके शरीर में कोई जान थी। उसके बाग़ी सोच ने उसे माँ-बाप के ज़िंदा रहते हुए यतीम बना दिया था। बाग़ी होना है तो सारी हदें तोड़नी पड़ती

हैं। मगर ममता का दामन भी छोड़ना पड़ेगा इसका अंदाज़ा उसे न था। बाग़ी सब कुछ हारकर भी रोया नहीं करते। ज़माने को नई राह दिखाने वाले हर सितम को झेल लेते हैं, वह बुज़दिल नहीं होते। उसने भूरे रंग के कवर वाली किताब से कुछ याद किया।

उसके क़दम मुंबई की ओर बढ़े। जब वह अनुज के साथ मुंबई सीएसटी पर उतरा तो भूख ने पेट के अंदर कोहराम मचा दिया था। अनुज के कई बार कहने पर भी अनाज का एक दाना भी उसने सेवन नहीं किया था। पेट के आगे सब मजबूर होते हैं। उसने वड़ा पाव के ईंधन से भड़कती आग को बुझा दिया। उसूलों पर चलने से पेट की आग नहीं बुझती है, डॉ. रशीद ने उसे कई बार समझाया था। अगर ज़माना नहीं बदलता है तो हमें बदलना होगा। तभी हम ज़माने के साथ चल सकेंगे। पर हमीद को कौन-सा ज़माना बदलना था ? वह तो केवल अपने ढंग से जीना चाहता था। पर दुनिया उसे अपने तरीक़े से जीने से रोकने लगी थी।

वह अनुज के हॉस्टल पर जाकर लेटा ही था कि उसे सागर का फ़ोन आया। वह और लता मुंबई के लिए निकल चुके थे। उसने बताया कि वे दोनों कल रात से ही उससे संपर्क करने की कोशिश कर रहे थे। पर हमीद का मोबाइल डिस्चार्ज हो चुका था। बात यह थी कि हज़ार पाबंदियों के बावजूद सकीना लता को फ़ोन करके यह बताने में कामयाब हो चुकी थी के आने वाले हफ़्ते में उसका निकाह पक्का कर दिया गया है। उसने यह बात हमीद तक पहुँचाने के साथ-साथ उन दोनों से मदद की गुहार लगाई थी। हमीद ने फिर एक बार सोचा कि जब मुसीबत आती है तो एक तरफ़ से नहीं आती, चारों तरफ़ से आती है। अगले ही पल उसे यह मुसीबत ख़ुदा का लिया हुआ इम्तेहान लगने लगा और किसी परीक्षा में फ़ेल होना उसके ख़ून में न था। उसने ठान लिया इस बार इस पार या उस पार।

कुछ देर विचार-विमर्श करने के बाद उन्होंने दो प्लान बनाएँ। पहला यह कि हमीद और सागर जाकर मुर्तुज़ा अली से मिलेंगे, उन्हें मनाने की कोशिश करेंगे। दूसरे प्लान के मुताबिक़ अनुज और लता किसी तरह सकीना से संपर्क करेंगे।

हमीद और सागर मुर्तुज़ा अली के दुकान पर पहुँचे। रत्नागिरी वाला सारा

क़िस्सा हूबहू सुना दिया। हमीद को उनसे हमदर्दी की उम्मीद क़तई न थी पर यह कामना ज़रूर थी के वे कम-से-कम अफ़सोस तो ज़रूर जताएँगे। मुर्तुज़ा अली का कलेजा पहले से काफ़ी सख़्त हो गया था।

"अपनी दादी को भी निगल गए हो तुम और फिर भी तुम्हारा पेट नहीं भरा? जिसने अपने पैदा किए हुई है बाप से बग़ावत की हो, उस पर कौन भरोसा करेगा?"

"वह सोच की लड़ाई है। मुख़्तलिफ़ सोच रहना कोई गुनाह तो नहीं है। सब माँ-बाप चाहते हैं कि उनके बच्चे लंबी उड़ान भरें, दुनिया जीत लें और फिर वही माँ बाप उन्हें पिंजरे में क़ैद कर देते हैं। उस पिंजरे का ताला उन्हीं बच्चों के लिए खुलता है जो माँ-बाप की इच्छा के मुताबिक़ उनके बताए हुए दिशा में ही उड़ने के लिए तैयार हों। यह कैसी नीति है? और अगर मैं इसका विरोध करता हूँ तो क्या ग़लत करता हूँ? यक़ीन मानिए सर सकीना मेरे साथ बेहद ख़ुश रहेगी।" हमीद ने उस पर लगाए हुए इल्ज़ाम का जवाब दिया।

"ऐसी चिकनी-चुपड़ी किताबी बातों से पेट नहीं भरता मियाँ। ज़िंदगी की एक सच्चाई सारी बग़ावत खाक कर देगी। और वैसे भी तुम घर से निकाले जा चुके हो। दोस्तों के पैसों पर उधारी में जिंदगी चल रही है। औक़ात क्या है तुम्हारी?" मुर्तुज़ा अली उन्हें लगभग ढकेलते हुए दुकान के बाहर निकाल दिया।

"मैं जानता हूँ कि फ़िलहाल मेरी हालत दुम काटे कुत्ते जैसी है, जो घर का रहा और न घाट का। फ़्यूचर ब्राइट है मेरा। पहले ही अटेम्प्ट में यूपीएससी का इंटरव्यू देना कोई मज़ाक नहीं है। आपके सामने भविष्य का कलेक्टर खड़ा है।" हमीद ने पूरे आत्मविश्वास से कहा। मुर्तुज़ा अली ने एक न सुनी।

बड़े बेआबरू होकर वो वापस लौटे। हॉस्टल पहुँचे।

अनुज ने लता को अपनी बाइक पर बैठाकर सकीना के सोसाइटी के गेट पर उतार दिया। लता ने ख़ुद को दुल्हन की मेहँदी निकालने वाली लड़की बताकर वॉचमैन से सकीना का फ़्लैट नंबर पता करवा लिया और वह अगले ही पल सकीना के सामने खड़ी रही। लता को अपने घर में पाकर सकीना के ख़ुशी का ठिकाना ना रहा। वो सबके सामने ख़ुशी का इज़हार कर नहीं सकती थी। वो बेबस थी। उसने ख़ुद को सँभाला और मेहँदी लगाने वाली लड़की को

अपने बेडरूम में ले गई। बेडरूम का दरवाज़ा धीरे से बंद करके वह लता से लिपट गई। उनके पास वक़्त कम था और सामने काम बहुत ही बड़ा। उस आधे घंटे में मेहँदी उतारते हुए उनमें काफ़ी कुछ बातें हुई, काफ़ी कुछ प्लानिंग हुई। किसी को ख़बर होने से पहले लता वहाँ से नदारद भी हो गई। अनुज उसका सोसाइटी से कुछ मीटर दूरी पर इंतज़ार कर रहा था। कुछ इन्फ़ॉर्मेशन साथ लेकर वह वापस लौटे। हॉस्टल पहुँचे।

लता दो ख़बरें लेकर आई। पहली यह कि उसका मंगेतर रफ़ीक़ काँचवाला उदयपुर राजस्थान का एक व्यापारी है जो कल दस बजे मुंबई पहुँचेगा। उसके रुकने का इंतज़ाम मोहम्मद अली रोड के मुसाफ़िरख़ाने में किया गया है। दूसरी और सबसे अहम बात यह के सकीना ने हमीद के लिए एक ख़त भेजा था। उसका पहला पत्र। उसे हमीद ने तुरंत ही पढ़ा। माशूक़ का पहला ख़त ताउम्र सँभालने का सुख हमीद के नसीब में ना था। निर्देशानुसार उसने ख़त को फाड़कर काग़ज़ के टुकड़ों को डस्टबीन में फेंक दिया। एक गहरी साँस ली और ख़त में मिले संदेश को अमली जामा पहनाने के लिए उन दोस्तों के साथ कैफ़ी मस्जिद पहुँच गया। उसे सकीना ने सैयद भाई साहब के नुमाइंदे, कामिल भाई साहब से मुलाक़ात करने के लिए कहा था। कामिल भाई साहब शिया मोमिन कम्युनिटी के लोकल मौलाना होते हैं जिनका सीधा राब्ता कम्युनिटी के सर्वोच्च धार्मिक गुरु सैयद भाई साहब से होता है। सैयद भाई साहब की बात कोई भी शिया मोमिन टाल ही नहीं सकता और कामिल भाई साहब की सिफ़ारिश सैयद भाई साहब आसानी से मान भी जाते हैं। उनसे रूबरू होकर इस समस्या का हल निकालने की तरकीब सकीना ने बताई थी। मस्जिद से बाहर आते हुए नमाज़ियों से पूछताछ करके वह कामिल भाई साहब तक पहुँच गए। हमीद ने ख़ुद का परिचय कराया और उनसे कुछ मज़हबी पर्सनल सवाल पूछने की इजाज़त माँगी। कामिल भाई साहब ने उन्हें रात साढ़े आठ बजे ईशा की नमाज़ के बाद मिलने को कहा। अभी उनके पास दो घंटे का वक़्त था। वो वक़्त उन्होंने पास के होटल शालीमार में आनेवाले चार दिन के प्लानिंग में बिताया और मुक़र्रर समय पर कामिल भाई साहब के समक्ष पहुँच गए।

कामिल भाई साहब के ओजस्वी चेहरे पर कमाल का सुकून था। उनकी

मुस्कान दिल को जीत लेने का हुनर जानती थी। वे उन चारों को अपने एक ऑफ़िसनुमा कमरे में ले गए, जहाँ पर इत्र की ख़ुशबू चारों ओर महक रही थी। उन्हें कॉफ़ी ऑफ़र करते हुए वे हमीद से मज़हबी पर्सनल सवालों के बारे में पूछा। हमीद ने एक पल भी गँवाए बग़ैर सीधे पूछा, "सर, क्या एक सुन्नी लड़का और शिया लड़की का निकाह हो सकता है ? और अगर हुआ तो क्या यह रिश्ता जायज़ है ?"

कामिल भाई साहब ने गहरी साँस लेकर अपना ऐनक़ उतारा, उसको रुमाल से साफ़ किया और ऐनक़ फिर से आँखों पर लगाते हुए कहने लगे, "देखिए जनाब इस्लाम में अहले किताब को मानने वाले कोई भी लड़का-लड़की का आपस में निकाह हो सकता है। लिहाज़ा शिया-सुन्नियों में निकाह जायज़ है।

इन दिनों में पहली बार हमीद ने कोई पॉज़िटिव बात सुनी थी। उसने राहत की साँस ली। आज तक हर किसी ने इस तरह की शादी का विरोध किया था। विरोध के सब के पास अपने-अपने तर्क थे और अपने-अपने तरीक़े। कामिल भाई साहब के जवाब ने उसका दिल जीत लिया। उसे सीने से सौ किलो वजन कम होने का एहसास हुआ। उसे हमेशा से लगता था कि शिया मुसलमान सुन्नीओं से लिबरल होते हैं। आज उसे शियाओं के उदारता का अनुभव भी हो गया था। उसे मन ही मन लगा कि अगर हर शिया और सुन्नी मुसलमान कामिल भाई साहब जैसी उम्दा सोच रखें, तो इस्लाम का एक बहुत बड़ा मसअला अपने आप ही हल हो जाएगा। उसके मन में शियाओं की इज़्ज़त बढ़ गई।

कामिल भाई साहब आगे कहने लगे, "सुन्नी और शिया मुसलमानों में जो इख़्तेलाफ़ है उसकी बुनियाद अजीबो-ग़रीब तरह की ग़लतफ़हमियाँ है। उन ग़लतफ़हमियों को दूर करने के लिए उनका आपस में मेलजोल होना बेहद ज़रूरी है। इस तरह की शादियाँ न सिर्फ़ मेलजोल बढ़ाने में कामयाब रहेगी, बल्कि एक-दूसरे के अक़ीदे को बेहतर समझने के लिए कारगर साबित होंगी। और इस तरह के शादियों से आपस की ग़लतफ़हमियाँ भी दूर होने में मदद मिलती है। मैं तो इस शिया सुन्नी की शादियों को जायज़ ही नहीं बल्कि सवाब मानता हूँ।"

हमीद जिस पीसफुल कोएक्जिस्टेंस की बात करता था, वही बात हूबहू कामिल भाई साहब कर रहे थे। उसके ख़ुशी का ठिकाना न रहा। उसके दिल में कामिल भाई साहब के लिए दुआएँ निकलने लगीं। सकीना का सुझाव काम करने लगा था। पर अभी हमीद का मसअला पूरा हल नहीं हुआ था। हमीद ने पूछा, "अगर वह लड़की रिदा पहननेवाली शिया मोमिन हो तो?"

कामिल भाई साहब जरा सा सहम गए। एक घूँट पानी पिया। आँख मूँदकर कुछ सोचने लगे और फिर कुछ बदले हुए अंदाज़ में कहा, "शादी किसी भी इंसान के ज़िंदगी का बहुत ही क़ीमती फ़ैसला होता है। उसे जल्दबाज़ी में लेना ठीक नहीं रहता। मानता हूँ कि शिया मोमिन शियाओं का एक फ़िरक़ा है, पर उसकी अपनी अलग पहचान है, अपना अलग कल्चर है। रहन-सहन, खान-पान से लेकर अपने बनाए हुए कूछ नियम क़ानून है।" वे लड़खड़ाते हुए बोलने लगे, "यह जरा पेचीदा मसला है। इस बारे में हमारे अकेली की राय मुकम्मल नहीं होगी। हम कुछ साथियों और बुज़ुर्गों के साथ मशवरा करते हैं। फिर आपको इत्तला की जाएगी।"

कामिल भाई साहब ने बात ख़त्म करते हुए हमीद को तशरीफ़ ले जाने की सलाह दी। हमीद मसअले का हल जल्द से जल्द चाहता था और कामिल भाई साहब उसे हर मुमकिन तरीक़े से टालना चाहते थे। किसी तरह अपना पीछा छुड़ाते हुए उन्होंने हमीद को दो दिन बाद आने को कहा और वे मेहमानों के पहले ही तुरंत वहाँ से निकल गए। कामिल भाई साहब ने गिरगिट की तरह रंग बदल दिया। कुछ पल के लिए हमीद को भी अचरज हुआ। पर वह जल्द ही इस नतीजे पर आ गया के धार्मिक प्रवचन देना और उस पर अमल करना दोनों अलग अलग बातें हैं। जब तक आग के लपेटे में किसी और का घर है तब तक धार्मिक प्रवचन में बड़ा लॉजिक और तर्क होता है और जैसे ही चिंगारी का रुख़ अपने घर की तरफ़ बढ़ने लगा तो सारे लॉजिक और तर्क रफूचक्कर हो जाते हैं। इंसान के कथनी और करनी में काफ़ी फ़र्क़ होता है। उस वक़्त हमीद के पास दो दिन इंतज़ार करने के अलावा कोई चारा भी नहीं था। लिहाज़ा मायूस मन से वे वहाँ से निकल गए।

दो दिन बाद मुकर्रर वक़्त पर वे तीनों कामिल भाई साहब के सामने पुनः उपस्थित हुए। उनका सवाल भी वही था और उम्मीद भी वही। इस

बार कामिल भाई साहब के पास समस्या का समाधान भी था। उन्होंने धीरे गंभीर स्वर में कहा, "अगर कोई भी इंसान शिया मोमिन मज़हब को पूरी तरह अपनाने को तैयार हो तो उनका इस्तक़बाल ही होगा। कोई शिया मोमिन बन जाता है तो फिर इस तरह की निकाह पर किसी को ऐतराज़ क्यों होगा?"

अभी दो दिन पहले इंटरफ़ेथ शादियों को ग़लतफ़हमी दूर करने का साधन बताने वाले कामिल भाई साहब शिया मोमिन इस्लाम की दावत दे रहे थे। अनुज, सागर और लता को कामिल भाई साहब का जवाब इस्लाम फैलाने के मिशन पर निकले हुए जमाती की तरह लगा। उन्हें यक़ीन था के हमीद इस बात को कभी नहीं मानेगा। वह तो अलग-अलग विचारधारा के लोगों के एक साथ रहने का समर्थन करता था, धर्म परिवर्तन का नहीं। हमीद कभी भी इस तरह की बातों में आनेवाला लड़का नहीं था। जिसने अपने उसूलों के ख़ातिर अपने माँ-बाप से बग़ावत की थी क्या वह एक लड़की के ख़ातिर उसूलों से समझौता करेगा? कभी नहीं। वे तीनों तब अचरज में गिर गए जब हमीद ने कामिल भाई साहब से शिया मोमिन मज़हब अपनाने का तरीक़ा पूछा। तो क्या सच में हमीद मज़हब बदलने जा रहा है?

कामिल भाई साहब ने बताया, "हर शिया मोमिन को बालिग होने पर मिसाक़ लेनी होती है। मिसाक़ मतलब निष्ठा की क़सम, हमारे सर्वोच्च धार्मिक नेता सैयद भाई साहब से निष्ठा, शिया मोमिन के सिद्धांतों से निष्ठा।"

हमीद ने तुरंत ही मिसाक़ लेने की बात कही। उसकी तत्परता से कामिल भाई साहब भी सकते में आ गए। उन्होंने उसके उत्साह को रोका। मिसाक़ के पहले की सारी फ़ॉर्मेलिटीज़ को समझाया और सोच-समझकर फ़ैसला लेने की नसीहत देकर उन्हें विदा किया।

किसी के कुछ कहने या पूछने के पहले ही हमीद ने अपना जवाब एवं फ़ैसला सुना दिया।

"मेरे लिए मज़हब केवल जीने का एक तरीक़ा है और कुछ नहीं। अलग-अलग धार्मिक अक़ीदे एक ही ख़ुदा तक पहुँचने वाले अलग-अलग रास्ते हैं। जब हमारी मंज़िल एक है तो फिर हम रास्तों की फ़िक्र क्यों करें? ख़ुदा मोहब्बत का सागर है और अलग-अलग फ़िरके उस सागर तक पहुँचनेवाली छोटी-छोटी नदियाँ है। किसी भी नदी के सहारे नैया पार लगाई जा सकती है।

मेरा मानना है कि दो रूहों का सच्चा मिलन ही ख़ुदा की बेहतरीन इबादत है। असल में ख़ुदा और मोहब्बत एक ही है। जहाँ मोहब्बत है वहाँ ख़ुदा का वास होता है और जहाँ ख़ुदा हो उस जगह मोहब्बत की क्या कमी होगी? कोई ख़ुदा को चुने या मोहब्बत को... दोनों ही एक है। मैंने मोहब्बत को चुनने का फ़ैसला किया है। और यह भलामानुस मुझे मिसाक़ भी देने को तैयार है। अब तो सकीना के घरवालों को भी कोई एतराज नहीं होगा। अब तुम बताओ क्या मैं ग़लत हूँ? इस तरीक़े से मैं सकीना के साथ जी पाऊँगा। इससे बढ़कर मुझे और क्या चाहिए?"

"पर इसमें दो समस्याएँ हैं।" लता कहने लगी, "एक तो अगले हफ़्ते सकीना की शादी होने वाली है और दूसरी कामिल भाई साहब ने मिसाक़ करवाने का नज़राना माँगा है... एक लाख रुपये।"

अनुज ने नज़राने का जिम्मा उठा लिया। अब सवाल केवल सकीना की शादी रुकवाने का था।

अगले दिन दोपहर को वे सब मुसाफ़िरख़ाना में रफ़ीक़ काँचवाला के कमरे में पहुँच गए। तीस साल का रफ़ीक़ बीबीसी पर फ़रीद ज़कारिया का कोई रिकॉर्डेड शो देख रहा था। हमीद ने ख़ुद का और औरों का तआरुफ़ किया। उसने आंदोलन में मिली सकीना से लेकर पुलिस थाने तक की पूरी हक़ीक़त ज्यों-का-त्यों बयान कर दी। रफ़ीक़ ने उसे बीच में एक बार भी नहीं रोका।

पूरी बात ख़त्म होने पर उसने सिर्फ़ इतना ही कहा, "नाउ व्हाट?"

"दे हैड सेक्स मेनी टाइम्स।" अनुज ने रफ़ीक़ की आँखों में देखते हुए आख़िरी मिसाइल चला दी। किसी अपने को बदनाम करके उसे अपना बनाया भी जा सकता है, ऐसी उम्मीद अनुज ने ही जगाई थी। रफ़ीक़ अपना सर पकड़कर बैठ गया। उसके बाद जिसकी उम्मीद थी, वही हुआ। रफ़ीक़ के घरवालों ने बिना कोई कारण बताए हुए सकीना से शादी करने से मना कर दिया। मुर्तुज़ा अली को शॉक लगा।

उस रोज़ कामिल भाई साहब अपने कुछ शागिर्दों के साथ मुर्तुज़ा अली के घर गए। उन्होंने उनसे अकेले में दो घंटों तक बात की और जब वो कमरे से लौटे तो मुर्तुज़ा अली उनकी बात से इत्तेफ़ाक़ रखने लगे थे। उन्हें अब

हमीद और सकीना के निकाह से ऐतराज़ नहीं था। यह ख़बर सकीना तक भी पहुँची। ख़ुशी के मारे उसके आँसू रुकने का नाम नहीं ले रहे थे। अगले दिन हमीद और दोस्तों को सकीना का बुलावा आया।

दिल्ली में बिछड़ने के बाद आज पहली बार उसका दीदार हुआ था। वो काफ़ी कमज़ोर लगने लगी थी। सूजी हुई आँखों में आँसुओं की जगह तेज ने ले रखा था। वो उससे लिपटना चाहती थी। उसकी आग़ोश में सिमटना चाहती थी। कई दिनों के हिज्र के बाद के विसाल में वो सारी हदें तोड़ना चाहती थी। पर यह विसाल मुख़्तसर ही होने वाला था। हमीद के उसूल उसे किसी का ग़ुलाम बनने की इजाज़त हरगिज़ नहीं देने वाले थे। ज़िंदगी जितनी आसान नज़र आती है दरअसल उतनी आसान होती नहीं। यहाँ पर हर इंसान को हर क़दम पर समझौता करना पड़ता है। रफ़ीक़ काँचवाला के सकीना से निकाह करने से मना करने के बाद मुर्तुज़ा अली के पास बेइज़्ज़ती के अलावा कुछ बचा न था। इस मुश्किल घड़ी में कामिल भाई साहब उनके काम आए जिन्होंने सकीना का हाथ हमीद के हाथ में सौंपने का मशवरा दिया। वह पैदाइशी सुन्नी मुसलमान के साथ अपने बेटी का निकाह हरगिज़ नहीं करवाना चाहते थे। पर हमीद शिया मोमिन बनने को राज़ी था तो उन्हें यह समझौता करना पड़ा। समझौता तो हमीद ने भी किया। कामिल भाई साहब के सुझाव अनुसार उसने शिया मोमिन टाइप हल्की-हल्की दाढ़ी रखी, शिया मोमिन टाइप सफ़ेद कुर्ता-पाजामा और सोनेरी रंग की डिज़ाइन वाली सफ़ेद टोपी को अपना परिधान बनाया। सुन्नी और शिया मोमिन नमाज़ में जो उन्नीस-बीस का फ़र्क़ था उसको भी दुरुस्त कर दिया। उसका मानना था कि कभी-कभी ज़िंदगी में आगे बढ़ने के लिए एक दो क़दम पीछे हटना भी ज़रूरी होता है। अपने सकीना के लिए वह इतना तो कर ही सकता था। ऐसा तय हुआ कि किसी शुभ दिन सकीना के घर पर ही पहले हमीद को मिसाक़ दी जाएगी और उसके तुरंत बाद उसी कामिल भाई साहब द्वारा उसका सकीना के साथ निकाह भी पढ़ाया जाएगा। वह शुभ घड़ी भी आ गई। हमीद पारंपरिक शिया मोमिन पोशाक में अपने दोस्तों के साथ मुक़र्रर समय पर सकीना के घर पहुँचा। वहाँ उनके परिवार वालों के अलावा चंद क़रीबी रिश्तेदार ही मौजूद थे। सकीना बेहद सादगी पसंद लड़की थी। उसने अपने निकाह के दिन भी कोई शोशा न करते

हुए सादगी का इज़हार किया। सादगी में भी क़यामत की अदा होती है। सफ़ेद कपड़ों में वो बिलकुल एक परी जैसी लग रही थी। जब तक कुछ सही नज़र आ रहा होता है तो क़ुदरत अंदर-ही-अंदर कुछ विपरीत चालें चलती रहती है।

कुछ ही देर में कामिल भाई साहब उनके शागिर्दों के साथ वहाँ पहुँचे। मुर्तुज़ा और मुफ़फ़द्दल अली ने उनका हाथ चूमकर इस्तक़बाल किया। शुरुआती सलाम दुआ और बातचीत होने के बाद कामिल भाई साहब ने अपने सामने एक कुर्सी रखवाई और उस पर हमीद को बैठने का इशारा किया। उसका हाथ अपने हाथों में लेते हुए कामिल भाई साहब आँखें बंद करके क़ुरान की कुछ आयतों को पढ़ा और उसकी आँखों में देखते हुए कहने लगे, "अभी आप मिसाक़ लेने जा रहे हैं। मैं जो कहता हूँ आप उसे ग़ौर से सुनेंगे और अपनी क़बूली देंगे।"

हमीद ने हाँ में सिर हिलाया। कामिल भाई साहब पढ़ने लगे, "अगर समय के इमाम या उनके प्रतिनिधि सैयद भाई साहब आपको दुश्मन के ख़िलाफ़ युद्ध करने के लिए कहते हैं तो आपको युद्ध करना चाहिए। आपको अपने जीवन और संपत्ति के साथ मदद करनी चाहिए। और आपको समय के इमाम या उसके प्रतिनिधि सैयद भाई साहब का ईमानदारी से पालन करना चाहिए... बोलो क़बूल है?"

हमीद मिसाक़ के शब्दों को मन-ही-मन में दोहराने लगा। उसके दिमाग़ में बिजली की तरह कुछ चमककर गुज़रा। 'जीवन और संपत्ति', इस जुमले ने उसके दिमाग़ में हलचल मचाना शुरू किया। कामिल भाई साहब ने फिर से पूछा कि बोलो क़बूल है। हमीद ने क़बूल किया।

कामिल भाई साहब मिसाक़ का अगला चरण पढ़ने लगे, "और जो भी समय के इमाम या सैयद भाई साहब आपको आदेश देते हैं, आप उस आदेश की अवज्ञा करके पापी नहीं बनेंगे; और आप सैयद भाई साहब से शत्रुता नहीं करेंगे। आप सैयद भाई साहब को धोखा नहीं देंगे। बोलो क़बूल है?"

फिर एक बार हमीद ने ख़ुद को असहज महसूस करते हुए मिसाक़ का यह चरण भी क़बूल किया।

कामिल भाई साहब आगे पढ़ने लगे, "आप सभी चीज़ों में सैयद भाई साहब के आदेश को स्वीकार करेंगे। और आप उस चीज़ का उपयोग नहीं

करेंगे, जो सैयद भाई साहब आपको मना करेंगे और आप इसकी ओर क़दम नहीं उठाएँगे। आप उसे प्यार करेंगे जिसे सैयद भाई साहब प्यार करते हैं। आप उसके साथ शत्रु हो जाओगे जिसके साथ सैयद भाई साहब शत्रुतापूर्ण हैं। आप उसके ख़िलाफ़ युद्ध करेंगे जिसे सैयद भाई साहब से शत्रुता है। कोई भी व्यक्ति अगर सैयद भाई साहब के इन व्यवस्थाओं का पालन नहीं करता है, वो धर्म के बाहर है, चाहे वह महान हो या छोटा, चाहे वह कोई क़रीबी रिश्तेदार हो या दूर का। आप के साथ उसका कोई भी संबंध नहीं होगा। आप उसके साथ खुले तौर पर या गुप्त रूप से पत्र-व्यवहार नहीं करेंगे। और आप किसी भी तरीक़े या साधन या ढंग से उनके साथ मित्रतापूर्ण संबंध नहीं रखेंगे। सैयद भाई साहब का दुश्मन आपका दुश्मन है। बोलो क़बूल है?"

कामिल भाई साहब धीरे-धीरे पढ़ने लगे और धीरे-धीरे हमीद की पेशानी पर बल चढ़ने लगा। उसकी असहजता अब परवान चढ़ चुकी थी। यह बात उसके दोस्तों की नज़रों से बची न थी। उन्हें जिस बात का डर था आख़िर वही हो गया। अपने उसूलों पर चलने के ख़ातिर पिता संग बग़ावत करने वाला हमीद मिसाक़ के इस हिस्से को क़बूल कैसे करता? एक लंबी साँस के साथ उसने अपनी परेशानी के बल को पी लिया और कहा, "मिसाक़ के इस हिस्से से मैं थोड़ा सहमत नहीं हूँ। मैं सैयद भाई साहब को इमाम का रिप्रजेंटेटिव मानने के लिए तैयार हूँ और मज़हबी बातों में उनका मशवरा मेरे लिए अव्वल रहेगा। पर दुनियावी बातों में मेरे ज़िंदगी में किसी और की दख़लअंदाज़ी मुझे रास नहीं आती है।"

कामिल भाई साहब के सुकून भरे चेहरे पर ग़ुस्सा छा गया। उनके चेहरे का नूर हवा हो गया। सैयद भाई साहब की शान में इस तरह की गुस्ताख़ी उनसे बर्दाश्त ना हो सकी। वह फ़ौरन चिल्लाए, "जो सैयद भाई साहब का हुक्म नहीं मानता, वह शिया मोमिन हो नहीं सकता। अगर तुम्हें शिया मोमिन बनना है तो इस मिसाक़ को तहे दिल से अपनाना होगा और इस पर ताउम्र अमल करना होगा।"

"आप कह रहे हो कि हमें सैयद भाई साहब के दुश्मन को हमारा दुश्मन मानना चाहिए। यह हो सकता है के किसी फलाँ के साथ निजी कारणवश सैयद भाई साहब नाराज़ हों और उस कारण का मज़हबी बातों से दूर-दूर तक

लेना-देना ना हो... तो क्या ऐसे में उस शख़्स से हमें भी नाराज़गी का इज़हार करना होगा?" हमीद ने पूछा।

"बेशक! हमें ऐसे शख़्स से हर तरह के रिश्ते तोड़ने चाहिए। उस पर लानतें भेजना सवाब का काम होगा।"

"मेरा एक और सवाल है... मान लो, सैयद भाई साहब ने किसी राष्ट्रवादी पार्टी को वोट करने की अपील की और मुझे कोई सोशलिस्ट और सेकुलर विचारों को मानने वाली पार्टी पसंद आती हो तो मुझे संविधान में दिए हुए अधिकार का इस्तेमाल करके अपने पसंद की सेकुलर पार्टी को वोट देना चाहिए या उस राष्ट्रवादी पार्टी को?" हमीद के इस सवाल ने कामिल भाई साहब को अति ग़ुस्सा दिलाया।

"सैयद भाई साहब के आदेश के आगे हमें कोई संविधान-वंविधान पता नहीं। अगर तुम्हें इस लड़की से शादी करनी है तो यह मिसाक़ तहे दिल से अपनानी होगी और सैयद भाई साहब का ग़ुलाम बनना होगा।" कामिल भाई साहब अब तक ग़ुस्से से आगबबूला हो चुके थे।

हर सवाल जवाब के बाद वहाँ का माहौल गर्म होने लगा। मुर्तुज़ा अली परिवार समेत चिंतातुर होने लगे। पिछले कुछ दिनों से वह चिंता की चिता में काफ़ी झुलस चुके थे। दिल्ली में बेटी का अरेस्ट होना, रफ़ीक़ काँचवाला का शादी से मना करना, कामिल भाई साहब का आदेश और अब हमीद के सवाल, वह परेशान हो गए।। वह हमीद को ख़ामोश रहने का इशारा करने लगे। इस तरह की इशारों से हमीद की चिकित्सा रुकने वाली न थी। उसके सवाल मिसाइल जैसे थे। उसने और एक मिसाइल दागी।

"और अगर सैयद भाई साहब किसी गुनहगार को पनाह में लेते हैं तो क्या हमें उसने किए हुए सारे गुनाह भूल जाना चाहिए?"

कामिल भाई साहब के सब्र का बाँध टूट गया। वह चिल्लाए, "गुस्ताख़ लड़के, सैयद भाई साहब किसी गुनहगार को पनाह में लेंगे ही क्यों? अल्लाह पाक ने उन्हें अच्छे और बुरे की तुमसे और हमसे बेहतर समझ दी है। उनसे ग़लती हो ही नहीं सकती। और अगर उन्होंने किसी के सर पर हाथ रखा है तो हमें उसके क़दमों में रहना होगा।"

कामिल भाई साहब के साथियों का भी ख़ून खौलने लगा। हमीद को

उसका जवाब मिल गया।

"इसका मतलब अनुशासन के नाम पर पूरी कम्युनिटी को कंट्रोल में रखा जा रहा है। यहाँ एक पैरेलल सरकार चल रही है। पुलिस भी आप, वकील भी आप, जज भी आप और बाक़ी बंदे ग़ुलाम और हमें ग़ुलाम बनना मंज़ूर नहीं है।" उसने सर से सफ़ेद रंग की सुनहरी टोपी उतारी और कामिल भाई साहब के हाथ में थमाते हुए कहा, "सकीना को पाने के लिए अपना जीवन सैयद भाई साहब की ग़ुलामी में देने से बेहतर है कि क्यों ना मैं सकीना को ही इस ग़ुलामी के दलदल से बाहर निकाल लूँ?" उसने सकीना से नज़रें मिलाई जो अपने पिता के पीछे माँ और लता के बीच बैठी हुई यह सारा माजरा देख रही थी।

हमीद आगे कहने लगा, "शिया मोमिन या सुन्नी मुसलमान यह सिर्फ़ मुखौटे हैं। हम लोगों ने ही आपस में पहचान दी है। अब इस खोखली आइडेंटिटी से ऊपर उठना होगा।" उसने सकीना की ओर हाथ बढ़ाया। इशारा साफ़ था। चारों ओर अफ़रा-तफ़री मच गई। अनुज और सागर को इस तरह के किसी भी बात का अंदेशा न था। सब की तरह वह भी चौंक गए। उन्होंने हमीद के नज़र में सकीना को क़ैद से आज़ाद करने का इरादा भाँप लिया था। सकीना भी उस हाथ को थामना चाहती थी। वह लपककर आगे बढ़ी तो उसकी माँ ने अपने हाथ को ज़ंजीर बना लिया। कम्युनिटी के क़ैद से उड़ने से पहले अपनों की ज़ंजीरों को पिघलाना ज़रूरी था। आँसू भरे निगाह से उसने माँ की तरफ़ देखा। वह बेबस थी, लाचार थी। वे भी बेटी की इच्छा को बख़ूबी समझती थी। उन्होंने उसकी आँखों में एक बेहतर ज़िंदगी जीने का सपना देखा था। पर उनकी बेबसी उस समय हिम्मत में बदल गई जब मुर्तुज़ा अली ने उन्हें ज़ंजीर ढीली करने का इशारा किया। नग़मा अली ने सकीना को आज़ाद किया। आज तक ग़ुलामी को बरकत समझने वाले लोग गर आज़ादी का ख़्वाब देखने लगे तो मज़हब के ठेकेदारों का तिलमिला जाना लाज़मी था। हमीद की ओर बढ़ रही सकीना के सामने कामिल भाई साहब दीवार बनकर उभर आए तो उनके शागिर्द हमीद और उसके दोस्तों को घर के बाहर धकेलने लगे। चाहत बेशुमार ताक़त पैदा कर देती है। सकीना ने कामिल भाई साहब की दीवार को एक ही पल में लाँघ दिया। पर वे उनके गिरफ़्त से छूट नहीं पाई। उन्होंने उसका हाथ बेरहमी से मरोड़ा। लता उसके मदद के लिए दौड़ी।

वह सकीना को कामिल भाई साहब के चंगुल से छुड़ाने का प्रयास करने लगी। कामिल भाई साहब ने लता को छाती के बल धकेला। किसी ग़ैर मर्द का छाती छूना लता को रौद्र बना गया। उसने अपने हाथ को तलवार बनाते हुए उनके मुँह पर ऐसा वार किया कि मकान में मौजूद सारे लोग हक्का-बक्का रह गए। समय कुछ पल के लिए रुक-सा गया। उनके शागिर्द हमीद को छोड़कर लता की ओर लपके। एक शागिर्द ने लता को उसी की भाषा में जवाब दिया, फ़र्क़ केवल इतना था कि थप्पड़ के बजाय पेट में घुसा मारा गया। वह कराहते हुए फ़्लोर पर बैठने लगी। तभी दूसरे शागिर्द ने उसके मुँह पर इतने ज़ोर से लात मारी के मुँह से ख़ून की पिचकारी उड़ने लगी। सागर ने उस बंदे की पीठ पर पूरी ताक़त से वार किया जिसने लता को लाथ मारी थी। वह अपने मुँह के बल गिर गया। अब उस मकान ने जंग के मैदान का रूप ले लिया था। मुर्तुज़ा और मुफ़्फ़द्दल अली कभी कामिल भाई साहब और उनके शागिर्द को रोकते, तो कभी हमीद और उनके साथियों को। आस-पड़ोस के लोगों ने भी दरवाज़े पर भीड़ लगा दी थी। सकीना लता को सहारा देने लगी तो कामिल भाई साहब ने उसके गाल पर तमाचा रसीद किया। एक, दो, तीन... अनगिनत। हमीद सकीना तक पहुँचना चाह रहा था, पर तीनों शागिर्द उसे घेरते हुए हॉल के बाहर धकेलने लगे। कामिल भाई साहब पूरे जहाँ का ग़ुस्सा सकीना पर उतार रहे थे। मुर्तुज़ा अली और उनकी बीवी को पहले तो कुछ समझ में ही नहीं आया कि वह करे तो क्या करें? पर बेटी की आँखों से उभरे आँसू और चीख़ ने उनके ग़ुलामी के एहसास को झंझोड़ दिया। मुर्तुज़ा अली ने न सिर्फ़ कामिल भाई साहब को रोका बल्कि उन्हें कोहनी के बल से धकेलते हुए दीवार से सटा दिया। कामिल भाई साहब उनकी गिरफ़्त से छूटने के लिए छटपटाने लगे। पर ग़ुलामी की ज़ंजीर तोड़ चुके बाप की गिरफ़्त से छूटना कामिल भाई साहब के बस की बात न थी। उनकी हालत देख शागिर्दों के पसीने छूट गए। सकीना जो अब अपनी माँ के कंधे पर सर रखकर सिसकियाँ ले रही थी, उसे माँ ने एक बार सीने से लगाया और हमीद के साथ जाने का आदेश दिया। अगले ही पल हमीद, सकीना और उनके साथी सोसाइटी के गेट की ओर दौड़ने लगे। कामिल भाई साहब और उनके शागिर्द उनके पीछे।

***

पानी का बुलबुला

सारा देश 2014 के लोकसभा चुनाव के नतीजे का इंतज़ार कर रहा था, हालाँकि यह तस्वीर साफ़ हो चुकी थी कि भारतीय जनता पार्टी के अगुवाई में नेशनल डेमोक्रेटिक अलायंस की सरकार बनना महज़ एक औपचारिकता बनकर रह गई है। तो दूसरी तरफ़ हमीद और सकीना स्पेशल मैरिज एक्ट के तहत दी गई तीस दिन के नोटिस अवधि के समाप्ति का बेसब्री से इंतज़ार कर रहे थे। स्पेशल मैरिज एक्ट के तहत दो विभिन्न धर्मों, मज़हबों वाले बालिग लड़का-लड़की बिना अपना अक़ीदा बदले मैरिज रजिस्ट्रार के समक्ष शादी दर्ज करा सकते हैं। बिना किसी धार्मिक विधि के शादी करने का यह आसान तरीक़ा था। पर इसमें भी दिक़्क़त थी, एक महीने के नोटिस अवधि की। सकीना के घर से भाग निकलने के बाद उनका कोई एक ठिकाना नहीं रहा। पहले तो कुछ दिन अनुज ने सकीना और लता के रहने का इंतज़ाम अपने ही कॉलेज के गर्ल्स हॉस्टल में करवा दिया। तो हमीद और सागर उसी के साथ बॉयज हॉस्टल में रुके रहे। पर जब उन्हें भनक लगी कि कामिल भाई साहब के शागिर्द उन्हें बेतहाशा खोज रहे हैं तो वे अपना ठिकाना बदलते रहे। एक लॉज से दूसरे लॉज, एक शहर से दूसरे शहर छुपते-छुपाते घूमते रहे। लुका-छुपी का खेल निरंतर चल रहा था। कामिल भाई साहब को सकीना से बग़ावत का बदला लेना था, हमीद से बग़ावत को उकसाने का, तो लता से उस थप्पड़ का हिसाब चुकता करना था जिसने उनके अंदर तक गहरी ठेस पहुँचाई थी। असल गहरी चोट तो उन्हें अली परिवार ने पहुँचाई थी... सैयद भाई साहब के बनाए हुए सिस्टम के ख़िलाफ़ बग़ावत का झंडा उठाकर। इस बग़ावत की उन्हें सजा मिलना लाज़मी था, लिहाज़ा अगले ही दिन उन्हें लोकल शिया

मोमिन मस्जिद में बुलाया गया। मुर्तुज़ा अली, नग़मा अली और मुफ़्फ़द्दल को मस्जिद के गेट पर ही रोक दिया गया। कुछ देर इंतज़ार के बाद सफ़ेद पोशाक में कामिल भाई साहब मस्जिद पहुँचे। उन्होंने हिक़ारत भरी नज़रों से मुर्तुज़ा अली की ओर देखा और अपने किसी शागिर्द के कान में कुछ कहकर मस्जिद में दाख़िल हुए। अगले ही पल वह शागिर्द मुर्तुज़ा अली के पास पहुँचा। उनके ठीक सामने खड़े होकर उनकी नज़रों से नज़रें मिलाते हुए कुछ सेकेंड ख़ामोश रहा और फिर अचानक उनके चेहरे पर थूक दिया। नमाज़ का वक़्त हो चला था। मस्जिद की ओर बढ़ रहे नमाज़ी यह वाक़या देखकर अपनी-अपनी जगह पर रुक गए। कल वाली घटना की उड़ती-उड़ती ख़बर सारे शिया मोमिन समाज में फैल चुकी थी। मुर्तुज़ा अली चेहरे की थूक साफ़ करने के लिए हाथ उठाने लगे, तभी उसी शागिर्द ने उनका हाथ पकड़कर मरोड़ा और थूक साफ़ करने से साफ़ मना कर दिया और अगले ही पल उन तीनों को आदेश दिया, "अपने जूते निकालो, जल्दी।"

तीनों नंगे पैर होकर एक-दूसरे को देखने लगे।

"कामिल भाई साहब का हुक्म है... इन जूतों को अपने सर पर रख लो।" आवाज़ में बेहद तीखापन था।

मुर्तुज़ा अली की आँखों से आँसू छलक पड़े। यही हाल मुफ़्फ़द्दल और नग़मा का भी था। कामिल भाई साहब का बेटी पर उठता हुआ हाथ रोकने की यह सजा मिलेगी इसका उन्हें अंदेशा कभी न था। वो यह सोचकर मस्जिद आए थे कि कामिल भाई साहब से पूरी कम्युनिटी के सामने माफ़ी माँगेंगे और जुर्माना के तौर पर जो भी रक़म अदा करने का आदेश होगा, वह रक़म ख़ुशी-ख़ुशी देकर घटना पर पर्दा डाल देंगे। अब उनके सामने आदेश का पालन करने के अलावा कोई चारा न था। उन तीनों ने अपने जूतों को सर पर रख लिया और अगले आदेश का इंतज़ार करने लगे। अज़ान हो चुकी थी। नमाज़ी मस्जिद की ओर बढ़ने लगे। कुछ क़रीबी जानने वाले दोस्त यह नजारा देखकर मन मसोसकर रह गए। उनमें से कुछ मुर्तुज़ा अली की मदद भी करना चाहते थे, पर उनके दिल में कहीं न कहीं सैयद भाई साहब और कामिल भाई साहब का ख़ौफ़ था। वे मुर्तुज़ा अली से नज़रें चुराने लगे। उनकी मजबूरी मुर्तुज़ा अली बख़ूबी समझते थे। कुछ नमाज़ी मस्जिद में दाख़िल होते

हुए गेट पर खड़े मुर्तुज़ा अली और परिवार को उस हालत में देखकर मन-ही-मन मुस्कुराने लगे। वे मुर्तुज़ा अली की नज़रों से नज़रें मिलाकर शायद कहना चाह रहे हो कि कामिल भाई साहब का कॉलर पकड़नेवालों का यही अंजाम होना चाहिए।

नमाज़ शुरू हुई और कुछ देर बाद ख़त्म भी। उन तीनों को उसी हालत में वहीं खड़े रहना पड़ा। एक शागिर्द नमाज़ छोड़कर यह इतमिनान करने के लिए वहीं खड़ा रहा ताकि वे तीनों सर से जूते नीचे उतार न पाएँ। नमाज़ के बाद हो रही दुआ बाहर तक सुनाई दे रही थी। दुआ के कुछ देर बाद मुर्तुज़ा अली को बुलावा आया। मस्जिद के अंदर सब नमाज़ी गोल सर्कल बनाकर बैठे हुए थे और उस सर्कल के बीचो-बीच एक आलीशान कुर्सी पर कामिल भाई साहब किसी राजा की तरह विराजमान थे। मस्जिद में दाख़िल होते ही उन्हें सब लोगों के बीचो-बीच खड़ा किया गया। नग़मा और मुफ़्फ़द्दल एक कोने में खड़े रहे।

"सभी मोमिनों को सलाम!" कामिल भाई साहब बुलंद आवाज़ में कहने लगे, "क्या आप सब लोग मुर्तुज़ा अली के नाक़ाबिले बर्दाश्त हरकत से वाक़िफ़ है?"

हाँ-ना की मिश्र ध्वनि आने लगी।

"हम बताते हैं। इन्होंने सैयद भाई साहब की शान में गुस्ताख़ी की है। शिया मोमिन रिवायत को ज़लील किया है।"

"लानत है! लानत है!" सभी नमाज़ी हाथ उठाकर ज़ोर-ज़ोर से कहने लगे।

"इनकी बेटी, सकीना, एक काफ़िर से निकाह करने जा रही थी, जिस कुफ़्फ़ार ने मिसाक में ग़लती निकालने की जुर्रत की।"

"लानत है! लानत है! सकीना पर लानत है!"

"वह कुफ़्फ़ार लड़का कहता है कि सैयद भाई साहब सिर्फ़ मज़हबी रहनुमा हैं। दुनियावी बातों में उनका हुक्म कोई मायने नहीं रखता। और इस मुर्तुज़ा ने उस काफ़िर का साथ दिया।"

"लानत है! लानत है! मुर्तुज़ा अली पर लानत है!"

"इन्होंने न सिर्फ़ सकीना को उस काफ़िर के साथ भगा दिया बल्कि हमारे

ऊपर हाथ भी उठाया। क्या सज़ा होनी चाहिए इस गुस्ताख़ की?" कामिल भाई साहब ललकारने लगे।

"हाथ तन से जुदा... हाथ तन से जुदा।" कुछ अतिउत्साही शागिर्दों ने आवाज़ लगाई। कामिल भाई साहब ने हाथ उठाकर उन्हें ख़ामोश किया।

"हमें 'द प्रिंसिपल ऑफ़ नेचुरल जस्टिस' भी फ़ॉलो करना है। ताकि कल कोई यह इल्ज़ाम न लगाएँ कि हममें डेमोक्रेसी की कमी है। मुर्तुज़ा अली आप अपनी सफ़ाई में कुछ करना चाहते हो?"

मुर्तुज़ा अली दयनीय दृष्टि से मजलिस की तरफ़ देखने लगे। लगभग सब जाने-पहचाने चेहरे थे। पर कोई उनके पक्ष में खड़ा ना था। कुछ बेबस थे तो कुछ ख़ुश। नम आँखों से उन्होंने मजलिस से मुख़ातिब होकर कहा, "जवान बेटी पर अगर कोई गैर मर्द हाथ उठाए तो आप क्या करेंगे? हमने भी वही किया जो एक बाप को करना चाहिए। हमने कामिल भाई साहब पर हाथ नहीं उठाया बल्कि उन्हें सकीना पर हाथ उठाने से रोका है। बस इतनी-सी ग़लती है हमारी। इसमें ना कामिल भाई साहब की तौहीन करने का इरादा है और ना ही सैयद भाई साहब का।"

"आपने सकीना को उस काफ़िर के साथ जाने क्यों दिया?" मजलिस में सबसे सामने बैठे हुए शख़्स ने सख़्त तेवर में पूछा।

"मैं मजबूर था और मेरी मजबूरी आप मत पूछिए।"

"आपको बताना होगा।" वही आदमी चिल्लाया।

"अब क्या बताएँ? जब बालिग लड़की ज़िंदगी का ख़ुद फ़ैसला करने लगे, तो हमारे जैसा बाप कर भी क्या सकता?"

"उस पर लानतें भेज सकता है।" कामिल भाई साहब ने रास्ता दिखाया। सकीना पर लानतें भेजने को कहा गया। मुर्तुज़ा अली चौंक गए। उन्होंने बीवी-बेटे की तरफ़ देखा। फिर आवाज़ आई, "मुर्तुज़ा अली, सकीना पर लानत भेजो, अभी, वरना आपकी 'बारात' की जाएगी।"

'बारात' अल्फ़ाज़ सुनते ही मुर्तुज़ा अली के पाँव थरथराने लगे। इसी बारात के डर से अली परिवार अब तक दी गई सारी यातनाएँ सहन कर रहा था। उनके क़रीबी दोस्त जो उनकी मदद करना चाह रहे थे वे भी इसी 'बारात' की वजह से खौफ़ज़दा थे। किसी की 'बारात' हो जाने का यह मतलब है कि

उन्हें समाज से बेदख़ल किया गया है। समाज का कोई नुमाइंदा उनसे किसी भी तरह का कोई भी रिश्ता नहीं रख सकता। उन्हें शिया मोमिन क़ब्रिस्तान में दफ़नाने की इजाज़त नहीं होती और कफ़न के साथ सैयद भाई साहब का लिखा हुआ सिफ़ारिशी ख़त, जो उनके जन्नत में दाख़िल होने का रास्ता आसान कर देता है, नहीं दिया जाता।

"मुर्तुज़ा अली, सकीना पर लानत भेजिए।" कामिल भाई साहब चीख़े। कँपकँपाते लबों से मुर्तुज़ा अली कहने लगे, "मैं मुर्तुज़ा अली बेटी सकीना अली पर लानत भेजता हूँ कि वो बुरी मौत मरे, उसके बदन में कीड़े पड़ें। उसे जन्नत नसीब ना हो, दोज़ख़ की आग में जले।" मुर्तुज़ा अली सिसकियाँ लेने लगे।

"आमीन! आमीन!" मजलिस शोर से गूँज उठी।

कुछ सोच-विचार करने के बाद कामिल भाई साहब ने फ़ैसला सुनाया, "मजलिस के ज़िम्मेदारों की राय मद्‌देनज़र रखते हुए हम यह फ़ैसला सुनाते हैं कि आज, इस घड़ी सकीना मुर्तुज़ा अली की 'बारात' की जा रही है और मुर्तुज़ा अली को सकीना का साथ देने के जुर्म के लिए एक लाख जुर्माना दो दिन के अंदर भरने का आदेश देते हैं।"

"सुब्हान अल्लाह! सुब्हान अल्लाह!'

मुर्तुज़ा अली तो नग़मा और मुफ़्फ़द्‌दल के गले पड़कर रोने ही लगे। मुर्तुज़ा अली ने नम आँखों से कामिल भाई साहब का यह फ़ैसला भी सर आँखों लिया और खुली महफ़िल में सकीना से हर तरह का रिश्ता तोड़ने का ऐलान भी कर दिया। अपने प्यारी बेटी के बारात को मंज़ूरी देकर मुर्तुज़ा अली ने ख़ुद की बारात होने से बचा लिया।

सकीना इस बात से बिलकुल ना-वाक़िफ़ थी। वह तो नोटिस अवधि ख़त्म होने के इंतज़ार में थी। स्पेशल मैरिज एक्ट के तहत शादी करने वाले हर जोड़े को यह नोटिस का प्रावधान फाँसी के फंदे जैसा लगता है। इस गले की हड्डी को निगलने के अलावा उनके पास कोई रास्ता भी न था। इस अवधि में कोई भी व्यक्ति इस शादी पर ऑब्जेक्शन ले सकता है, जिसके चलते शादी का रुक जाने का ख़तरा भी पैदा हो सकता है। पर इस शादी में ऑब्जेक्शन का कोई ख़तरा नहीं था। सकीना के परिवार ने उससे नाता तोड़कर शादी की हरी

झंडी दे दी थी और जब मैरिज रजिस्ट्रार ऑफ़िस से डॉ. रशीद को इस शादी की जानकारी मिली तो उन्होंने उस लेटर के टुकड़े-टुकड़े करके बीवी सलमा के हाथ इस आदेश के साथ थमा दिया कि वो इसे टॉयलेट में फ़्लश कर दें।

आम इंसान की सोचने की ताक़त जहाँ पर ख़त्म होती है, वहाँ से आगे बदले की भावना से पीड़ित धार्मिक गुरु की सोच शुरू होती है। न जाने कैसे यह अफ़वाह उड़ गई के हमीद नाम का एक युवक लता नाम के एक लड़की को अपने जाल में फाँसकर उससे शादी करने वाला है। अफ़वाहों को कान, आँख और दिमाग़ कहाँ होते हैं ? उन्हें केवल अदृश्य पैर होते हैं, जिसके सहारे वह अपने इच्छित स्थल पर पहुँच जाती हैं। इस बार वह अफ़वाह उड़ते-उड़ते हिंदू धर्म रक्षक रघु कल्याणकर के दफ़्तर तक पहुँच गई। एक हिंदू लड़की को बहला-फुसलाकर मुसलमान बनाने की साज़िश पर उसका मन आक्रोशित हो गया। इन जिहादी साज़िशों को रोकने के लिए पुख़्ता क़दम उठाने की उसकी माँग काफ़ी समय से थी। इस सत्कार्य के लिए उसने एक 'लव जिहादी विरोधी दस्ता' भी बना लिया था। इस दस्ते का प्रमुख काम हिंदू लड़कियों को मुसलमान लड़कों की असलियत से आगाह कराना था। उसे इस बात का एहसास दिलाया गया था कि कुछ इस्लामी तंजीमें क़ौम के नौजवान युवकों को लव जिहाद करने के लिए मदद करते हैं। वे युवाओं को बुलेट, ऊँचे किस्म के कपड़े, परफ़्यूम, ढेर सारा पैसा वगैराह हथियार के तौर पर उपहार में देकर लव जिहाद के मिशन पर भेजा जाता है। यह युवा किसी मुजाहिद की तरह फ़ैशनेबल गॉगल में शहर के तमाम कॉलेजों के इर्द-गिर्द मँडराते रहते हैं, हिंदू लड़कियों को बनावटी प्रेमजाल में गिरफ़्त करते हैं, उन्हें कलंकित करते हैं। ऐसी भोली हिंदू लड़कियों को जिहादियों से बचाने का जिम्मा रघु ने उठा रखा था। वे हर शनिवार, रविवार को इस जनजागरण का कार्य बिना किसी रुकावट के करते रहते थे। वे बैंड स्टैंड बांद्रा से लेकर जुहू बीच तक हर उस जगह का मुआयना करते जहाँ लव जिहाद होने की संभावना होती थी। वे हर उस जोड़े की पूछताछ करते जिन पर उन्हें शक होता था। कई बार उनका शक सही भी साबित होता। कोई हिंदू लड़की मुस्लिम लड़के की बाँहों में बाँहें डालकर प्रेम के गीत गाती पाई जाती, फिर पहले तो उस जिहादी को कूट-

काटकर पुलिस के हवाले किया जाता और बाद में उस भटकी हुई लड़की की शुद्धि करवाई जाती। उसके परिवार के सामने उसकी नाक रगड़वाई जाती और साथ ही सारे मोहल्ले के लड़कों को उस पर नज़र रखने की ड्यूटी दी जाती। यह समाज कार्य करते हुए कई बार उनकी पुलिस से झड़प भी हो जाती। पुलिस उन्हें क़ानून हाथ में लेने से रोकती। रघु का मानना था कि कॉन्ग्रेस प्रणीत यूपीए की सरकार में सेक्युलर होने के नाम पर पुलिस भी सरकार ही कि तरह नपुंसक हो गई है। पर अब जल्द ही देश के गौरवशाली दिन वापस लौटने वाले थे। ऐसे पवित्र मौक़े के संध्या पर एक लव जिहादी का आक्रमण उसे मंज़ूर न था। विषय वस्तु की सत्य असत्यता की छानबीन किए बग़ैर रघु कल्याणकर अपने साथियों के साथ लव जिहादी हमीद को ढूँढने में जुट गया। किसी अनजान नंबर से उसके मोबाइल पर पुख़्ता ख़बर दी गई कि हमीद लता के साथ भायखला के होटल नाज़ में छिपा हुआ है। समय गँवाए बग़ैर रघु क़रीब दो दर्जन साथियों के साथ नाज़ लॉज पर पहुँच गया। उसके हर साथी की आँखों में बेशुमार ग़ुस्सा था। उनका ग़ुस्सा रिसेप्शन काउंटर पर रखे हुए चीज़ों पर निकला। उन सारी चीज़ों को उन्होंने दीवार पर पटकना शुरू कर दिया। उनके रोकने के कोशिश में मैनेजर ने अपना मुँह तुड़वा लिया। मैनेजर का गाल लहूलुहान हो चुका था। एक लव जिहादी को पनाह देने की इतनी सज़ा तो उसे मिलना लाज़मी भी था। उससे हमीद के बारे में पूछा गया। मैनेजर ने पहले माले की तरफ़ इशारा किया। रघु दौड़ते हुए पहले माले पर मैनेजर के बताए हुए रूम पर जा पहुँचा। रूम अंदर से बंद था। वो ज़ोर-ज़ोर से दस्तक देने लगा। उसे अंदर से किसी घबराए हुए लड़के की आवाज़ साफ़ सुनाई दे रही थी जो लड़की को हिम्मत दे रहा था। बहरहाल कुछ देर बाद उस लड़के ने दरवाज़ा खोला। उस लड़के को देखकर रघु चिल्लाया, "दादा तू?"

रघु को अपने सामने देख सागर भी चौंक पड़ा।

सागर ने उसके मुंबई आने की ख़बर घरवालों को नहीं दी थी। उसने लता से रघु की पहचान कराई। लता ने राहत की साँस ली। रघु ने कड़क आवाज़ में सवालों की बौछार, "तू मुंबई कब आया? तूने मुंबई आने की बात घरवालों से क्यों नहीं की? क्या हमीद तेरा दोस्त है? क्या तू हमीद की शादी करवाने के लिए मुंबई आया है?"

हर सवाल के साथ वो एक-एक क़दम आगे बढ़ता गया। आख़िरी सवाल ख़त्म होने से पहले उसने और उसके साथियों ने कमरे में अपनी जगह बना ली। वो सागर के साथ बेड पर विराजमान हो गया तो लता को ठीक उसके सामने वाली कुर्सी पर बैठने का इशारा किया। वह सरसरी नज़र से लता को सर से पाँव तक देखने लगा। लता ख़ुद को असहज महसूस करने लगी। उसकी असहजता सागर को समझ में आ रही थी। रघु का लता से इस तरह का बर्ताव उसे क़तई पसंद नहीं आया। पर रघु के तेवर देख उसके मुँह से एक शब्द भी नहीं निकला।उसकी बोलती बंद हो गई। वह सोचने लगा के हमीद की शादी से रघु का क्या लेना-देना है ? वे दोनों तो एक-दूसरे को जानते तक नहीं हैं, तो फिर रघु का यहाँ क्या काम है ? पर उसके बात करने के रवैये से यह बात बिलकुल साफ़ हो रही थी कि उसे हमीद के शादी से ऐतराज़ है। पर क्यों ? लता की आँखों में डर देखकर रघु की आँखें चमक उठीं। अपने दायें पैर को लता के दो पैरों के बीच कुर्सी पर रखते हुए उसने बेहद अश्लील अंदाज़ में लता से कहा, "वो लंड-कटवा ही मिला था तुझे सोने के लिए ?"

यह सुनकर सागर और लता दोनों चौंक गए। लता ग़ुस्से से आगबबूला हो गई। वो दाँत भींचने लगी। पर रघु पर इसका कोई असर नहीं होनेवाला था। वो अपने दायें हाथ से पैंट के अंदर आए उभार को पैंट के ऊपर से ही सहलाते हुए हँसने लगा। सागर का भी पारा चढ़ गया। उसने ग़ुस्से में लाल होकर लगभग चिल्लाते हुए कहा, "रघु, तेरा दिमाग़ ख़राब हो गया है क्या ? लता से किस भाषा में बात कर रहा है। तुझे शर्म आनी चाहिए।"

"शर्म तो तुझे आनी चाहिए दादा, जो एक मुसलमान का साथ दे रहा है। दिमाग़ तो इस रंडी का ख़राब हो गया है, जो एक मुसलमान से शादी करने के लिए उतावली हो रही है।"

अब लता के सब्र का बाँध टूट चुका था। उसने किसी को कुछ भी समझने से पहले रघु का मुँह थप्पड़ों से लाल कर दिया। अचानक हुए इस हमले से रघु बौखला गया। उसे अपने शागिर्दों के सामने एक लड़की से पिट जाना मृत्यु के दर्द से कम नहीं लगने लगा। अपमान और क्रोध की ज्वाला आँखों से भड़कने लगी। उसके अहंकार को ठेस पहुँच गई। मिथ्या अहंकार से पीड़ित मानव को दानव बनने में समय नहीं लगता उसने आव देखा न ताव,

बग़ल में पड़ी लकड़ी की कुर्सी को पूरी ताक़त के साथ लता के पीठ पर दे मारा। कुर्सियों के पुर्ज़े-पुर्ज़े कमरे में उड़ने लगे। लता दर्द से चिल्लाई। उसकी चीख़ ने कमरे के सामने भीड़ को इकट्ठा कर दिया। उस भीड़ में सबसे आगे हमीद और सकीना थे।

सागर हाथ गिड़गिड़ाते हुए समझाने लगा, "लता हमीद से शादी नहीं कर रही है बल्कि हमीद सकीना से निकाह करने वाला है।"

"झूठ बोले कौवा काटे... गोरे सेक्युलर से बचियो।" रघु गाने लगा। हमीद और सकीना की तरफ़ देखकर मुस्कुराते हुए रघु सागर से कहने लगा, "इस लांडे (मराठी में मुसलमानों को गाली स्वरूप 'लांडे' बुलाते हैं) को बचाने के लिए अपने सगे भाई से झूठ बोल रहा है। अरे हिंदू लड़की के साथ खेल रहा है ये, कुछ तो शर्म कर मेरे दादा।"

"तुझसे किसी ने ग़लत कहा है।"

"ये हिंदू ग़लत नहीं हो सकता।" रघु ने हमीद की कॉलर पकड़कर उसके पेट में लाथ मारी। वैसे दो-तीन लड़कों ने हमीद और सकीना को घेर लिया। हमीद की चीख़ सुनकर अनुज दौड़ते हुए आ पहुँचा। उसने और सागर हमीद और सकीना को उनके चंगुल से छुड़ाने की कोशिश की। सागर को कुछ सेकेंड इस बात का विश्वास ही नहीं हुआ कि उसके छोटे भाई ने उस पर हाथ उठाया है। वो अंदर से हिल गया। उनमें ज़ोरदार हाथापाई हुई। रघु और कंपनी संख्या में अधीक थे। उन्होंने उन चारों को बुरी तरह पीटा और अधमरी हालात में उस रूम में बंद कर दिया।

रघु ने किसी को कॉल किया।

लगभग आधे घंटे के भीतर एक सफ़ेद रंग की स्कॉर्पियो दो अन्य कारों के साथ लॉज पहुँच गई। स्कॉर्पियो के अगले सीट से कामिल भाई साहब बड़े ही स्फूर्ति से उतरे और अन्य कारों से उनके शागिर्द। वे तेज़ी से उस रूम की तरफ़ बढ़े जहाँ पर रघु उनका इंतज़ार कर रहा था। उन्हें देखकर रघु भी उनकी तरफ़ गर्मजोशी से बढ़ा। दोनों ने एक दूजे को मुस्कुराके गले लगाया। रघु तुरंत उनके साथ कमरे के अंदर दाख़िल हुआ। कामिल भाई सबसे पहले तो लता की ओर बढ़े। उसके मुँह पर पहले तो एक तमाचा जड़ा और फिर ठीक उसी तरह थूका जिस तरह चंद रोज़ पहले मुर्तुज़ा अली पर थूका गया था। वे हमीद

की तरफ़ मुड़े। उसके साथ भी वही किया जो चंद सेकेंड पहले उन्होंने लता के साथ किया। वो छटपटाने लगा। जब सकीना का नंबर आया तो उसके मुँह से पट्टी निकालकर कामिल भाई साहब ने उसके गालों को इस तरह दबाया कि उसका मुँह खुल गया। उन्हें उसकी ज़ुबान साफ़ नज़र आने लगी। उन्होंने बड़े ही हिक़ारत के साथ सकीना के मुँह में थूका। सकीना की आँखों से आँसू उमड़ने लगे। हमीद उनकी तरफ़ झपटने लगा। तो रघु के दोस्त ने उसके नर्म स्थान पर लाथ मारी वो गिरकर करहाने लगा।

कामिल भाई साहब ने सकीना और लता दोनों लड़कियों को अपने साथ ले जाने की फ़रमाइश की।

"बात तो सिर्फ़ मुसलमान लड़की की हुई थी।" रघु ने ऐतराज़ जताया। कामिल भाई साहब मुस्कुराए। शेरवानी के ज़ेब से एक पैकेट निकाला और रघु के हाथ में थामते हुए कहा, "धन्यवाद साहेबा!" वो दोनों फिर से गले मिले।

कामिल भाई साहब ने अपने शागिर्दों को आदेश दिया। वे सकीना को कॉरिडोर से घसीटते हुए लॉज के गेट तक पहुँचे। हमीद उस दिशा में दौड़ने लगा। वो कामिल भाई साहब का गिरेबान पकड़कर उन्हें रोकने का प्रयास करने लगा। कामयाब न हुआ। सकीना को स्कॉर्पियो में धकेलते हुए वो वहाँ से रफूचक्कर हो गए। हमीद कुछ दूर तक उस स्कॉर्पियो के पीछे दौड़ता रहा। फिर अचानक उसके पीछे दौड़ रहे रघु ने एक पत्थर उठाकर हमीद के पिछवाड़े पर मार दिया। वह कराहते हुए ज़मीन पर गिर पड़ा। स्कॉर्पियो तेज़ी से निकल गई और हमीद फिर रघु के शिकंजे में फँस गया। कुछ देर ही में पुलिस वैन की सायरन सुनाई देने लगी। शायद लॉज से किसी ने फ़ोन कर दिया था। हमीद की गर्दन छोड़ते हुए सहसा रघु चिल्लाया, "चला रे, आपले काम झाले, पळा लवकर, भागो।"

पुलिस के दो अफ़सर चार सिपाहियों के साथ लॉज में घुस गए। सब इंस्पेक्टर ने सागर की गर्दन पकड़ी तो दो सिपाही हमीद और अनुज को हाथों से पकड़कर खींचने लगे। लता को भी वैन में बैठने का आदेश दे दिया गया।

"अरे सर, हमारी पिटाई हुई है। हालत देखिए उनकी।" अनुज, सागर और हमीद की तरफ़ इशारा कर रहा था।

"चुप! शांत बस! उलटा चोर कोतवाल से बहस! मुझे नहीं पता कि सही कौन और ग़लत कौन?" सब इंस्पेक्टर चिल्लाए।

उन चारों को पुलिस स्टेशन ले जाकर लॉक-अप में डाल दिया गया। तीनों को एक साथ तो लता को लेडीज लॉक-अप में। उनके मोबाइल, पर्स सब ज़ब्त कर लिए गए।

वे देर रात तक भूखे-प्यासे रहे। सागर ने बाबा से बात करवाने के लिए कई बार सब इंस्पेक्टर के हाथ जोड़े। पर उसका दिल पसीजा नहीं। अन्य मुजरिमों के साथ अलग बर्ताव होता देख अनुज ने कहा, "भाऊ, यह सब मैनेज दिखता है।" सागर सहमत हुआ।

हमीद सुबह से ही ख़ामोश था। दीवार को पीठ टेककर घुटने सीने से चिपकाए बैठा था। उसके बदन के लगभग हर हिस्से में चोट लगी थी। बाहरी ज़ख़्मों से ज़्यादा गहरी चोट अंदर लगी थी।

"हमीद और लता की शादी की झूठी अफ़वाह किसने उड़ाई होगी। क्या हिंदुत्व का केसरी रंग सही और गलत में फ़र्क़ करना नहीं जानता?" सागर ने गंभीर स्वर में पूछा।

"मुझे तो इसमें उस कामिल का हाथ लगता है।" अनुज ने कहा।

"लव जिहाद! माय फ़ुट! ये पानी के बुलबुले की तरह है, नाज़ुक। सुई का स्पर्श हुआ नहीं कि फट से फूट जाता है।" सागर ने कहा।

"लव जिहाद ही क्यों? दुनिया के सारे मज़हबी दिखावे भी पानी के बुलबुले जैसे ही नाज़ुक हैं। अपने फ़ायदे के लिए मज़हबी कम्बल ओढ़ लेते हैं। यही देखो... रघु और कामिल। अपने-अपने धर्म के कर्मठ सिपाही एक-दूसरे के लिए पूरक। रघु का रोम-रोम इस्लामीकरण के विरोध में डूबा हुआ है, फिर भी उसने कामिल के साथ सकीना का व्यापार किया।" अनुज अतिगंभीर स्वर में कहने लगा।

"बिल्कुल सही। रघु का हिंदुत्व सकीना के मुआवज़े के लिए पानी का बुलबुला ही तो है।" सागर हमीद के दायें बग़ल में बैठ गया।

"और कामिल की मज़हबी रौनक से चमकता हुआ पुरसुकून चेहरा बुलबुले के फटने से बदसूरत हो गया है।" अनुज हमीद के बायें बग़ल में बैठ गया।

दूसरे दिन सुबह ड्यूटी पर आए नए सब इंस्पेक्टर ने सागर को बाबा से बात करने की इजाज़त दी। शाम तक बाबा ने उन चारों को थाने से बाहर निकाला। वे सागर के घर गए जहाँ रघु का कोई अता-पता नहीं था।

अगले दिन वे सब सकीना के घर गए। ताला लगा हुआ था। आस-पड़ोस में पूछताछ की। किसी को पुख़्ता जानकारी नहीं थी। वहाँ से वे भिंडी बाज़ार मुर्तुज़ा अली के दुकान ओर गए। वह दुकान भी बंद थी। मार्केट में भी किसी को कुछ पता न था। वे डिप्टी पुलिस कमिश्नर के दफ़्तर गए। डीसीपी साहब को सारा ब्यौरा दिया। स्वयं डीसीपी साहब हमीद और मित्रों के साथ कामिल के ऑफ़िस पहुँचे। उनके सामने तहक़ीक़ात की। पता चला कि कामिल भाई साहब पिछले दो महीनों से राजस्थान के उदयपुर में सैयद भाई साहब के साथ हैं। डीसीपी साहब ने उनसे फ़ोन पर बात कर इसकी पुष्टि की।

हमीद और सागर अगले कई दिनों तक बराबर सकीना जे घर और मुर्तुज़ा अली के दुकान पर जाता रहा। पहले कुछ दिन तो दुकान बंद ही मिली। पर एक दिन दुकान खुल चुकी थी। उसने गौर से देखा। दुकान का नाम बदल चुका था। अली हार्डवेयर से वो गोयल ज़र्दा शॉप बन चुकी थी। हमीद ने गल्ले पर बैठे शख़्स से बात की। उन्होंने बताया, "दस दिन पहले ही मैंने मुर्तुज़ा भाई से ये दुकान ख़रीदा है, नेट रोकड़ा में।"

"अब मुर्तुज़ा साहब कहाँ है?" सागर ने पूछा।

"बेटा वो हमने पूछा नहीं और उन्होंने बताया नहीं।"

वो अगले कुछ दिनों तक पूछताछ करते रहे।

उन्हें मुख़्तलिफ़ जवाब मिलते रहे। किसी ने कहा कि मुर्तुज़ा अली सपरिवार दुबई चले गए हैं तो किसी ने बताया कि वे उदयपुर गए हैं। 'शिया मोमिन यूथ एसोसिएशन' के नुमाइंदों ने उन्हें पनाह दी है। किसी ने बताया कि सकीना ने आत्महत्या की है तो किसी ने कहा कि उसकी शादी किसी अमेरिकन शिया मोमिन लड़के से कराई गई है और उसे अमेरिका भेजा गया। क्या सच? क्या झूठ? रब जाने!

पर सच अनुज और सागर जानते थे कि हमीद पूरी तरह टूट चुका है। लता के दिल्ली जाने के बाद उसने किसी से दो मिनट से ज़्यादा बात तक नहीं की। उसने ख़ुद को अनुज के हॉस्टल में बंद करवा लिया। सागर और

अनुज उसे खाने के लिए जबरदस्ती होटल अल-रहमानी तक लेकर जाते। उससे इधर-उधर की बातें करने की कोशिश करतें। पर उसे किसी भी चीज़ में इंटरेस्ट नही रहा था, सिवाय सिगरेट के। हर दूसरे घंटे वो सिगरेट जला लेता और धुएँ के कण को अदृश्य होने तक देखता रहता। पिछले कई दिनों से उसने दाढ़ी भी नहीं बनाई थी और नहाया भी नहीं था। रात-बेरात उठकर सिसकियाँ लेता। उसकी यह हालत अनुज और सागर से देखी नहीं जा रही थी। वे उसे फ्रस्ट्रेशन के दलदल से बाहर निकालने के लिए हर मुमकिन कोशिश करने लगे और इसी कोशिश के तहत एक शाम उसे बैंडस्टैंड घुमाने के लिए लेकर गए। काफ़ी देर समंदर के किनारे ख़ामोश बैठे रहे। धीरे धीरे लोग घटते गए। शोर शराबे की जगह ख़ामोशी ने ली, गहरी ख़ामोशी। आख़िरकार अनुज ने चुपी तोड़ी, "सलीम, जो हुआ वो हुआ। अब इसे भूलकर आगे बढ़ना होगा।"

"मियाँ जो हुआ उसे हम बदल नहीं सकते।" सागर ने सिगरेट जलाई और हमीद की ओर बढ़ा दी, जो शांत समंदर की तरफ़ देखने लगा था।

"मेरे उसूलों की कितनी बड़ी सज़ा मिली है सकीना को, उसके माँ-बाप को, अम्मी को। एक तरफ़ माँ-बाप के ज़िंदा रहते हुए भी मैं अनाथ हो चुका हूँ तो दूसरी तरफ़ सकीना कहाँ है? किस हाल में है? कुछ भी नहीं पता।" गुज़िश्ता कुछ दिनों में पहली बार उसने इतने अल्फ़ाज़ एक साथ कहे थे।

"मेरी हालत उस कुत्ते की तरह हो चुकी है जो ना घर का रहा ना घाट का। सब ख़त्म हो गया यार, फ़िनिश्ड!" वो अतिगंभीर हो गया। अनुज कशमकश में गिर गया के कहे तो कहे क्या? सागर अपनी जगह से उठा, कुछ क़दम समंदर की तरफ़ कर बढ़ाए, आँख बंद करके ठंडी हवा को अपने चेहरे पर लिया। पलटकर दुगनी गति से हमीद के सामने आकर खड़ा हो गया। दो सेकेंड ख़ामोश रहा और फिर तेज़ आवाज़ में पूरे भाव-भंगिमा के साथ कहने लगा, "सबसे ख़तरनाक होता है, हमारे सपनों का मर जाना..."

यह वाक्य सुनते ही हमीद की आँखों में अजीब-सी चमक पैदा हो गई। उसके दिमाग़ में उथल-पुथल मच गई। उसे कुछ भूला-बिसरा याद आ गया।

"मियाँ, यह याद है या भूल गया?" सागर जोश में कहने लगा, "भूरे रंग के कवर वाली पाक किताब में पढ़ा था मैंने, तुझसे छुपकर। पाश की कविताएँ... अवतार सिंह संधू की कविताएँ।" हमीद अचरज में पड़ गया।

सागर उसी जोश में आगे पढ़ने लगा-

'मेहनत की लूट सबसे ख़तरनाक नहीं होती
पुलिस की मार सबसे ख़तरनाक नहीं होती
ग़द्दारी और लोभ की मुट्ठी सबसे ख़तरनाक नहीं होती
बैठे-बिठाए पकड़े जाना, बुरा तो है
सहमी-सी चुप में जकड़े जाना, बुरा तो है
पर सबसे ख़तरनाक नहीं होता
सबसे ख़तरनाक होता है, मुर्दा शांति से भर जाना
तड़प का न होना
सब सहन कर जाना
घर से निकलना काम पर और काम से लौटकर घर जाना
सबसे ख़तरनाक होता है हमारे सपनों का मर जाना...'

कविता का हर मिसरा हमीद के कानों में दस्तक देकर दिल में उतर रहा था और उसके आँखें नम से शुष्क होती जा रही थीं। अनुज कभी सागर को तो कभी हमीद को देखने लग गया।

"याद है तुझे, जब मेंस में मैं क्वॉलीफ़ाई नहीं हुआ था तो तूने क्या कहा था?" सागर ने हमीद के हाथ से सिगरेट ली और कहने लगा, "है अँधेरी रात फिर भी रोशनी की बात कर... मियाँ, पाश जिसे पाक लगता हो, भगत सिंह जिसका आदर्श हो..."

"...और राष्ट्र सेवा दल में जिसका बचपन गुज़रा हो।" अनुज ने सागर को बीच में रोकते हुए जोड़ दिया।

"वो हरगिज़ कायर नहीं हो सकता।" सागर ने बात पूरी की।

"वो मुसीबतों को पीठ दिखाकर भाग नहीं सकता।" अनुज ने भी अपनी बात पूरी की। हमीद सिर्फ़ उन दोनों की तरफ़ बिना पलकें झुकाए देखता रहा। सागर जो अब तक खड़ा था, हमीद के क़रीब बैठ गया। अनुज ने हमीद के हाथ को अपने हाथ में लेते हुए गंभीर आवाज़ में कहा, "सलीम, अब तुझे फ़िनिक्स पंछी बनना है, ऊँची उड़ान लेना है।"

"जो लड़का पहले अटेम्प्ट में यूपीएससी के इंटरव्यू तक जाता है, वो मामूली बंदा नहीं होता। ऊपरवाले की कुछ ख़ास कृपा होती है उस पर। तू

फिर से तैयारी में लग जा, सब ठीक हो जाएगा।" सागर ने उसके आँखों में देखकर कहा।

"सलीम, भाऊ सही बोलता है। तेरी अम्मी ने तेरे हर बग़ावत का सपोर्ट किया। उसे तुझ से कोई उम्मीद थी। लेकिन आज बादशाह की आँख से आँख नहीं मिला सक रही है वो। यार उस माँ के सम्मान के लिए तुझे उस सपने को मरने नहीं देना होगा। मैं तेरे साथ हूँ। तुझे जो भी मदद चाहिए, मैं करने के लिए तैयार हूँ।" अनुज ने कहा।

"मुझे उम्मीद है कि सकीना जहाँ भी होगी ठीक ही होगी। ऊपरवाला उसे सँभाल लेगा, पर उसने जो कुछ भुगता है, उसका कुछ मोल है या नहीं? उसके लिए... उस पाक प्यार के लिए तुझे उस सपने को मरने नहीं देना होगा।" गहरा कश लेकर सागर ने सिगरेट हमीद की ओर बढ़ा दी। उसने भी ख़ामोशी से गहरा कश लिया और फिर शून्य में ताकता रहा।

कुछ देर बाद ही वे वहाँ से निकले। होटल अल रहमानी पहुँचे। उन दिनों पहली बार हमीद ने पेट भरकर खाना खाया। किसी ने किसी से बात नहीं की। अनुज के हॉस्टल पहुँचे। हमीद सिगरेट के बहाने टेरेस पर चला गया। वो अकेला रहना चाहता था। आधा पैकेट फूँकने के बाद वो अनुज के कमरे में आया।

वे दोनों पलँग पर औंधे मुँह लेटे हुए नींद के आग़ोश में चले गए थे। उसने धीरे से कदम बढ़ाए और पानी की बोतल को ढूँढते हुए कमरे के बायें कोने में रखे टेबल तक पहुँच गया। बोतल उठाई। पानी पिया। वो जब बोतल वापस टेबल पर रखने लगा तो उसकी नज़र सहसा रुक-सी गई। भूरे रंग के कवर वाली पाश की कविताओं की किताब टेबल पर रखी हुई थी। उसने कमरे के उस कोने की ओर नज़र दौड़ाई जिधर उसकी बैग रखी हुई थी। बैग की चैन खुली थी। उसने वो किताब उठाई और बहुत देर तक पढ़ता रहा।

सुबह जब अनुज की आँख खुली तब सागर उसी तरह औंधे मुँह लेटा हुआ था। उसने झाँककर देखा, हमीद नहीं था। पलँग के बग़ल से बिस्तर को उठाकर उसके जगह पर करीने से रखा गया था। अनुज बेड से निचे उतरा। आईने के सामने खड़े होकर अँगड़ाई लेने लगा। आईने में धीरे-धीरे एक अक्स उभरने लगा। उसने पलटकर देखा। अधनंगा हमीद टॉवेल लपेटे हुए क्लीन-

शेव में खड़ा था। उसके सर से कंधों पर पानी की बूँदें टपक रही थी।

सागर भी नींद के बाहुपाश से बाहर आ गया। उसने भी हमीद को अचरज से देखा। कुछ सेकेंड आँख-मिचौली के बाद हमीद ने गंभीर स्वर में कहा, "भाऊ, तुम दिल्ली चले जाओ। सकीना के मिलते ही मैं दिल्ली पहुँच जाऊँगा।"

सागर और अनुज एक-दूसरे की तरफ देखते रहे। कुछ देर बाद अनुज ने कहा, "एक हो सकता है। मैं यही मुंबई में रहता हूँ, सकीना को ढूँढने की ज़िम्मेदारी मैं लेता हूँ। मैं उसको खोज निकालने की हर मुमकिन कोशिश करूँगा। तुम दोनों दिल्ली चले जाओ।" कई मिनटों की ख़ामोशी के बाद हमीद ने चुपी तोड़ी, "भाऊ, कब चलना है दिल्ली?"

दोनों ने एक साथ हमीद के ऊपर छलांग लगाई। सबकी आँखें नम थी। ख़ुशी के आँसू दस्तक देने लगे।

डेढ़-दो साल तक हमीद और सागर ने अपने-आप को एक-दूजे के और यूपीएससी के हवाले किया। सिर्फ़ लता को ही उनके साथ कुछ पल गुज़ारने की परमिशन थी। हफ़्ते दो हफ़्ते में मुंबई से अनुज भी उनका हाल-चाल पूछ लिया करता। हमीद को उसके अम्मी का सूरत-ए-हाल बता देता तो उसकी रिपोर्ट डॉ सलमा को दे देता। मगर दोनों को भी इसकी भनक भी न थी कि वो दोनों एक-दूसरे का हाल-अहवाल जानने के लिए बेक़रार रहते हैं।

जिस दिन यूपीएससी के अंतिम परिणाम आनेवाले थे उसके पहली रात हमीद और सागर लता के साथ साउथ दिल्ली की सड़कों पर देर रात तक घूमते रहें। लता ने चंद रोज़ पहले ही पीएचडी का वायवा डिफेंड किया था। अब वो जल्द ही लता से डॉ. लता बननेवाली थी। वे इंडिया गेट पहुँचे। ठीक उसके सामने घास पर सागर और लता बैठ गए। हमीद उनके विरुद्ध दिशा में चहलक़दमी करने लगा।

"कल के रिजल्ट की चिंता न करो।" लता ने सागर का हाथ अपने हाथों में लिया।

"हार-जीत की फ़िक्र पहले हुआ करती थी, अब किसी बात की चिंता नहीं होती।"

अगले दिन दोपहर वे तीनों लैपटॉप के सामने बैठ गए। रिजल्ट डाउनलोड

होने लगा। उसी समय अनुज का मुंबई से फ़ोन आया। हमीद ने फ़ोन स्पीकर पर कर दिया। तीनों सुनने लगे।

"सलीम, बधाई हो मेरे दोस्त। तुम दोनों यूपीएससी में निकल गए यार। मैं दिल्ली आ रहा हूँ।"

"सकीना का कुछ पता चला?" हमीद गंभीर था तो अनुज ख़ामोश।

लता और सागर बारी-बारी हमीद से मिले।

अनुज ने अगला फ़ोन डॉ सलमा ताँबे को किया। कहा, "आंटी, व्हॉट्सएप चेक कीजिए।" उसने रिजल्ट की पीडीएफ़ फ़ाइल भेज दी थी।

डॉ सलमा ने फ़ाइल ओपन की। ऊपर से देखते हुए धीरे-धीरे नीचे आने लगी। दो सेकेंड में ही उनकी नज़र अचानक रुक गई। फ़ाइल को ज़ूम किया। पढ़ने लगी, "हमीद रशीद ताँबे।"

उनकी आँखों से एक बूँद इस नाम पर गिर गया। वो धीरे-से उठी और हॉल में अख़बार पढ़ रहे डॉ रशीद के सामने बैठ गई। मोबाइल उनके हाथ में देते हुए उनकी आँखों में देखने लगी। चेहरे पर बिना किसी भाव के कहा, "मेरा लाडला नाकारा नहीं है।" वो झट से उठी और बरामदे में चली गई।

डॉ रशीद ने मोबाइल को आँखों के क़रीब लाया। उनकी नज़र उस पर पड़े आँसू के बूँद पर गई। बूँद के फैलने से स्क्रीन धुंधली-सी हुई थी। फिर भी उन्होंने पढ़ा- 'हमीद रशीद ताँबे।'

उनका एक मन दौड़कर बीवी को गले लगाना चाहने लगा। पर उन्होंने दूसरे मन की सुनी। गर्दन ऊपर करते हुए कुर्सी पर टेक गए। आँखें मूँद ली। अगले कुछ मिनटों में उनका गाल गीला हो गया।

दोनों को आईएएस कैडर मिलना लगभग तय था। देर सवेर नवनियुक्त अधिकारियों के फ़ाउंडेशन कोर्स का टाइम टेबल भी आ गया। उन्हें अगले ही दिन मसूरी स्थित 'लाल बहादुर शास्त्री राष्ट्रीय प्रशासन अकादमी' में रिपोर्ट करना था। उन्हें मसूरी विदा करने के लिए अनुज मुंबई से दिल्ली पहुँच चुका था। हमीद, अनुज, सागर और लता ने उस दिन ख़ूब बातें की। हमीद और सागर का सपना पूरा हो चुका था। उन्हें रात ग्यारह की बस से मसूरी निकलना था। तो अनुज ने बढ़िया पार्टी का प्रबंध किया। उस पार्टी में सब कुछ था शिवाय शराब के। सकीना से किया हुआ वादा तोड़ना हमीद के लिए

नामुमकिन था और हमीद के सामने शराब पीना बाक़ी तीनों को गवारा ना था। बहरहाल बस के समय से पहले-पहले पार्टी को ख़त्म किया गया। अनुज और लता उन दोनों को अलविदा कहने बस अड्डे तक गए। बस मसूरी रवाना होने तक वे बस अड्डे पर ही रुके रहे। बस चल पड़ी।

कुछ ही देर बाद हमीद ने अपनी बैग खोली। लाल रैपर में पैक की हुई एक किताब निकाली। उसे सागर के हाथ में थमा दिया।

"भाऊ, ये मेरी तरफ़ से गिफ़्ट।"

"वॉउ!" सागर ने किताब को चूमा। रैपर खोलने लगा। हमीद ने उसके हाथ से वह किताब वापस खींच ली। सागर के बैग में रखते हुए कहा, "यह गिफ़्ट रात में खोलने की चीज़ नहीं है, कल देख लेना।" उसने आँख मारी। उसी समय गाड़ी एक झटके से बंद हुई। ड्राइवर ने चाय-पानी के विश्राम का ऐलान किया। वे नीचे उतरे। उन्होंने चाय-सिगरेट पी और अपनी-अपनी सीट पर आकर लेट गए।

अपने निर्धारित समय पर सुबह छह बजे मसूरी पहुँच गई। बस के रुकते ही सागर की आँखें खुल गईं। सुस्ताए हुए सागर ने सिगरेट के लिए हमीद को जगाने की कोशिश की। उसकी दो-तीन आवाज़ों को हमीद ने कोई जवाब नहीं दिया। सागर ने उसके बेड पर झाँककर देखा तो वहाँ केवल हमीद का बैग था, हमीद न था। वह शायद नीचे उतर गया होगा... सागर ने सोचा और वह दोनों का बैग लेकर बस से उतरने लगा। उसने इधर-उधर नज़र दौड़ाई। काफ़ी कम लोगों की भीड़ थी। पर उसमें उसे हमीद कहीं दिखाई नहीं दिया। सागर सामने वाले पान की टपरी से सिगरेट लेकर मसूरी का पहला कश मारा... फिर दूसरा, फिर तीसरा। पहली सिगरेट ख़त्म हो गई। उसने दूसरी सुलगाई। वो भी ख़त्म होने को थी। फिर भी हमीद नज़र नहीं आया। बाथरूम भी गया हो तब भी इतना समय थोड़े ही लगता है? सागर ने उस बस के ड्राइवर से हमीद के बारे में जाना। उसे भी कुछ पता न था। सागर ने कुछ पल और इंतज़ार किया। फिर उसने हमीद का मोबाइल लगाया। मोबाइल कवरेज क्षेत्र के बाहर बताने लगा। कैसे हो सकता है? मसूरी शहर के बीचो-बीच नेटवर्क कैसे ग़ायब हो सकता है? सागर ने अपने मोबाइल का नेटवर्क चेक किया। वह तो ठीक-ठाक ही था। उसने फिर से हमीद का मोबाइल नंबर ट्राई किया। इस बार वह

स्विच ऑफ़ आने लगा। उसने दो-चार बार फिर से उसका नंबर मिलाया। हर बार मोबाइल स्विच ऑफ़। वह बस भी अब तक वहाँ से जा चुकी थी। उसे मसूरी में उतरे एक घंटे से ज़्यादा हो चुका था। अब सागर को टेंशन होने लगी। उसने अनुज और लता को सुबह क़रीब दस बजे यह बात बताई। उन्होंने भी हमीद का नंबर ट्राई किया और उन्हें भी वही जवाब मिला स्विच ऑफ़।

सागर एक होटल में बैठकर हमीद को निरंतर फोन किये जा रहा था।

कुछ देर बाद अनुज ने सागर को फोन किया, "भाऊ, इन दिनों उसके बर्ताव में कोई फ़र्क़ आया था क्या?"

"फ़र्क़? कुछ भी तो नहीं। पिछले दो साल से उसे मैं इसी फ़ेज में देख रहा हूँ, गंभीर और शांत। पहले जैसा वो खुलकर हँसता भी नहीं था।" सागर ने जवाब दिया।

"मैं कल-परसों की बात कर रहा हूँ।"

"कल रात तक तो हम चारों साथ ही थे। तुमने ही तो हमें बस अड्डे तक छोड़ा था।" सागर याद करते हुए कहने लगा।

"उसने बस में कुछ बोला था आपसे, कुछ अजीब बात जिसका मतलब तुम्हें समझ न आया हो?" अनुज ने अगला सवाल दागा।

"कुछ भी तो नहीं यार? बस चलने के बाद कुछ देर हम इधर-उधर की बातें करते रहें। रात ग्यारह बजे के क़रीब बस चाय-पानी के लिए रुकी थी। हमने साथ मे सुट्टा मारा। फिर सो गए।" सागर बात ख़त्म करने ही वाला था कि उसे याद आया, "सोने से पहले उसने मुझे एक गिफ़्ट दिया था। लगता है कोई किताब है।"

"गिफ़्ट?" अनुज चौंका। उसके चौंकने की तीव्रता सागर मसूरी में महसूस कर सकता था। वो लगभग चीखते हुए कहने लगा, "भाऊ, उसका ये गिफ़्ट देना ही अब्नॉर्मल है। खोलो उस किताब को।"

सागर ने बगल में रखी बैग को झट से खोला। लाल रैपर वाली किताब उसके हाथ में आई। उसने रैपर जल्दबाज़ी में फाड़ दिया।

'बीच का रास्ता नहीं होता' - पाश।

भूरे कवर वाली हमीद की पाक किताब, जिसे सागर ने एक बार चुपके पढ़ा भी था। वो किताब को जल्दी-जल्दी उलटने-पुलटने लगा। उसमें से कुछ

गिर गया, एक चिट्ठी। उसने उठा ली। पढ़ने लगा।

'भाऊ,

अब अम्मी बादशाह के आँखों में आँखें डालकर बात कर सकती है। मैंने उसे हारने नहीं दिया। मेरा काम ख़त्म हुआ।

अनुज, मेरे दोस्त, तूने बचपन से लेकर आज तक मेरा बहुत साथ दिया। सकीना को ढूँढने में भी कोई कसर नहीं छोड़ी। लेकिन अब मुझे उसे ढूँढना होगा। क्योंकि मेरे पास कोई बीच का रास्ता नहीं है। उसके बगैर में ज़िंदा तो रह लूँगा पर ज़िंदगी जी नहीं पाऊँगा।

मैंने एक सपना देखा था सब इंसान के बराबरी का सपना, मानवता का बुलंद परचम लहराने का सपना। अकादमी में रुक गया तो मेरे सपने की मौत हो जाएगी। मैं उस सपने को मार नहीं सकता। क्योंकि सबसे ख़तरनाक होता है हमारे सपनों का मर जाना।

मुझे जाना होगा... मैं जा रहा हूँ।

अलविदा!

तेरा,

हमीद

आज इस घटना को दस साल हो चुके थे और इन दस सालों में हमीद का किसी को कुछ भी पता नहीं चला था।

अब उम्मीद जगने लगी थी।

***

काफ़िराना

(बीबीसी संवाददाता स्टीव आर्चर की रिपोर्ट 'काफ़िराना... द अल्टीमेट जिहाद' का हिंदी अनुवाद)

आज से पाँच-दस साल पहले तक किसी ने भी इसकी कल्पना तक नहीं की होगी कि विश्व के किसी कोने में एक ऐसा गाँव भी बस सकता है जहाँ किसी भी धार्मिक प्रतीकों का सार्वजनिक प्रदर्शन करना मना होगा। मसलन, आप अपना वो नाम नहीं रख सकते, वैसी रंगभूषा एवं वेशभूषा नहीं कर सकते जिससे आपके धर्म का पता चलता हो। आप अपने मकानों पर या दुकानों पर प्रत्यक्ष या अप्रत्यक्ष रूप से किसी भी धर्म से जुड़ा हुआ शब्द नहीं लिख सकते, कोई तस्वीर नहीं बना सकते, झंडा नहीं फहरा सकते। जहाँ व्यक्तिगत स्तर पर धर्म का प्रदर्शन करना मना है वहाँ सार्वजनिक रूप से धर्म के प्रतिमाओं को, धर्मस्थलों को मान्यता मिलना मुमकिन कैसे होगा ? मसलन, उस गाँव में किसी भी मज़हब का कोई भी प्रार्थना स्थल नहीं है, ना मंदिर... ना मस्जिद... ना गुरुद्वारा... और ना गिरजाघर। उस गाँव में ना कोई मज़हबी जुलूस निकलता है न कोई धार्मिक सभा होती है। इसका यह क़तई मतलब नहीं है कि उस गाँव में सारे नास्तिक बसते हैं। जब हमने उस बारह सौ जनसंख्या वाले गाँव का सर्वे किया तो हमने जाना के कुल आबादी के नब्बे प्रतिशत नागरिक किसी-न-किसी धर्म से वास्ता रखते हैं, जबकि छह प्रतिशत नागरिक अज्ञेयवादी है मतलब वे ईश्वर के अस्तित्व को पूरी तरह नकारते भी नहीं और ईश्वर को पूरी तरह मानते भी नहीं और बचे हुए चार प्रतिशत नागरिक ख़ुद को नास्तिक बताते हैं यानी वे भगवान, ईश्वर, अल्लाह, येशू के अस्तित्व को सिरे से ख़ारिज करते हैं।

जब हमने कोची से क़रीब चालीस किलोमीटर दूर घने जंगल में बसे इस अजीबो-ग़रीब गाँव में शिरकत किया तो हमने पाया दस-दस फ़ीट के अंतराल पर बने सारे मकान हूबहू एक जैसे ही हैं। सारे मकान दो मंज़िला और उन पर रंग तिरंगेवाला... यानी ऊपर केसरी, बीच में सफ़ेद और नीचे हरा। इन मकानों को एक वर्तुल में बनाया हुआ हैं और उस वर्तुल के केंद्र में शिक्षा का मंदिर खड़ा है। सॉरी! हम यहाँ मंदिर शब्द का प्रयोग भी नहीं कर सकते... काफ़िराना गाँव में यह वर्जित है। तो वर्तुल के केंद्र में एक बड़ा कम्युनिटी हॉल है जहाँ से मानवीय मूल्यों को जाति, धर्म, रंगभेद से सर्वोपरि मानने की हिदायत अलग-अलग प्रवचनों द्वारा दी जाती है। इन प्रवचनों को अमल में लाने के लिए कम्युनिटी हॉल से सटकर एक कम्युनिटी किचन भी है जहाँ सभी नागरिकों को एक जैसा ही खाना परोसा जाता है।

इस गाँव की और एक ख़ूबी यह भी है कि यहाँ जो क़रीब पाँच सौ दोमंज़िला मकान है पर उनका कोई भी मालिक नहीं है। क्योंकि यहाँ रहने वाला कोई भी इंसान इस गाँव का परमानेंट नागरिक नहीं है। किसी भी जाति, धर्म, देश का इंसान यथोचित फ़ीस भरकर इस गाँव में प्रवेश पा सकता है। इस गाँव में प्रवेश पाने के लिए उसे केवल एक शर्त का पालन करना ज़रूरी होता है। वो शर्त यह कि गाँव में रहते हुए कोई भी शख़्स अपनी धार्मिक पहचान सार्वजानिक नहीं कर सकता। मसलन वह अपने नाम से या चेहरे के रख-रखाव से किसी जाति विशेष का नहीं लगना चाहिए। गाँव में प्रवेश पाते ही उनके रहने की व्यवस्था इन मकानों में से किसी एक मकान में की जाती है। साथ ही उन्हें एक टोकन नंबर दिया जाता है और जितने समय वे यहाँ रहते हैं उसे उसी टोकन नंबर से जाना जाता है। उन्हें सप्ताह के सात दिनों के लिए इंद्र-धनुष में शामिल सात अलग-अलग रंगों के पोशाक दिए जाते हैं। गाँव के सभी महिला पुरुष को हर दिन एक ही रंग के कपड़े पहनना अनिवार्य है... जैसे सोमवार को पीला, मंगलवार को नीला बुधवार को हरा वग़ैरह वग़ैरह। किसी भी इंसान की यहाँ रहने की अधिकतम अवधी एक साल में छह महीने तक ही है। यह नियम गाँव को बसानेवाले संस्थापक पर भी अनिवार्य है। अपने छह महीने की अधिकतम अवधि ख़त्म होने के बाद हर शख़्स को यह गाँव छोड़कर जाना लाज़मी है और यह कोशिश करनी है कि जो मानवीय

मूल्य उन्होंने इस गाँव में रहते हुए सीखें हैं उनका हर संभव पालन करने की कोशिश करें तथा उसका प्रचार, प्रसार करें।

इस अजीबो-ग़रीब काफ़िराना गाँव के बारे में विस्तार से जानने के लिए हमने इस गाँव के संस्थापक (जिनका गाँव में रहते हुए कोई नाम नहीं है, कोई धर्म नहीं है।) का साक्षात्कार किया। उस साक्षात्कार का संक्षिप्त अनुवाद हम पाठकों के लिए प्रस्तुत करते हैं।

सवालः- यह काफ़िराना का अर्थ क्या है?

जवाबः- आम तौर पर उन लोगों को काफ़िर कहा जाता है जो सर्व शक्तिशाली ख़ुदा के वजूद पर शक का इज़हार करते हैं या फिर वह लोग जो ईश्वर के सिद्धांतों को या तो मानने से इनकार करते हैं या फिर पूर्णतः उन सिद्धांतों पर चलने में नाकामयाब रहते हैं। हमें लगता है कि काफ़िर की यह व्याख्या अपूर्ण है। हमें काफ़िर के अर्थ को व्यापक ढंग से सोचना चाहिए। 'ईश्वर के सिद्धांतों को पूर्णतः न मानना', इस घटना को अगर हम एक रूपक की तरह सोचें, तो यह स्पष्ट होता है कि इस घटना में कर्ता अपनी व्यक्तिगत सोच रखता है। यह सोच सदियों पुराने सिद्धांतों को अलग नज़रिये से समझने की प्रेरणा देती है। इस अलग सोच को हम प्रोगेसिव थिंकिंग कहते हैं। तो कुल मिलाकर आज के ज़माने के प्रोग्रेसिव थिंकर को काफ़िर क़रार दिया जाना चाहिए। यह काफ़िर शब्द की हमारी व्याख्या है और हम इसी प्रोग्रेसिंग सोच को काफ़िराना कहते हैं। पर इसका यह क़तई मतलब नहीं है कि हम धार्मिक सिद्धांतों को सिरे से ख़ारिज करते हैं। हम केवल धर्म के नुमाइश को ग़लत मानते हैं। धार्मिक सिद्धांतों का सही ग़लत इस्तेमाल करके सामाजिक सौहार्द ख़त्म करने की साज़िश को ग़लत ठहराते है। धर्म के मिथ्या अभिमान की राजनीति करके अराजकता फैलाने का विरोध करते हैं। किसी भी धर्म की उत्पत्ति लोगों को जोड़ने के लिए हुई है, आपसी मेल मिलाप बढ़ाने के लिए हुई है, मोहब्बत बाँटने के लिए हुई है। पर जब इसका इस्तेमाल नफ़रत फैलाने के लिए होता है तब जिन लोगों का ज़मीर ज़िंदा है उन्हें एक नई सोच की नींव रखनी पड़ती है। सदियों से चले आ रहे सिद्धांतों से अलग सिद्धांत समाज के सामने रखने पड़ते हैं। नफ़रतों के दौर में मोहब्बत की बात करनी पड़ती

है। और इसी मोहब्बत के पैग़ाम का नाम है... काफ़िराना। इसी प्रेम संदेश को दुनियाभर में फैलाने के लिए हमने छोटा-सा प्रयास किया है... काफ़िराना गाँव बसाकर।

सवालः- इस तरह के प्रेम संदेश देने वाली कई संस्थाएँ, कई विचारधाराएँ ज़माने से ही मौजूद हैं। तो फिर उन विचारधाराओं में और आपके इस काफ़िराना में क्या फ़र्क़ है? इस काफ़िराना गाँव की संकल्पना हमें विस्तार में समझाइए।

जवाबः- निसंदेह कई लोग धार्मिक भाईचारा बढ़ाने के लिए काम करते आए हैं। जब कभी नफ़रतों ने अपना सिर उठाया है मोहब्बतों ने भी अपना कमाल दिखाया है। और यही वजह है कि हर नफ़रत के दौर का अंत हुआ है। हज़ारों मतभेदों के साथ-साथ सारे विभिन्न धर्मीय, विभिन्न जातीय लोग अपना गुज़र-बसर कर रहे हैं। उन महामानवों के प्रयत्नों को कम नहीं आँका जा सकता। उन्होंने हिंदू-मुसलमान भाईचारे की बात की, 'हिंदू, मुस्लिम, सिख, ईसाई, हम सब भाई-भाई' का नारा लगाया। यह बहुत बड़ी बात है। लेकिन इसी भाईचारे की बात और एकतावादी नारों में ही विघटन के बीज छुपे हैं। कैसे? आप कंफ़्यूज़्ड हो? बताता हूँ। देखिए... इन एकतावादी नारों में हम आपसी भाईचारे की बात बाद में कर रहे हैं, पहले तो हम सब अपनी-अपनी विभिन्न धार्मिक पहचान स्वीकार कर रहे हैं। यह पहचान ही विघटन का मूल कारण है। काफ़िराना वह सोच है जो विघटन के इस पहचानपत्र को पहचानने में विश्वास नहीं रखती। क्योंकि इस पहचान के साथ भाईचारा लंबे समय के लिए बनाए रखना मुश्किल हो जाता है और इसी पहचान का सहारा लेकर राजकीय तत्व अराजकता फैलाने में कामयाब होते हैं। कैसे?

मैं उदाहरण देकर बताता हूँ। मान लो, किसी चौराहे पर मस्जिद खड़ी है। उसके सामने से गणेश विसर्जन का जुलूस निकलता है। उस मस्जिद के सामने आते है ही जुलूस की रफ़्तार कम और डीजे की आवाज़ बढ़ जाती है। फिर कोई नमाज़ में ख़लल होने के लिए आपत्ति जताता है, तो कोई मस्जिद पर गुलाल उड़ाए जाने का आरोप लगाता है। फिर अचानक मस्जिद के छत से जुलूस पर पत्थर बरसाना शुरू हो जाता है और और देखते-देखते पूरा शहर दंगल के हवाले किया जाता है।

अगर चौराहे पर वो मस्जिद नहीं होती तो? अगर गणेश विसर्जन का जुलूस निकाला नहीं गया होता तो? तो शायद दंगे न होते। क्या इस तरह धर्म की नुमाइश बरबादी का सबब नहीं है?

अगर हमें धार्मिक एवं जातीय एकता बनाए रखना है तो सबसे पहले हमें सामाजिक तौर पर हमारी धार्मिक और जातीय पहचान को भुलाना होगा। और इसी सिद्धांत पर काफ़िराना गाँव बसा हुआ है। इस गाँव में आपको सिर्फ़ और सिर्फ़ इंसान मिलेंगे... कम आयु वाले इंसान, ज़्यादा आयु वाले इंसान, पुल्लिंग इंसान और स्त्रीलिंग इंसान, सब एक ही रंग में रंगे हुए इंसान। इन लोगों में ब्राह्मण भी हैं, दलित भी हैं, मुसलमान भी हैं और ईसाई भी हैं। पर कोई नहीं जानता कि कौन क्या है? उनका यही एक-दूसरे को ना जानना उनके बीच भेदभाव उत्पन्न होने का अवसर ही नहीं देता। वह सब एक-दूसरे को फ़ेलो सिटीजन्स मानते हैं। इसलिए व्यक्तिगत स्तर के अनबन का दंगल में रूपांतर नहीं होता है।

इस गाँव में कोई भी प्रार्थना स्थल नहीं है। और हमें लगता है कि उसकी ज़रूरत भी नहीं है। निसंदेह हर धर्म का भगवान कण-कण में बसा है। मेरे दायें साइड में बसा है, बायें साइड में बसा है, आपके और हमारे बीच में भी बसा है, मकान के बाहर बसा है और मकान के अंदर भी बसा है। तो फिर हम धार्मिक लोग भगवान या ख़ुदा से मुलाक़ात मकानों के ही अंदर क्यों नहीं करते? मज़हबी रिश्ता भगवान और भक्त के बीच का पाक और पवित्र रिश्ता होता है। उसकी सरेआम नुमाइश करने की ज़रूरत क्यों आन पड़ती है? इसका कोई धार्मिक कारण तो नहीं है, राजनीतिक ज़रूर है। इन धार्मिक जुलूसों के द्वारा हम एक-दूसरे को अपनी ताक़त दिखाना चाहते हैं, एक-दूसरे को नीचा दिखाना चाहते हैं। ऐसी सभाओं में आपसी भाईचारे का नारा देना ही अपने आप में एक विडंबना है। तो इस काफ़िराना गाँव में धार्मिक लोग अपने-अपने भगवान, ख़ुदा, जीसस की पूजा-अर्चना, नमाज़ अपने-अपने घरों में चार दीवारों के अंदर अवश्य करते हैं जो उन्हें करना भी चाहिए। लेकिन अपने घर के बाहर मज़हब का चोला ओढ़कर नहीं घूमते।

सवालः काफ़िराना गाँव की सोच आप के दिमाग़ में कब और क्यों आई?

जवाब:- हमने रात में कोई यूटोपियन कंट्री का हसीन ख़्वाब देखा और सुबह आँखें खुलते ही उस ख़्वाब को हक़ीक़त में तब्दील करने की ठान ली, ऐसा नहीं हुआ है। हमने अपने आस-पास देश और दुनिया में इतनी सारी घटनाओं को घटते हुए देखा है कि सारे घटनाओं का निचोड़ काफ़िराना सोच में कब और कैसे आया यह बताना बिलकुल नामुमकिन है। एक ओर ऑक्सीजन की अभाव से अस्पताल में बच्चे दम तोड़ रहे होते हैं तो दूसरी ओर हर गली चौराहे पर भव्य प्रार्थना स्थल रास्ता रोकते हुए विराजमान होते हैं। जिस कारण आम आदमियों को रास्ते पर चलते हुए बड़ी असुविधा होती है। इंदिराजी की हत्या का दिल्ली के आम सिखों से क्या संबंध था? अमेरिका में हुए आतंकी हमलों का हिंदुस्तान के आम मुसलमानों से क्या लेना-देना था? बस... कुछ संबंध था... तो सिर्फ़ एक पहचान। यहाँ कोई गर्व से पहचान बताने पर तुला हुआ है, तो कोई छुपाने पर। अपनी पहचान से गौरवान्वित होकर सारे विश्व को अपने ही रंग में ढालने की निरंतर कोशिश हो रही है। तो दूसरी ओर सामाजिक समस्याओं के चलते कई लोग अपनी पहचान छुपाने पर मजबूर हो रहे हैं... नाम बदलकर, सरनेम बदलकर। हम मानते हैं कि जिस पहचान में अपना योगदान कुछ भी न हो, जो हमें विरासत में, दान में मिली हो उसका मिथ्या अभिमान होना या उस पर शर्म महसूस होना, दोनों ग़लत है। पर हमने समाज का ढाँचा ही ऐसे बनाया है कि समाज फ़िरक़ों में बँट जाए। हिंदुओं में चार वर्ण और हर वर्ण में सैकड़ों फ़िरक़े... इस्लाम में शिया-सुन्नी और उनमें छोटे-छोटे तबक़े। दलित सवर्णों से शादी नहीं कर सकता, एक सुन्नी शिया से शादी नहीं कर सकता और किसी ने ऐसी हिमाक़त की तो उसे मानसिक, शारीरिक और सामाजिक रूप से दंडित किया जाता है। लोगों को यह याद दिलाना हमारा उद्देश्य है कि धर्म लोगों के लिए बना है, धर्म के लिए लोग नहीं। हमें किसी को इसीलिए नीच दिखाना है कि किसी को उच्च साबित किया जाए। कोई उच्च, कोई नीच किसलिए? सब बराबर क्यों नहीं हो सकते? सब इंसान क्यों नहीं हो सकते? सरकार छुआछूत पर क़ानून तो लाई, पर क्या सच में वह बीमारी समाज से पूरी तरह समाप्त हो गई? शायद धार्मिक छुआछूत अब कोई खुलेआम नहीं करता। इसकी जगह अब आर्थिक छुआछूत ने ली है। यह छुआछूत, ऊँच-नीच ख़त्म करना ही हमारा उद्‌देश्य है। इसीलिए

हमारे गाँव में किसी का अपना ज़ाती मकान नहीं होता। किसी का कोई स्थायी पद नहीं होता। आपको जो आज लाइब्रेरी में किताबे बाँटते हुए दिखाई दे, हो सकता है कल वह आपको किचन में प्याज़ काटते हुए नज़र आएँ।

हमने सब इंसान के बराबरी का सपना देखा और इसलिए काफ़िराना गाँव बसा। मानवता का परचम लहराने का दूसरा रास्ता नहीं था। क्योंकि बीच का रास्ता नहीं होता।

यह काफ़िराना गाँव न बसा होता तो हमारा एक सपना मर जाता। हम उसकी हत्या कर नहीं सकते थे। क्योंकि सबसे ख़तरनाक होता है हमारे सपनों का मर जाना।

सवालः- काफ़िराना गाँव में कितने लोग रहते हैं और इनके रहने खाने-पीने का ख़र्च किस तरह किया जाता है? मतलब फ़ंडिंग कहाँ से होती है आपकी?

डॉ सागर इस सवाल का जवाब पढ़ नहीं पाए। उनके मस्तिष्क में पिछले जवाब का अंतिम पैराग्राफ़ घूम रहा था। उन्होंने पन्ना पलटा और फिर उस अंतिम पैराग्राफ़ को पुनः पढ़ने लगे। 'हमने सब इंसान के बराबरी का सपना देखा और इसलिए काफ़िराना गाँव बसा। मानवता का परचम लहराने का दूसरा रास्ता नहीं था। क्योंकि बीच का रास्ता नहीं होता। यह काफ़िराना गाँव न बसा होता तो हमारा एक सपना मर जाता। हम उसकी हत्या कर नहीं सकते थे। क्योंकि सबसे ख़तरनाक होता है हमारे सपनों का मर जाना।'

उसके दिमाग़ में बिजली चमक कर गई। 'बीच का रास्ता नहीं होता', पाश की कविताओं की पाक किताब जो हमीद ने ग़ायब होने से पहले डॉ सागर को गिफ़्ट की थी। 'सबसे ख़तरनाक होता है हमारे सपनों का मर जाना।' पाश की ये लाइन जिसे हमीद किसी आयत की तरह मानता था।

***

उपसंहार

उस दिन दिल्ली से कोची सीधे फ़्लाइट नहीं थी। डॉ सागर और लता ने पहले हैदराबाद तक फ़्लाइट ली। वहाँ क़रीब चार घंटे इंतज़ार करने के बाद वे कोची की तरफ़ रवाना हो गए। डॉ अनुज और उनकी पत्नी रात ग्यारह बजे कोची पहुँच गए। कोची एयरपोर्ट के वीआईपी वेटिंग लाउंज में वे डॉ सागर और लता की राह देखने लगे।

देर रात दो बजे डॉ सागर की फ़्लाइट कोची लैंड हुई। वे सीधे वीआईपी वेटिंग लाउंज पहुँचे। चारों एक-दूजे के गले मिले। डॉ अनुज ने डॉ सागर के लिए चाय का ऑर्डर कर दिया।

"काफ़िराना गाँव यहाँ से चालीस किलोमीटर दूर है।" डॉ अनुज चाय का सिप लेते हुए कहने लगे।

"मतलब वहाँ पहुँचने में क़रीब एक घंटा लगेगा।" डॉ सागर ने हामी भरी।

"अब काफ़ी देर हो चुकी है। क्या करें?" लता ने पूछा।

"अब ढाई बज रहे हैं।" घड़ी की ओर देखते हुए डॉ अनुज कहने लगे। "हम कुछ देर यहीं रेस्ट करते हैं। पाँच बजे निकल जाएँगे। सुबह की पहली किरण के साथ-साथ हम काफ़िराना गाँव में होंगे।"

निर्धारित समय पर कैब से वे काफ़िराना गाँव की तरफ कुच करने लगे। कैब में धीमे आवाज़ में लोकल एफ़एम पर कोई मलयाली गाना चलने लगा। ड्राइवर के बगल में बैठे डॉ अनुज रेडियो चैनल बदलने लगे। अलग-अलग गाने बजने लगे। अचानक उन्होंने कुछ परिचित शब्द सुना- 'काफ़िराना!' उसने चौंककर पिछली सीट पर बैठे डॉ सागर की ओर देखा। उन्होंने उसी

चैनल पर वापस आने का इशारा किया। उस एफ़एम चैनल पर कोई सवाल पूछा जाने लगा...

सवालः- इस जहाँ में इतने सारे धर्म और संप्रदाय है। क्या आप काफ़िराना सोच के ज़रिये एक अलग नये संप्रदाय का जन्म नहीं कर रहे हैं?

जवाबः- हमें लगता है कि इस सवाल का हम पहले ही जवाब दे चुके हैं। हमें कोई नया संप्रदाय या धर्म नहीं बनाना है। हमें केवल इंसान को उसके इंसान होने का एहसास दिलाना है। अगर हम इसमें एक प्रतिशत भी कामयाब हो गए तब भी हम अपने आप को सफल मानेंगे।

जवाब देनेवाले शख़्स की आवाज़ सुनकर सबसे पहले लता चिल्लाई, “यह तो हमीद है।” उसके ख़ुशी का ठिकाना न रहा। डॉ सागर और डॉ अनुज भी उस आवाज़ को पहचान गए। बारह साल बाद वे उस आवाज़ को सुनने लगे। उनके आँखों में आँसू उमड़ने लगे।

अगला सवाल पूछा गया।

सवालः- आपको इस काफ़िराना सोच और गाँव का भविष्य कैसा लगता है? आपके भविष्य के प्लान बताइए?

जवाबः- हम इस सोच और इस गाँव के भविष्य को लेकर बेहद सकारात्मक है। आठ साल पहले जब इस गाँव की नींव रखी गई थी, तब केवल चार लोग थे। चार लोगों से शुरू हुआ यह सफ़र आज इतना आगे आ चुका है कि क़रीब दस हज़ार से अधिक लोग इस गाँव में रहकर, इस विचारधारा पर चिंतन मंथन करकर इसे अपने साथ ले जा चुके हैं। किसी शायर ने कहा है-

मैं अकेला ही चला था जानिबे-मंज़िल मगर
लोग साथ आते गए और कारवाँ बनता गया

हमें उम्मीद है कि यह कारवाँ ऐसे ही बढ़ता रहेगा।

सवालः- लेकिन हमने सुना है कि कई आंतकी संगटनों ने आपको धमकियाँ दी है, ख़ासकर पिछले हफ़्ते 'बीबीसी टाइम्स' में छपे आपके इंटरव्यू के बाद?

जवाबः- हाँ, ये सच है कि इस तरह की धमकियाँ ज़रूर मिली हैं। उन्हें हमारी मानवतावादी फ़िलॉसफ़ी से नफ़रत है। उनका मानना है कि हम धार्मिक

प्रतिमाओं का पब्लिकली इस्तेमाल करने से मना करके धर्म का अपमान कर रहे हैं। पर ऐसा नहीं है।

उसी समय पुलिस के सायरन की तेज़ आवाज़ सुनाई देने लगी। एक के पीछे एक एंबुलेंस, फ़ायर ब्रिगेड और पुलिस वैन उनकी कैब को ओवरटेक करते हुए तेज़ी से उसी दिशा में गुज़रने लगे।

सायरन के गूँज में रेडियो से आवाज़ आने लगी- 'आज तक का इतिहास उठाकर देख लो। जिसने भी मानवी मूल्यों के हित में काम किया है उन्हें कट्टरपंथियों के ग़ुस्से का सामना करना पड़ा है। गाँधी से लेकर दाभोलकर तक...' अचानक वो आवाज़ आनी बंद हो गई। कुछ पल के लिए रेडियो का कनेक्शन टूट-सा गया और फिर धीर-गंभीर आवाज़ आने लगी- 'अभी आप काफ़िराना गाँव के मेंबर का प्री-रिकॉर्डेड साक्षात्कार सुन रहे थे। हमें अत्यंत खेद के साथ यह बताना पढ़ रहा है कि अभी-अभी उस गाँव पर आतंकी हमला हुआ है। सात बम धमाकों ने उस गाँव को बेचिराग़ किया है। आतंकियों के अंधाधुंध फ़ायरिंग में क़रीब चार सौ लोगों की मौत होने की ख़बर है। घायलों को जिला अस्पताल कोच्चि में भर्ती कराया जा रहा है।'

ये ख़बर सुनकर चारों को शॉक लग गया। हाथ-पैर से पसीना छूटने लगा। वे पत्थर की मानिंद ख़ामोश हो गए। डॉ सागर ने ड्राइवर को ज़िला अस्पताल कोची मुड़ने के लिए कहा।

अस्पताल के गेट पर भारी संख्या में मीडियाकर्मी मौजूद थे। उनसे रास्ता बनाकर अस्पताल में दाख़िल होना नामुमकिन ही था। पुलिस किसी को भी अंदर दाख़िल होने से मना करने लगी। सागर अपने सरकारी अफ़सर होने का फ़ायदा उठाते हुए अस्पताल के अंदर दाख़िल हुआ। वे चारों उस वार्ड की तरफ़ दौड़े जहाँ पर घायलों का इलाज चल रहा था। हर तरफ़ अफ़रा-तफ़री मची हुई नज़र आने लगी। उस अपरिचित भीड़ में उनकी नज़र एक परिचित चेहरे को ढूँढने लगी। वे एक वार्ड से दूसरे वार्ड दौड़ने लगे। दौड़ते-दौड़ते लता अचानक से रुक गई। उसके कानों में पड़ रही आवाज़ ने उसके पैरों की गति को धीमा कर दिया। गले की ऊपरी सतह से आ रही आवाज़ वहाँ मौजूद लोगों को गाइड करने लगी। वो आवाज़ लता को दस साल पहले की उस चीख़ को याद दिलाने लगी जो कामिल भाई साहब की चंगुल से छूटने

का प्रयास कर रही थी। लता ने अपने पैर उस आवाज़ की दिशा में मोड़े और बाक़ी तीनों ने उसे फ़ॉलो किया। लता का अंदाज़ा ग़लत न था। वहाँ सकीना डॉक्टर और नर्स के साथ मिलकर घायलों का इलाज करने के लिए भाग-दौड़ कर रही थी। उन चारों को अपनी आँखों पर विश्वास नहीं हो रहा था। वे एक-दूसरे की आँखों में देखकर ख़ुद के सच होने की तसल्ली देने लगे। पर सकीना यहाँ कैसे? इसका जवाब तो केवल दो ही व्यक्ति दे सकते थे। एक ख़ुद सकीना और दूसरा हमीद। सकीना के चेहरे पर वही सादगी थी, बस उम्र के हिसाब से थोड़ा-सा वज़न बढ़ चुका था। वो एक मरीज़ को अपने कंधे का सहारा देकर बेड पर लिटाने की कोशिश कर रही थी कि मरीज़ का हाथ छूटने लगा। इससे पहले कि वह अपना बैलेंस खो देती लता फुर्ती से आगे बढ़ी और उसने उस मरीज़ को सहारा दिया। अपना पल्लू ठीक करते हुए सकीना मरीज़ को सहारा देने वाले की तरफ़ देखने लगी। उसे देखते ही मानो वक़्त थम-सा गया। उसने कभी कल्पना भी नहीं की थी कि उसकी और लता की इस जन्म में मुलाक़ात होगी। वे दोनों एक-दूसरे की तरफ़ बिना पलकें झुकाए देखती रह गई। दोनों एक-दूसरे को निहारने लगीं। दोनों की आँखों से नदियाँ बहने लगी थी। दोनों का गला सूख गया था। दोनों की ज़ुबान को लकवा मार गया था। वे दोनों एक-दूसरे के इतनी क़रीब थीं कि उस शोर-शराबे में भी एक-दूसरे की धड़कन को स्पष्ट रूप से सुन सकती थी। उनकी दिल की धड़कन आँख से बारिश बनकर धड़क रही थी। कुछ मिनटों बाद वे दोनों एक-दूसरे से ऐसे लिपटीं कि कुछ पल के लिए डॉक्टर भी अपना काम भूलकर उन्हें देखने लगे। उन दोनों ने एक-दूसरे के माथे को चूमा, एक-दूसरे के गालों को चूमा, फिर एक-दूसरे की आँखों में देखा और फिर एक-दूसरे से लिपट गईं।

तब तक सागर, अनुज और उसकी पत्नी भी सकीना के सामने अवतरित हो चुके थे। सागर और अनुज तो उसके जानने वाले थे। वह उन दोनों के गले मिल गई। अनुज की पत्नी से वह पहली बार मिल रही थी। पर उसके गले मिलते हुए ऐसा प्रतीत हुआ कि वो सकीना को बरसों से जानती है। अनुज ने नम आँखों से पूछा, "सलीम... किधर है?"

सकीना उन चारों को आईसीयू की तरफ़ लेकर गई। आईसीयू के दरवाज़े में बनी काँच से उसने इशारा करके दिखाया। मशीनों ने हमीद को चारों तरफ़

से घेर रखा था और वह आईसीयू के बेड पर किसी लाश की तरह लेटा हुआ था। वे अपने दोस्त से मिलने आए थे, पर इस अवस्था में हरगिज़ नहीं। अनुज की आँख से आँसू छलक पड़े। यही हाल बाक़ी तीनों का भी था। पर अब तक सकीना की आँखें पूरी तरह ड्राई हो चुकी थीं, जैसे कुएँ का पानी ख़त्म हो गया हो। वह उन चारों से मुख़ातिब होकर कहने लगी, "वो बाग़ी है, मौत को झाँसा देकर ज़रूर लौट आएगा।"

सागर ने काँच के खिड़की से हमीद को देखा। आस्तीन से आँसू साफ़ किए। दायाँ हाथ उठाया। पैर को ज़ोर से पटका और एक पुलिस अफ़सर की तरह हमीद को कड़क सैलूट मारा।

सिर्फ़ हंगामा खड़ा करना मेरा मक़सद नहीं
मेरी कोशिश है कि ये सूरत बदलनी चाहिए

\- दुष्यंत कुमार

ग़फ़्फ़ार अत्तार

पाटोदा (बु), तहसील जलकोट, ज़िला लातूर, महाराष्ट्र में जन्मे लेखक ग़फ़्फ़ार अत्तार का बचपन तहसील उमरी, ज़िला नांदेड़, महाराष्ट्र में गुज़रा। वहीं से शुरुआती अध्ययन के दौरान ही स्वभावतः उन्होंने समाज का अवलोकन करना आरंभ किया। हमेशा से विभिन्न विषयों में उनकी ख़ास रुचि रही है। यही अंतर उनके अध्ययनार्थ विषयों तथा कैरियर के चयन में भी दिखाई देता है। देश और समाज में सकारात्मक बदलाव लाने की इच्छा उनके संवेदनशील हृदय में हमेशा से रही है। उसी भावना से उन्होंने इस लेखनयात्रा का प्रारंभ किया है।

लौकिक अर्थ से ज़िंदगी में सेटल होना उन्हें पसंद नहीं, रिस्क लेना उनकी आदत है। राष्ट्रीयकृत बैंक में ऑफ़िसर की नौकरी छोड़ उन्होंने यूपीएससी के अनिश्चित समंदर में डुबकी लगाई। फ़िलहाल वह केंद्रीय वस्तु एवं सेवा कर विभाग में अधीक्षक के रूप में कार्यरत हैं। ग़फ़्फ़ार को हिंदी साहित्य के पाठकों से उम्मीद है कि अबकी बार वे उन्हें ठहराव प्रदान करेंगे।

उनसे gaffar.writer@gmail.com पर राब्ता किया जा सकता है।